HEDWIG COURTHS-MAHLER

Wo Du hingehst

HEDWIG COURTHS MAHLER

Wo Du hingehst

WELTBILD VERLAG

Genehmigte Lizenzausgabe für
Weltbild Verlag GmbH, Augsburg 1997

Einbandgestaltung: Peter Engel, München
Titelfoto: Superbild, München
Gesamtherstellung: Presse-Druck Augsburg
Printed in Germany
ISBN 3-89604-205-X

I.

»Sind die Herrschaften zu Hause?«

»Nein, gnädiger Herr. Die Damen sind auf einer Spazierfahrt – das gnädige Fräulein fährt neue Pferde ein –, und der gnädige Herr ist auf der Börse.«

»Bitte, melden Sie den Herrschaften, daß ich bedaure, sie nicht angetroffen zu haben.«

Der Diener verneigte sich. »Sehr wohl, gnädiger Herr.«

Hans Roland wandte sich zum Gehen. Der Diener schritt neben ihm her, über den breiten kiesbestreuten Weg, der durch den Garten zur Pforte führte. Er öffnete und ließ den Besucher an sich vorübergehen.

»Die Damen wollten nach Ludwigslust hinausfahren«, sagte er mit der leisen Vertraulichkeit, die auch ein gutgeschulter Diener bekunden darf, wenn er weiß, daß der Besucher bei der Herrschaft ein gerngesehener Gast ist.

Hans Roland drückte ihm ein Geldstück in die Hand. Das hatte der Diener nicht anders erwartet. Er kannte seine Leute, wußte, daß der junge Herr nobel zu sein pflegte und seine Mitteilung einigen Wert für ihn hatte.

Mit Wohlgefallen sah er hinter dem schnell und elastisch Ausschreitenden her.

»Schneidiger Kerl! Nicht ein so angekränkelter Fatzke, wie sie meistens hier ein- und ausgehen. Wette, daß er dem gnädigen Fräulein gefällt, obwohl sie ihn noch schlechter behandelt als die anderen alle, die sich nach ihrem Gelde die Hacken ablaufen. Für die andern ist sie zu schade, sie paßt nicht zu so einem Zierbengel mit dem Monokel im Auge. Aber der da – das ist ein ganzer Kerl! Da soll sich das gnädige Fräulein nur nicht lange besinnen. Heiraten wird sie ja doch eines Tages, denn mit der neuen Gnädigen versteht sie sich nicht. Wie soll sie auch? Sie ist echtes Gold, die Gnädige, aber Talmi. Hat übrigens auch ein Auge auf diesen Herrn Roland geworfen, die Gnädige – aber er sieht an ihr vorbei. Seine Augen suchen nur das gnädige Fräulein – man möchte sie ihm in die Arme schieben.«

Nach diesem Selbstgespräch schloß der Diener die Pforte und ging langsam durch den parkähnlichen Garten nach Villa Friesen zurück.

Hans Roland schritt indessen, ohne auf seine Umgebung zu achten, durch die schön angelegten Gartenstraßen. Seine stahlblauen Augen blickten geradeaus.

Merkwürdige Augen waren das. Sie konnten in kühner Entschlossenheit aufblitzen und abwägend in ruhiger Sachlichkeit auf ihrer Umgebung ruhen, und dann konnten sie wieder warm aufleuchten, ein tiefes Empfinden verratend, und zuweilen lächeln, wie es die Augen eines harmlosen großen Jungen tun, dessen Herz noch ganz unverdorben ist.

Man sagte in seinem Bekanntenkreis von ihm, daß er ein durchaus anständiger Charakter wäre, der aber gelegentlich einer törichten Tollheit nicht aus dem Wege ginge. Schäumender Most will ausgären – und Hans Roland war jetzt in dem Stadium, wo aus gärendem Most ein guter, edler Wein wird.

Man sah ihn überall gern, hauptsächlich in töchterreichen Familien.

»Diese Art gibt die besten Ehemänner«, sagten verständnisvoll die Väter. Und die Mütter verliebten sich ein wenig in ihn und wünschten, er möge sie zur Schwiegermutter erwählen.

Hans Roland kümmerte sich aber vorläufig weder um die Väter noch um die Mütter, am allerwenigsten um die Töchter – außer der einen, die seit einigen Monaten sein Herz gefangenhielt.

Früher hatte er die Frauen nie wichtig genommen, vielleicht mit der einen oder andern ein wenig getändelt, aber eine besondere Rolle hatte keine in seinem Leben gespielt – bis er Anita Friesen sah.

Sein Blut jagte zum Herzen, wenn er in ihre Nähe kam. Wenn sie mit ihm sprach, leuchteten seine Augen in die ihren, und wandte sie sich von ihm ab, erblaßte er vor innerer Erregung. Ihre kühl abweisenden Blicke quälten ihn und jagten ihn oft stundenlang durch die Nacht. Aber immer zog es ihn wieder in ihre Nähe.

Er hätte zwingende Gründe gehabt, das Haus ihres Vaters zu meiden – weil ihre junge Stiefmutter weniger abweisend war als sie. Und trotzdem kam er immer wieder, weil er Anitas Anblick nicht entbehren konnte.

Er liebte sie und wollte sich nicht mit dem Gedanken abfinden, daß seine Liebe nicht erwidert wurde. Trotz ihrer kühlen Haltung lag manchmal ein Ausdruck in ihren Augen, der die Hoffnung auf ihre Zuneigung neu auflodern ließ. Fing er so einen unbeherrschten Blick Anitas auf, dann war ihm, als müßte er sie anflehen:

»Liebe mich, wie ich dich liebe!« Aber wenn ihn dann ihre Augen wieder kalt und abwehrend ansahen, so biß er die Zähne aufeinander und ballte verstohlen die Hände zur Faust.

»Warte nur, du Stolze, Kalte, ich zwinge dich doch, kraft meiner Liebe, die so stark und heiß und grenzenlos ist! Und ganz klein will ich dich sehen, ganz schwach, ganz abhängig von meinem Willen – ganz mein!« So sprach er in seinem Innern zu ihr. Es zog ihn immer wieder zu ihr, und er war verzweifelt, wenn sie kalt und unnahbar an ihm vorüberschritt. In wilder Entschlossenheit rang er dann mit seiner Liebe, er nannte sie töricht und wollte sie aus seinem Herzen reißen.

Aber er vermochte es nicht. Mit verbissenem Eigensinn klammerte sich sein Herz an dieses Mädchen, und eine wahnsinnige Angst befiel ihn, wenn er daran dachte, daß sie eines Tages einem anderen die Hand reichen könnte.

Noch vor dem Altar würde ich sie von seiner Seite

reißen! dachte er dann wild. Sie wurde ja von so vielen Männern begehrt, nicht nur, weil sie die einzige Tochter des reichen Bankiers Friesen war, der die eleganteste Villa am Stadtpark bewohnte und ein großes Haus führte, sondern auch, weil sie schön und liebenswert war wie wenige Mädchen.

Anita Friesen hatte vor einigen Jahren eine Stiefmutter bekommen – eine sehr junge und schöne Stiefmutter. Ihre Mutter war schon seit acht Jahren tot. Anita hätte nie geglaubt, daß ihr Vater wieder heiraten würde, zumal er ganz in seinen Geschäften aufzugehen schien. Plötzlich hatte er sie dann mit der Mitteilung überrascht, er würde wieder heiraten.

Vom ersten Augenblick an stand sie dieser Frau, die nur vier Jahre älter war als sie, kühl und ablehnend gegenüber, denn sie erkannte sogleich, daß diese ihrem Vater nur aus berechnenden Gründen das Jawort gegeben hatte.

Es war nicht allein der Schmerz darüber, daß ihr Vater ihrer geliebten Mutter eine Nachfolgerin gegeben hatte, der sie so zurückhaltend machte. Sie fühlte sofort, daß es zwischen ihr und ihrer Stiefmutter keine Sympathie geben konnte.

Zwei verschiedenartigere Frauen konnte es kaum geben. Anita war ein stiller, vornehmer und tiefgründiger Charakter, dem alles Halbe und Niedrige fremd war, ihre Stiefmutter dagegen eine oberflächliche quecksilbrige Natur, deren hervorstechende Eigenschaften Genußsucht, Lebenshunger und Gefallsucht waren. Aus engen Verhältnissen stammend, empfand Frau Erika Friesen den Reichtum wie einen Rausch, den sie auskosten mußte. Und sie tat es mit einer unersättlichen Gier. Nur des Vaters wegen ertrug Anita das ihr peinliche Wesen der Stiefmutter.

Seit diese die Villa Friesen mit einer lärmenden, wenig feinen Geselligkeit füllte, in der sie ziemlich ungeniert kokettierte und sich den Hof machen ließ, hegte Anita den brennenden Wunsch, ihr Vaterhaus zu verlassen. Für die

Dauer war das bisher nicht möglich gewesen, aber zuweilen suchte Anita ihr Heil in der Flucht und ging auf Reisen.

Wohl hätte sie oft genug Gelegenheit gehabt, dem unerträglichen Zustand durch eine Heirat zu entfliehen. Aber eine Ehe ohne Liebe einzugehen vermochte sie nicht. So stolz und kühl sie auch erschien, besaß sie doch ein tiefes Empfinden, und um keinen Preis hätte sie ihre Hand ohne ihr Herz verschenkt.

Sie hatte geglaubt, nicht lieben zu können, denn so viele Männer sich auch um sie bewarben, gelang es nicht einem, ihr Herz schneller schlagen zu machen.

Aber dann war eines Tages Hans Roland im Salon ihrer Stiefmutter aufgetaucht. Es war ein seltsames Erlebnis für Anita Friesen gewesen. Sie war kurz vor dem Beginn einer Festlichkeit in einen der Gesellschaftsräume getreten, an den der Salon ihrer Stiefmutter grenzte. Da noch keine Gäste anwesend waren, ging Anita über die weichen Teppiche hinüber in diesen Salon. In dem Moment sah sie in einem Spiegel, wie Frau Erika Friesen einen fremden Mann umarmte und küßte und hörte sie sagen:

»Wie glücklich bin ich, lieber Hans, daß du gekommen bist! Wie habe ich mich nach dir gesehnt.«

Und sie vernahm dann die Stimme des fremden Mannes, der beschwörend erwiderte:

»Ich bitte dich, Erika, sei vorsichtig! Wenn man uns überrascht!«

Empört hatte Anita sich zurückziehen wollen. Was sie soeben gesehen hatte, war ihr ein neuer Beweis, daß ihre Stiefmutter ihren Vater aus Berechnung geheiratet hatte und es mit der ehelichen Treue nicht genau nahm. Aber in dem Moment betrat ihr Vater die Gesellschaftsräume. Die Angst vor einer Katastrophe veranlaßte sie, den Vater laut zu begrüßen, damit die Stiefmutter gewarnt wurde.

Gleich darauf trat Frau Erika, ganz harmlos und heiter scheinend, mit dem Fremden aus ihrem Salon.

»Liebster Heinz, hier stelle ich dir einen Jugendfreund

vor – Dr. Hans Roland. Herr Doktor – mein Mann und meine Stieftochter Anita.«

Hans Roland hatte Anita Friesen gegenübergestanden, ahnungslos, daß diese soeben Zeugin einer ihm selbst äußerst peinlichen Szene gewesen war, die er nicht hatte verhindern können.

Anita begegnete ihm mit stolzer Kälte, denn sie mußte glauben, daß Dr. Hans Roland im Einverständnis mit ihrer Stiefmutter gewesen war, als diese ihn küßte. Aber sie tat ihm unrecht, er war schuldlos an dieser stürmischen Begrüßung. Was ihn mit Frau Erika verbunden hatte, lag für ihn in der Vergangenheit, und er hatte es durchaus nicht wieder aufleben lassen wollen, als sie ihm vor einigen Tagen begegnet war und ihn aufgefordert hatte, sie zu besuchen. Er hatte der Einladung Folge geleistet, ein wenig neugierig, wie die schöne Erika, mit der er vor ihrer Verheiratung eine Weile geflirtet hatte, sich als reiche Bankiersgattin ausnehmen würde.

Zu seinem Erstaunen war er der erste Gast, obwohl er eine Viertelstunde zu spät kam. Frau Erika hatte ihn absichtlich früher als die anderen Gäste gebeten. Und gleich bei seinem Eintritt hatte sie ihn begrüßt wie in jener früheren Zeit ihrer Liebelei. Ehe er energisch dagegen protestieren konnte, war Erika zusammengezuckt und hatte ihm zugeflüstert:

»Mein Mann kommt! Du giltst als ein Jugendfreund von mir.«

Er hatte sich vorgenommen, dieses Haus nicht wieder zu betreten, denn er gehörte nicht zu den Männern, die es leicht mit der Heiligkeit der Ehe nehmen.

Aber dann sah er Anita – und beim ersten Blick in ihre stolzen, reinen Augen fühlte er, daß er der Frau gegenüberstand, die seinem unruhig suchenden Herzen Lebensinhalt werden konnte.

Hans Roland wich im Verlauf des Abends kaum von ihrer Seite, obwohl sie sich kalt und ablehnend verhielt. Sie wirkte auf ihn wie die Offenbarung alles Guten, Schönen und Erstrebenswerten, und er zeigte ihr das unverhohlen.

Sie aber sah in ihm den Liebhaber ihrer Stiefmutter und behandelte ihn so abweisend, wie es möglich war, ohne ihr Wissen zu verraten. Sie ahnte nicht, wie schuldlos er war und wie sehr sie ihn mit ihrer Kälte quälte.

Von nun an begegnete sie ihm sehr oft. Und immer folgte er ihr in Gesellschaft wie ihr Schatten, trotz ihrer deutlichen Abwehr. Als sie merkte, daß er sich ernstlich um sie bewarb, spielte ein verächtliches Lächeln um ihre Lippen.

Aber sie mußte doch feststellen, daß er vermied, in Frau Erikas Nähe zu sein.

Diese bemerkte sehr bald, daß Hans Roland ihrer Stieftochter den Hof machte. Obwohl bei ihr kein Gefühl tief ging, ärgerte sie sich darüber. Und darum sagte sie eines Tages zu Anita:

»Hüte dich vor Doktor Roland! Er ist ein großer Don Juan. Auch mich hat er einst zu betören versucht – aber ich wies ihn zurück und zog deinen Vater vor. Er gab mir bessere Garantien für ein volles Eheglück.«

Anita machte sich ihre eigenen Gedanken über diese Warnung ihrer Stiefmutter. Aber sie sah Hans Roland jedenfalls in einem durchaus falschen Licht und ahnte nicht, daß für ihn keine andere Frau mehr existierte, seit er sie gesehen hatte, und daß er nur ihretwegen so oft in die Villa Friesen kam.

So herb sie sich auch gegen ihn abschloß, hatte er doch einen tiefen Eindruck auf sie gemacht. Sie schämte sich, daß sie ihn nicht verächtlicher finden konnte, aber etwas in seinem Wesen schmeichelte sich in ihr Herz, und heimlich suchte sie nach Entschuldigungen für sein Vergehen. Das hinderte sie nicht, ihm ein abweisendes Verhalten zu zeigen.

Hans Roland ahnte nicht, in welch falschem Licht er ihr erschien. Er sah in Anitas Haltung nichts als das Mißtrauen der reichen Erbin gegen einen unbegüterten Freier – denn er war vermögenslos. Vielleicht hatte sie schlimme Erfahrungen gemacht, unter denen sie ihn leiden ließ. Vielleicht schätzte sie auch den Reichtum höher ein als er. Wenn ihm etwas an Anita hätte mißfallen können, wäre es ihr nutzloses Drohnendasein gewesen. Er wußte nicht, wie sie darunter litt und wie gern sie ernste Pflichten gehabt hätte. Da sie sich diese nicht schaffen konnte, begnügte sie sich mit Werken der Wohltätigkeit und Barmherzigkeit, von denen kein Mensch wußte. Wenn ihr Vater ihr kostbaren Schmuck schenken wollte, bat sie ihn, es zu unterlassen, da sie keine Freude daran hatte, und sagte: »Gib mir das Geld für meine Armen!«

Der Vater gab ihr auch jederzeit reichlich. Anita ging dann heimlich in die Hütten der Armut und half, wo sie konnte. Das war bisher ihr Lebenswerk gewesen, von dem Hans Roland nichts ahnte.

Und kein anderer Mensch wußte darum als ihr Vater und ihre Stiefmutter. Frau Erika zuckte die Schultern über diese »sentimentalen Torheiten« ihrer Stieftochter und verstand nicht, wie man auf Brillanten und Perlen verzichten konnte. Sie ließ sich jedenfalls reichlich beschenken und konnte nie genug Schmuck bekommen.

II.

Seit Hans Roland in ihrem Vaterhaus verkehrte, waren Ruhe und Frieden aus Anitas Herz gewichen, und ein schmerzlicher Groll stieg immer wieder in ihr auf, wenn sie merkte, wie er sich um ihre Gunst bewarb.

Ein Mitgiftjäger, wie viele andere! Er möchte meinen Reichtum heiraten und mich notgedrungen mit in Kauf nehmen. Seine Liebe gehört ja der Frau meines Vaters, sagte sie sich, und eine schmerzliche Bitterkeit füllte ihr

Herz. Wenn sie gewußt hätte, daß Frau Erika ihm völlig gleichgültig, ja verächtlich war, und daß ihr eigener Reichtum keinen Einfluß auf seine Gefühle hatte – wie froh hätte sie sein können!

Hans Roland hatte beim Tod seiner Eltern ein kleines Vermögen geerbt, das ihm erlaubte, in Ruhe sein Studium zu beenden und danach eine Erfindung auszubauen, von der er sich großen Erfolg versprach. Er war damit vor einigen Wochen fertig geworden und hatte seine Arbeit bei der maßgebenden Stelle eingereicht. Nun wartete er die Entscheidung ab. –

Manchmal wünschte er mit zorniger Inbrunst, daß Anita ganz arm werden möchte, damit er ihr beweisen könnte, wie nebensächlich ihm ihr Reichtum erschien. Immer wieder suchte er ihre Nähe, weil er nur Ruhe fand, wenn er sie sehen konnte.

So war er auch heute gekommen, um sich nach dem Befinden der Damen zu erkundigen, hoffend, daß er Anita zu Gesicht bekam.

Und nun schritt er durch die Gartenstraßen des Stadtparks nach Ludwigslust und blickte sehnsüchtig nach Anita aus.

Bei dem herrlichen Spätsommerwetter begegneten ihm zahlreiche Spaziergänger und elegante Wagen.

Als er den Park hinter sich gelassen hatte, wurde es stiller auf der breiten Fahrstraße, die durch den Wald führte. Vergeblich hatte er nach dem Wagen der Friesens Ausschau gehalten, und schon wollte er umkehren. »Nur noch bis zum nächsten Kreuzweg!« gab er sich selbst die letzte Frist.

Und gerade, als er dort angelangt war, vernahm er plötzlich ein angstvolles Rufen und sah von weitem eine elegante Kutsche auf der Straße daherrasen. Er erkannte sofort, daß die Pferde der Lenkerin durchgegangen waren – und diese Lenkerin war Anita Friesen.

Er sah, wie sie ihre schlanke Gestalt weit zurückbog und mit aller Kraft die Pferde zu bändigen versuchte. Es war vergeblich. Die scheugewordenen Tiere stürmten im rasenden Lauf dahin. Bleich riß Anita an den Zügeln, aber die Tiere ließen sich nicht halten. Mit trotzigem Mut biß sie die Zähne zusammen, und zwischen ihren Augen grub sich eine tiefe Falte in ihre Stirn. Sie hörte hinter sich ihre Stiefmutter immer wieder in wilder Angst aufschreien, und das marterte sie mehr als die Furcht vor einem schlimmen Ausgang dieser Spazierfahrt.

Hans Roland überblickte die gefährliche Situation sofort. Er sah Anitas krampfhaftes Bemühen, die Pferde zu zügeln, sah, wie sich Frau Erika schreiend an die Lehne ihres Sitzes klammerte, und wie der hinter dem Wagen sitzende Diener vergeblich versuchte, nach vorn zu klettern und zu Hilfe zu kommen.

Eine wilde Energie blitzte in seinen Augen auf. Seine schlanke, sehnige Gestalt straffte sich, und schon sprang er mitten auf die Fahrstraße und erwartete die heranstürmenden Pferde.

Er hatte von Jugend auf Gelegenheit gehabt, mit Pferden umzugehen. Sein Vater war Domänenpächter gewesen, und er war bis zu der Zeit, da er Gymnasium und Hochschule besuchen mußte, auf dem Lande aufgewachsen. Er hatte die wildesten Pferde geritten, mit und ohne Sattel, und wußte, wie man störrischen und scheuen Tieren beikommen konnte. Mit einem abwägenden Blick sah er den Tieren entgegen, und als sie ihm nahe kamen, fuhr er mit einem jähen, festen Griff in die Zügel.

Die Pferde bäumten sich und drohten ihn mit fortzureißen. Da entfuhr auch Anitas bisher festgeschlossenen Lippen ein angstvoller Schrei. Sie dachte nicht daran, daß sie damit verriet, wie sie um Hans Rolands Leben bangte.

Er hörte den Aufschrei und sah in ihrem Antlitz für einen Moment eine wilde Angst um ihn. Seine Augen leuchteten auf in jäher Freude. Mit einem erneuten gewaltigen Ruck brachte er die Tiere zum Stehen.

Kaum war dies gelungen, als Anita auch schon mit einem Satz vom Wagen herabsprang, während ihre Stiefmutter dem Diener halb ohnmächtig in die Arme sank.

Hans Roland sah nur Anita. »Haben Sie sich verletzt oder weh getan, gnädiges Fräulein?« rief er ihr zu. Sie schüttelte den Kopf und starrte ihn an, blaß bis an die Lippen.

»Nein – aber Sie?«

Er zeigte ihr aufatmend seine Hände und lächelte. Die Handschuhe waren an den Handflächen mitten durchgeplatzt. »Nur meine Handschuhe sind zu Schaden gekommen. Gottlob, daß Sie unverletzt sind! Aber Ihre Frau Mutter scheint der Hilfe zu bedürfen!«

Anita trat mit einem jähen Schritt zur Seite. Ihre Augen blickten plötzlich wieder kühl und abweisend. Wie hatte sie sich nur einen Moment vergessen können! Er hatte ja nur um ihrer schönen Stiefmutter willen sein Leben riskiert.

Nur widerwillig wandte Hans Roland sich nun Erika Friesen zu. Er rief zuerst den Diener herbei und übergab ihm die Zügel, damit er die noch unruhigen Tiere festhielt.

Dann trat er an den Wagen. »Darf ich Ihnen behilflich sein, gnädige Frau? Wollen Sie absteigen? Es ist Ihnen doch nichts geschehen?« fragte er artig, aber kühl.

Frau Erika war in einer kläglichen Verfassung. Sie rückte mit zitternden Händen ihren Hut zurecht.

»Ich weiß nicht, ob ich heil und unversehrt bin. Das war eine Höllenfahrt! Es ist unerhört, Anita, daß du mich diese Fahrt mitmachen ließest, wenn du so wenig Gewalt über die Tiere hast! Nie vertraue ich mich dir wieder an«, sagte sie aufgeregt.

Anita wurde noch ein wenig bleicher und zuckte die Schultern, während sie mit starren kalten Augen zusah, wie Hans Roland ihre Stiefmutter zu beruhigen suchte.

»Bitte, erinnere dich, daß ich dir abriet, mich zu begleiten, weil ich neue Pferde einfahren wollte. Du bestandest darauf, mich zu begleiten«, sagte sie kalt und scheinbar ruhig.

»Du hättest mir sagen müssen, daß es gefährlich war«,

erwiderte Frau Erika.

»Ich wußte natürlich nicht, daß die Tiere scheuen würden. Hoffentlich hast du dir keinen Schaden getan.«

»Ach, ich weiß nicht – ich fühle mich wie zerschlagen.«

Hans Roland hatte bei Frau Erikas anklagenden Worten die Stirn zusammengezogen.

»Vielleicht versuchen Sie, einige Schritte zu gehen, gnädige Frau«, schlug er etwas kurz angebunden vor.

Frau Erika ließ sich mit einem schmachtenden Augenaufschlag, der ihm das Blut unwillig in die Stirn trieb, vom Wagen heben und ging, sich fest auf seinen Arm stützend, einige Schritte hin und her. »Gottlob, ich scheine nicht verletzt zu sein. Aber diesen Pferden vertraue ich mich nicht noch einmal an. Ich gehe lieber zu Fuß, bis ich einem Mietwagen begegne, der mich nach Hause bringt. Dir wird wohl auch die Lust vergangen sein an dieser Spazierfahrt, Anita.«

Diese stand mit abgewandtem Gesicht da. Sie wollte nicht sehen, wie die beiden Menschen heimliche Blicke wechselten.

»Die Pferde sind ja wieder ruhig. Ich steige auf und fahre nach Hause«, sagte sie und trat an den Wagen.

Hans Roland kam schnell an ihre Seite, Frau Erika sich selbst überlassend. »Gnädiges Fräulein, wollen Sie nicht lieber auch darauf verzichten? Die Tiere sind noch etwas nervös und unruhig«, sagte er flehend.

Sie schüttelte trotzig den Kopf – seine weiche Stimme quälte sie. »Ich steige wieder auf«, sagte sie schroff.

Seine Augen blitzten nun zornig in die ihren. Die Angst um sie brachte ihn um seine Selbstbesherrschung.

»Das ist Eigensinn, gnädiges Fräulein!«

Sie richtete sich stolz empor. »Ich weiß, was ich zu tun habe.«

Er biß sich auf die Lippen. »Verzeihen Sie – daran zweifle ich nicht. Aber Ihre Frau Mutter wird sich um Sie ängstigen.«

Mit einem wehen Blick sah sie ihn an, und ihre blassen Lippen zuckten. »Meine Mutter ist tot. Frau Erika Friesen aber wird sich bestimmt nicht um mich ängstigen. Sie werden sie bis zu einem Wagen begleiten, Herr Doktor. Um mich brauchen Sie sich nicht zu bemühen, ich helfe mir selbst.«

Mit einer Verneigung trat er zurück. »So gestatten Sie mir wenigstens, Ihnen auf den Wagen zu helfen.«

Sie wollte schnell an ihm vorüber und sich allein hinaufschwingen. Aber ehe sie es hindern konnte, hob er sie empor. Er sah dabei ganz ruhig aus – nur seine Stirn rötete sich vor unterdrückter Erregung. Mit einer Verbeugung reichte er ihr die Zügel und sagte mit heiserer Stimme: »Fahren Sie wenigstens langsam, gnädiges Fräulein!«

Sie richtete sich auf, und mit einem sonderbaren Blick zu ihm herabsehend sagte sie herb:

»Ich verdanke Ihnen vielleicht mein Leben, Herr Doktor – verzeihen Sie, daß ich das erst jetzt feststelle.«

Ein wilder Grimm packte ihn, weil sie dabei so kalt und unnahbar blieb. Eine heftige Entgegnung wollte ihm über die Lippen. Aber ehe sie ihm entschlüpft war, leuchteten seine Augen plötzlich auf. Wie abweisend sie sich auch ihm gegenüber gab – sie hatte vorhin doch um ihn gebangt! Ihr Aufschrei hatte es ihm verraten.

»Es bedarf keines Dankes, gnädiges Fräulein – zumal ich meinen Lohn schon erhalten habe«, sagte er scheinbar ruhig.

Fragend sah sie ihn an. »Ihren Lohn?«

»Ja, ich war reich belohnt – als Sie angstvoll aufschrien in dem Moment, da mich die Pferde fortzuschleifen drohten. Es bewies mir, daß Sie wenigstens in jenem Augenblick um mein Leben bangten. Ihre eigene Gefahr hatte Ihnen keinen Laut erpreßt – und meinetwillen schrien Sie auf.«

Eine dunkle Glut färbte ihr Antlitz. »Wenn man einen Menschen in Gefahr sieht, erschrickt man«, sagte sie unsicher.

Er lächelte bitter. »Ich weiß, daß die Angst um das Leben eines Straßenjungen Ihnen vielleicht denselben Schrei erpreßt hätte. Aber ich darf doch meine Freude darüber äußern – daß ich Ihnen nicht weniger gelte als ein Straßenjunge. Sie sehen, es ist keine Gefahr, daß ich arrogant werde. Aber nun will ich Sie nicht länger aufhalten. Ihre Frau Mutter – pardon, Frau Erika Friesen wird meiner bedürfen. Ich werde mir gestatten, mich morgen nach Ihrem Befinden zu erkundigen.«

Damit trat er zurück und ging zu Frau Erika hinüber.

»Geben Sie mir Ihren Arm, Herr Doktor, ich bin noch sehr angegriffen.«

Er reichte ihr den Arm. »Bitte, verfügen Sie über mich, gnädige Frau.«

Anita sah mit zuckenden Lippen auf die beiden hinab. Wie formell sie sich anredeten! Und sie hatte doch an jenem Abend ganz deutlich gehört, daß sie sich du nannten – und Hans und Erika. Ein glühender Schmerz durchzuckte sie. Als der Diener jetzt aufgestiegen war, riß sie heftig an den Zügeln und trieb die Pferde zu raschem Lauf an. Sie wollte diese beiden Menschen nicht mehr zusammen sehen.

Hans Roland sah besorgt hinter dem Wagen her und atmete auf, als die Tiere nun eine ruhige Gangart einschlugen. Es hatten sich unterdessen einige neugierige Spaziergänger eingefunden, die nun diskutierend herumstanden.

Hans Roland führte Frau Erika davon. Diese sagte kopfschüttelnd:

»Ich verstehe Anita nicht. Wie konnte sie sich nur noch mal diesen Pferden anvertrauen, wo sie kaum mit heiler Haut davongekommen war!«

Er wandte sich ihr zu. »Sie ist sehr mutig.«

»Ach – sag doch lieber: trotzig und eigensinnig.«

Unmutig zog er die Stirn zusammen. »Ich habe Sie schon wiederholt gebeten, das ›Du‹ aus unserem Verkehr zu streichen, Frau Erika.«

Sie zog ein Mäulchen. »Ja doch! Ich vergesse es nur

immer wieder. Und wenn wir allein sind, ist es doch lächerlich, wenn ich Sie so feierlich ›Herr Doktor‹ tituliere. Aber sagen Sie, Hans, finden Sie es nicht eigensinnig von Anita, mit den nervösen Tieren weiterzufahren?«

Er antwortete nicht auf diese Frage, sondern sagte nur: »Sie verstehen sich anscheinend nicht mit Ihrer Stieftochter.«

Sie zuckte die Schultern. »Nein, sie ist so ernst und schwerfällig. Ich liebe Frohsinn und Heiterkeit. Und deshalb steht sie mir kritisch gegenüber. Denken Sie doch, diese törichte Puritanerin hat ihren Vater gebeten, ihr keinen Schmuck zu schenken – sie will das Geld dafür lieber ihren Armen geben! Ich dagegen liebe Schmuck über alles. Mein Gatte ist auch gottlob sehr freigebig. Aber ich glaube, Anita findet, daß ich auch zugunsten der Armen verzichten soll. So ein Unsinn! Na, und außerdem – angenehm ist es natürlich nicht für mich, eine erwachsene Stieftochter zu haben. Das macht mich um zehn Jahre älter.«

Er wußte, daß sie nun eine Schmeichelei hören wollte, und er rang sich einige Worte ab. »Sie brauchen das nicht zu fürchten, trotz Ihrer schönen Stieftochter.«

Sie blickte forschend zu ihm auf. »Finden Sie Anita schön, Hans?«

Er war auf der Hut. »Ich glaube, daß sie sehr schön ist.«

»Ach, ich finde sie viel zu langweilig. Freilich, sie hat es nicht nötig zu bezaubern – das tut ihr Reichtum schon.«

»Meinen Sie?« fragte er mit seltsamer Betonung.

»Ach, spielen Sie nur nicht den Harmlosen, Hans! Ich merke ja doch, daß Sie sich um Anita bemühen.«

Seine Augen blickten starr. »So, das merken Sie?« fragte er spöttisch.

Sie nickte. »Natürlich, ich habe doch scharfe Augen, mir entgeht so leicht nichts.«

»Und Sie denken, daß ich besondere Gründe habe, mich um Fräulein Friesen zu bemühen?« fragte er, noch immer spöttisch.

»Ich denke, daß Sie es bald nötig haben werden, nach einer reichen Frau Umschau zu halten. Ihre Verhältnisse kenne ich doch, Hans. Lange reicht Ihr kleines ererbtes Vermögen nicht mehr – ich taxiere, höchstens noch ein Jahr.«

»Und Sie meinen, für einen Mann gibt es dann keinen Ausweg, als eine reiche Frau zu suchen?«

»So geht es doch meistens – und Sie werden wohl keine Ausnahme machen.«

»Sie scheinen mich sehr genau zu kennen«, spottete er, ohne einen Versuch zu machen, zu widersprechen.

Sie lachte plötzlich auf. »Ach, Hans – es wäre doch furchtbar drollig, wenn Sie mein Schwiegersohn würden – mein Stiefschwiegersohn.«

Er starrte vor sich hin und lachte seltsam. »Drollig? Nun – wie man es auffaßt.«

Sie drückte leise seinen Arm. »Sagen Sie mir mal ganz offen – sind Sie mir sehr böse gewesen, als ich Friesens Gattin wurde?«

Es zuckte um seinen Mund. »Das ist schon so lange her – über vier Jahre, Frau Erika. Es ist möglich, daß ich ein wenig böse war, aber sicher bin ich sehr bald vernünftig geworden und habe mir gesagt, daß Sie gar nicht anders handeln konnten – wie Sie nun einmal veranlagt sind.«

Sie nickte eifrig. »Nicht wahr, Hans! Was hätte auch aus uns beiden werden sollen? Sie hatten nur Ihr kleines Vermögen, das gerade für Ihr Studium ausreichte, und ich – lieber Gott, arm wie eine Kirchenmaus! Dazu mein Hunger nach Genuß, nach den Freuden des Lebens – ach, Hans, ein Leben ohne Luxus und Komfort ist doch nur ein halbes Leben. Und Sie denken doch im Grunde auch so.«

»Ich glaube, Sie kennen mich viel weniger, als ich Sie kenne. Aber lassen wir das Thema fallen. Haben Sie sich etwas erholt? Dort sehe ich einen Wagen kommen.«

»Ach, Sie ungalanter Mensch!« schmollte sie. »Wollen Sie

mich los sein? Sie sind undankbar. Ich habe mich doch so liebenswürdig erboten, Ihre Stiefschwiegermutter zu werden.«

Er seufzte ein wenig. »Wenn Sie mir dazu helfen könnten!« entfuhr es wider Willen seinen Lippen.

»Soll ich ein bißchen zu Ihren Gunsten reden?« forschte sie.

Er schüttelte energisch den Kopf. »Nein, danke – selbst ist der Mann!«

»Nun sagen Sie wenigstens, daß ich nett bin, weil ich es Ihnen anbiete!«

»Sehr nett sind Sie, Frau Erika – sehr nett«, sagte er zerstreut und rief einen Wagen an, der vorüberkam. Artig half er ihr beim Einsteigen und küßte ihr dann die Hand.

»Darf ich mich morgen nach dem Befinden der Damen erkundigen?«

»Ja, ja, kommen Sie, Hans! Auf Wiedersehen also! Und ob Sie wollen oder nicht, ich werde Anita zum Bewußtsein bringen, daß sie Ihnen ihr Leben zu danken hat. Ich übrigens auch – fast hätte ich vergessen, Ihnen dafür meinen Dank auszusprechen. Es war ein glücklicher Zufall, der Sie uns in den Weg führte. Wer weiß, was sonst aus uns geworden wäre!« Sie schauerte zusammen.

»Ja – es war ein glücklicher Zufall«, bestätigte er.

Sie nickte ihm zu. »Also, auf Wiedersehen morgen!«

»Auf Wiedersehen!«

Der Wagen fuhr mit ihr davon, und Hans Roland war froh, daß er endlich allein war. Seine Gedanken umkreisten unablässig Anita Friesen. Er rief sich ihre herbe, stolze Abwehr ins Gedächtnis zurück, als sie einen widerwilligen Dank stammelte.

Ich glaube, sie wäre lieber gestürzt, als mir ihr Leben zu danken, dachte er. Aber wie süß müßte es sein, diese Kälte zu besiegen, diesen spröden Stolz zu bezwingen! Ich bin ihr nicht so gleichgültig, wie sie mich glauben machen will, dachte er, als er sich ihres Angstrufes erinnerte.

Er mußte ihre Liebe erringen – um jeden Preis! Wenn er ihr gleichgültig gewesen wäre, hätte sie sich nicht so viel Mühe gegeben, ihm ein abweisendes Wesen zu zeigen. Es war sicher nur Mißtrauen, das sie bewog, ihn zurückzuweisen. Sie hielt ihren Reichtum für begehrenswerter als sich selbst. Die süße Törin! Wenn sie doch arm wäre, ganz verlassen, ganz abhängig von ihm – welche Süßigkeit, sie dann an sein Herz zu nehmen und ihr lachend zu sagen: »Was brauche ich dein Geld? Dich will ich, dich allein! Ich bin Manns genug, für dich und mich zu arbeiten. Alles, alles sollst du aus meinen Händen bekommen.«

Aber wie schwer würde sie es ihm machen, sie von seiner Liebe zu überzeugen! Seine Gedanken verloren sich in Phantasien. Es berauschte ihn, sich auszumalen, daß Anita Friesen durch irgendeinen Zufall ihr ganzes Vermögen verlöre und einsam in der Welt stünde. Wie wollte er dann schaffen und arbeiten, um ihr wieder ein sorgenloses Leben zu sichern!

Fast wäre er von einem Auto überfahren worden, so vertieft war er in seine Gedanken. Er schrak auf, als er instinktiv zur Seite sprang.

»Zum Träumer kann man werden durch sie. Das bringt mich noch um den Verstand. Das klügste wäre, ich suchte mein Heil in der Flucht«, sagte er zu sich selbst.

Aber dann warf er den Kopf in den Nacken. Nein, er konnte nicht von ihr lassen und wollte es auch nicht. Er wollte sie zwingen zur Liebe. Und – sie hatte heute um ihn gebangt und war errötet, als er ihr das auf den Kopf zusagte. Außerdem war zuweilen in ihren Augen ein Ausdruck, der ihm verriet, daß sie ihm nicht gleichgültig gegenüberstehen konnte.

Schnell schritt er den Weg zurück, den er vorhin gekommen war. Er kam auch wieder an Villa Friesen vorüber. Und da sah er Anita auf dem Balkon vor ihrem Zimmer stehen. Sie war noch nicht umgekleidet, trug noch das beigefarbene Fahrkleid und hatte nur den Hut abgelegt. Die Sonne warf funkelnde Lichter über ihr goldbraunes Haar. Sein Blick flog aufleuchtend zu ihr empor, und es war, als wenn sie die Macht seines Willens fühlte – sie wandte ihm ihr Gesicht zu. Er zog grüßend den Hut.

Mit einem leisen, fast hochmütigen Neigen des Kopfes trat sie schnell in das Zimmer zurück.

»Wenn ich ihr gleichgültig wäre, würde sie stehengeblieben sein. Ich zwinge dich doch, Edelfalke!« dachte er und ging mit elastischen Schritten weiter.

Wenn er gewußt hätte, wie ihm die stolze Anita Friesen, verborgen von den Spitzenstores, nachsah – wie glücklich hätte es ihn gemacht!

III.

Anita saß in ihrem Zimmer am Fenster und sah gedankenverloren hinaus in die bunte Spätsommerpracht des Gartens. In allen Farben blühten und glühten die Blumen in den Rabatten, die wie riesige bunte Kissen in den grünen, kurzgeschnittenen Rasen gebettet waren. An den dichtbelaubten Bäumen ringsum verkündete schon hie und da ein rötlich gefärbtes Blatt das Nahen des Herbstes.

Anita nahm unbewußt dies herrliche Bild in sich auf. Sie stützte den Kopf in die schöngeformte schmale Hand, die ein einziger Ring, von einer kostbaren Perle und einem Solitär geziert, schmückte. Sie trug ein königsblaues Hauskleid aus weicher fließender Seide, das wundervoll gegen das goldbraune Haar kontrastierte.

Das Zimmer, in dem sie sich befand, war für eine junge Dame etwas zu ernst und zu dunkel gehalten. Fast schwarz gebeizte Eiche mit Bezügen und Vorhängen aus dunkelgrünem Samt, auf dem schönen Parkettfußboden ein Teppich in satten Farben. Und Blumen, viele Blumen in Vasen und

Töpfen – das war die Ausstattung dieses Zimmers. Sehr reizvoll wirkte in dieser Umgebung die schlanke Mädchengestalt mit den feinen Zügen, auf denen jetzt ein verträumter Ausdruck lag. In ihren großen goldbraunen Augen leuchtete ein warmer Schein. Sie war ja allein und brauchte niemand Kälte und Stolz vorzutäuschen. Die Augen, von feingezeichneten Brauen überwölbt, waren von langen Wimpern umgeben. Eine leise Röte lag auf ihren Wangen. Lieb und gütig sah sie aus. Jetzt, da ihr der Stolz keine Maske vorlegte, sah man Anita an, daß sie ein wertvoller Charakter war und ein reiches Seelenleben besaß. Wie gern hätte sie von den Schätzen in ihrem Innern ausgeteilt, wenn sie nur jemand gefunden hätte, der sie gewürdigt hätte!

Aber seit dem Tod ihrer Mutter hatte sie nie wieder einen Menschen so recht von Herzen liebhaben können. Der Vater, der früher für nichts anderes als für seine Geschäfte Sinn gehabt hatte, war ihr schon zu Lebzeiten ihrer Mutter fremd gewesen. Durch seine zweite Heirat, die den alternden Mann in eine nie gekannte Leidenschaftlichkeit hineingesteigert hatte, war er ihr vollends entfremdet worden. Früher hatte sie wenigstens einen gewissen Respekt vor ihm gehabt – jetzt sah sie ihn als den willenlosen Sklaven einer koketten, genußsüchtigen Frau und konnte ihm nichts mehr entgegenbringen als ein mitleidiges Staunen, ein unbehagliches Befremden.

Andere Angehörige, die sie hätte lieben können, besaß sie nicht. Eine einzige Freundin, der sie sich in der Pension näher angeschlossen hatte, war verheiratet und in weiter Ferne. Und in ihrer Stiefmutter sah sie vom ersten Augenblick an eine Feindin. Zwischen diesen beiden Frauen konnte es keine Gemeinschaft geben.

Einem Mann aber war Anita bisher in ihrem Herzen nicht nahegekommen. Wohl war sie von vielen Seiten umworben worden, und zuweilen hatte sie geglaubt, den einen oder andern ihrer Bewerber sympathisch finden zu können. Es war aber immer eine Enttäuschung herausgekommen. Und die Erkenntnis, daß alle ihre Bewerber ihren Reichtum über ihre Person stellten, hatte sie herb und unnahbar gemacht. Sie wollte um ihrer selbst willen geliebt werden und selbst von Herzen lieben und achten können, wenn sie sich einem Mann zu eigen gab.

Seit Hans Roland in ihr Leben getreten war, fühlte sie, daß sie durch ihn in eine große Gefahr kam – in die Gefahr, lieben zu müssen, wo sie nicht achten konnte.

Sie mußte sich zwingen, ihm kalt und stolz gegenüberzustehen. Sie verachtete ihn, weil sie glaubte, daß er in ihre Stiefmutter verliebt wäre und trotzdem nach ihrem Besitz trachtete, weil sie die reiche Erbin war.

Lieber sterben! dachte sie erschauernd. Und sie rief ihren ganzen Stolz gegen ihn zu Hilfe und zwang sich, ihm abweisend zu begegnen.

Aber seit gestern, seit dem Augenblick, da er sich den scheuen Pferden entgegengeworfen hatte und sie glauben mußte, daß sein Leben bedroht war, wußte sie, daß all ihr Wehren nichts geholfen hatte. Die rasende Angst, die sie befallen, hatte ihr gezeigt, daß sie ihn liebte.

Diese Erkenntnis marterte sie unsäglich. Ihr war, als hätte sie den festen Boden unter den Füßen verloren. Aber es war eine Qual, die doch verführerisch war und sie von Tag zu Tag mehr um ihre stolze Ruhe und Sicherheit brachte. Und er dachte anscheinend nicht daran, ihr fern zu bleiben. Überall traf sie mit ihm zusammen. Das war ja natürlich, da er, wie sie meinte, stets die Nähe ihrer Stiefmutter suchte. Sie hatte gehofft, daß er nicht wiederkommen, daß ihre Kälte ihn verscheuchen würde. Es war vergeblich gewesen.

Und seit gestern, seit sie sich hatte eingestehen müssen, daß sie ihn liebte, zu ihrer eigenen Qual, wußte sie, daß sie vor ihm fliehen müßte, daß sie nicht länger in seiner Nähe bleiben dürfte. Er ahnte vielleicht schon, daß ihr Herz sich ihm zuneigte; hatte er ihr doch gezeigt, daß er ihren Angstruf gehört hatte. Sie mußte fort, damit sie diese unglückselige, entwürdigende Neigung aus ihrem Herzen reißen konnte.

Der Vater würde sie ohne weiteres reisen lassen, er suchte ja stets ihre Wünsche zu erfüllen, um sie äußerlich nicht hinter ihrer Stiefmutter zurückstehen zu lassen. Und sie war gewohnt, daß Geld nie eine Rolle spielte. Das Leben in ihres Vaters Haus hatte sich immer in großem Stil abgespielt, und seit die Stiefmutter im Haus war, wurde eine Verschwendung getrieben, die oft unsinnig war und Anita mißfiel. Das Leben war nicht mehr vornehm, wie es früher bei aller Pracht, die der Vater liebte, gewesen war, sondern artete in protzige Verschwendungssucht aus. Das war der Stempel, den Frau Erika dem Hauswesen aufgedrückt hatte.

Jedenfalls wußte Anita, daß ihr Geld zur Verfügung stehen würde, soviel sie haben wollte, wenn sie auf Reisen ginge. Sie hatte schon einige Male größere Fahrten unternommen, seit ihr Vater wieder verheiratet war; fühlte sie doch, daß sie überflüssig war und niemand ihrer bedurfte. Meist hatte dann Frau Jungmann sie begleitet, die ehemalige Hausdame ihres Vaters. Diese hatte sich zur Ruhe gesetzt, als Heinrich Friesen seine zweite Frau heimführte. Er hatte der alten Dame eine anständige Abfindungssumme gegeben, die ihr erlaubte, im Verein mit einer kleinen Pension und dem, was sie sich erspart hatte, ein sorgloses Leben zu führen. Frau Jungmann liebte Anita sehr und war immer gern bereit, sich ihr zur Verfügung zu stellen.

Aber wohin sollte sie reisen, und wie lange sollte sie fortbleiben? Es konnte sich doch nur um Wochen handeln – und wenn sie dann wiederkam, und Hans Roland war noch immer da ...?

Aber fort mußte sie, das war klar, so schnell wie möglich fort aus seiner Nähe. Sie mußte ihn meiden, damit ihre Selbstachtung nicht verlorenging.

Seufzend erhob sie sich und ging mit langsamen Schritten über den schönen Perserteppich. Plötzlich stutzte sie.

Neben diesem großen Teppich lag vor dem Bücherschrank ein kleiner Seidenteppich von seltener Farbschönheit, den Anita vor einigen Wochen als Geburtstagsgeschenk von ihrer Freundin erhalten hatte. Diese hatte sich mit einem Ingenieur verheiratet, der eine Anstellung in Algier beim Bau einer Eisenbahn erhalten hatte. Von Biskra nach Touggourt sollte diese Eisenbahn führen. Bisher war die Verbindung nur durch Fahrten in offenen Stellwagen möglich gewesen, die durch leichte Sonnendächer geschützt waren. Solch eine Fahrt gehörte keineswegs zu den Annehmlichkeiten des Lebens, und deshalb hatte sich eine Bahnverbindung als nötig erwiesen.

Die Anlage war wegen der großen Terrainschwierigkeiten ziemlich mühevoll, und die Regierung in Algier hatte dafür einen besonders tüchtigen deutschen Ingenieur verpflichtet. Das war Fritz Gordon, der Mann von Anitas Freundin Lori Gordon.

Die junge Frau hatte ihren Gatten nach Biskra begleitet, um dort mit ihm zu bleiben, bis seine Aufgabe gelöst war.

Und Anita erinnerte sich nun beim Anblick des Teppichs, daß Lori Gordon sie in ihrem letzten Schreiben ganz ernsthaft eingeladen hatte, nach Biskra zu kommen.

Sie stutzte. War das nicht ein Wink des Schicksals? Sie trat schnell an ihren Schreibtisch und entnahm einem Fach den Brief der Freundin, um ihn durchzulesen.

In dem Brief hieß es unter anderem:

»Daß ich in meiner Ehe sehr glücklich bin, liebste Nita, hindert mich nicht, zuweilen von bedrückendem Heimweh und schlimmen Einsamkeitsgefühlen befallen zu werden. Wie selten kann ich hier mit einem Menschen in meiner Muttersprache reden! Es scheint manchmal ein babylonisches Sprachgewirr um mich zu herrschen, in dem natürlich Französisch und die gutturalen Laute der Eigeborenen vorherrschen. Mein Mann ist durch seinen Beruf stark in Anspruch genommen, und so bin ich viel allein. In der ersten Zeit habe ich das nicht so sehr empfunden. Es gibt ja hier so unendlich viel Neues und Interessantes zu sehen und zu erleben, daß es mir nicht an Abwechslung fehlte. Aber jetzt kommen oft Stunden, wo ich nicht hinaus mag in dies bunte Hasten und Treiben, in dieses heiße, flutende Leben mit seinen krassen Licht- und Schattenseiten von Pracht und Luxus einerseits, Schmutz und Elend andererseits.

Dann überkommt mich ein schmerzhaftes Heimweh! Nita – wie habe ich Dich dann oft herbeigesehnt! Mir ist, als müßtest Du wie ein Labsal auf mich wirken, gerade Du, mit der ich mich immer so gut verstanden habe. Wie herrlich wäre es, wenn Du mich auf einige Zeit besuchen könntest, denn ich will und muß ja hier bei meinem geliebten Fritz aushalten. Hast Du nicht Lust, mich zu besuchen? Ich weiß, Du bist immer gern auf Reisen gegangen, und Biskra und seine Umgebung würden Dir viel Neues und Schönes bieten, das Dich sicher auf einige Wochen, vielleicht auch auf Monate, fesseln würde; und ich weiß, daß Dich zu Hause nichts hält. An interessanter Geselligkeit würde es Dir hier auch nicht fehlen. Wirklich, liebste Nita, Du solltest Dich aufmachen und zu uns kommen! Du würdest sicher auf Deine Rechnung kommen, ganz abgesehen davon, daß Du mir einen echten Freundschaftsdienst erweisen würdest. Überleg es Dir einmal. Am liebsten wäre es mir, Du bliebst bis zur Eröffnung der neuen Bahn nach Touggourt. Bei dieser Gelegenheit soll eine große Feier stattfinden – ein echt orientalisches Fest mit pariserischem Einschlag. So etwas wirst du daheim nie kennenlernen. Man läßt sich hier so leicht keinen Anlaß zu einem solchen Fest entgehen, und Du ahnst nicht, was für eine Farbenpracht, was für ein Aufgebot an fremdartigen Künsten dabei entfaltet wird. Also komm, liebe Nita, auf recht lange Zeit! Wir haben reichlich Platz in unserem hübschen Häuschen, und an Dienerschaft fehlt es auch nicht. Es ist alles da, was man braucht, um einen lieben Gast würdig zu empfangen. Wäre es nur erst soweit! Ich warte mit Sehnsucht.

Auch mein Fritz läßt Dich herzlich bitten, seiner kleinen Frau Gesellschaft zu leisten. Sei lieb, Nita, und komm – wenn Dich nicht irgendein Magnet gerade jetzt daheim festhält.«

Als sie diesen Brief vor einigen Wochen erhielt, hatte sie Lori Gordon geantwortet, daß sie sich so leicht nicht zu einer weiten Reise entschließen könnte. Aber jetzt erschien es ihr plötzlich wie eine glückliche Schicksalsfügung, daß ihr dieser Weg offenstand.

Schnell war ihr Entschluß gefaßt. Ja, sie wollte nach Biskra gehen! Dort würde sie Hans Roland vergessen und der Qual entgehen, ihn täglich sehen zu müssen. Sie konnte ihren Aufenthalt so lange ausdehnen, wie es ihrer Herzensruhe nötig war. Und niemand würde es befremdlich finden, daß sie ihre Freundin besuchte.

Frau Jungmann brauchte sie nur bis Biskra zu begleiten und konnte dann wieder nach Hause zurückkehren. Sie selbst würde eventuell bleiben, bis Gordons nach Deutschland zurückkehrten. Lori hatte ihr geschrieben, daß ihr Mann nach Beendigung des Bahnbaues in Deutschland eine neue gute Position einnehmen würde.

Schnell entschlossen richtete sich Anita empor, und als müßte sie sich daran hindern, anderen Sinnes zu werden, eilte sie mit dem Brief in der Hand hinüber in das Arbeitszimmer ihres Vaters. Sie wußte ihn um diese Zeit zu Hause.

Als sie bei ihm eintrat, sah er hastig von seinem Schreibtisch auf. Er war noch ein rüstiger und stattlicher Herr in der Mitte der Fünfzig. Sein Gesicht zeigte eine gewisse Nervosität, wie man sie bei Männern mit einem aufreibenden Beruf findet. Es fiel Anita auf, daß ihr Vater in der letzten Zeit viel nervöser war als sonst. Und heute sah sie ein besonders unruhiges Licht in seinen Augen.

»Was willst du, Anita?« fragte er hastig.

»Störe ich dich, Papa?«

»Wenn du mich nicht lange aufhältst – in einer Viertelstunde muß ich zur Börse«, sagte er, nach der Uhr sehend.

»Meine Angelegenheit ist in wenigen Minuten erledigt, Papa. Ich wollte dir nur sagen, daß mich Lori Gordon herzlich eingeladen hat, sie in Biskra zu besuchen. Nach einigem Überlegen bin ich zu dem Entschluß gekommen, diese Einladung anzunehmen. Du erlaubst doch, daß ich den kommenden Winter in Biskra verlebe?«

Heinrich Friesen sah eine Weile starr vor sich hin. Dann hob er den Kopf und sah mit dem unruhig gespannten Ausdruck, der ihr schon einige Male aufgefallen war, zu ihr empor.

»Du weißt, ich habe immer alle deine Wünsche zu erfüllen versucht, Anita, aber – hm – ist das nicht eine sehr teure Geschichte?«

Erstaunt sah Anita ihn an. Sie war zu sehr daran gewöhnt, daß der Geldpunkt in ihrem Leben keine Rolle spielte. Und hier im Hause wurden Tausende nutzlos vergeudet unter Frau Erikas Regiment. So hatte sie noch gar nicht darüber nachgedacht, was diese Reise kosten könnte.

»Ich weiß nicht, welche Summe ich brauchen werde, Papa. Du könntest mir ja nach Bedarf Geld bei einer der dortigen Banken anweisen lassen.«

Er fuhr sich über die Stirn. »Hm. Nun ja, es ist ja doch alles gleich – ich meine –, es kommt nun darauf auch nicht an – nur –, ja, du hattest sonst immer Sparsamkeitsgelüste. Also, meinetwegen, reise nach Biskra. Aber da fällt mir ein – du kannst doch nicht allein reisen.«

Anita merkte, daß der Vater sehr zerstreut war.

»Ich denke, Frau Jungmann wird mich gern begleiten.«

Er lachte nervös auf. »Natürlich – sie wird dich gern begleiten. Aber das erfordert Reisekosten für zwei Personen. Und die werden nicht gering sein.«

Wieder stutzte Anita. Sie begriff nicht, weshalb der Vater plötzlich den Kostenpunkt so sehr hervorhob.

»Frau Jungmann braucht mich nur nach Biskra zu begleiten und kann dann gleich zurückkehren. Ich komme wahrscheinlich erst nach Weihnachten mit Gordons zurück.«

Heinrich Friesen zog den Mundwinkel schief und biß sich auf die Lippen. »Ja, ja, natürlich – richte dir nur alles ein, wie du es willst. Ich gebe Auftrag, daß dir von Zeit zu Zeit das nötige Geld angewiesen wird, du brauchst es dann nur bei einer dortigen Bank abzuheben. Wann gedenkst du zu reisen?«

»Am liebsten so bald wie möglich, etwa in acht Tagen. Längere Vorbereitungen brauche ich nicht. Ich gehe heute oder morgen zum Reisebüro, um mich genau nach der Route zu erkundigen. Lori schrieb mir, über Marseille sei die beste Verbindung.«

Er nickte hastig. »Gut, gut, richte dir alles nach Belieben ein, du bist ja sehr gewandt und selbständig.«

»Ich danke dir, Papa.«

Sogleich wandte er sich seinem Schreibtisch wieder zu. Anita blieb zögernd stehen. Sie wußte nicht, wie es kam, aber mit einem Mal überfiel sie ein seltsames Mitleid mit dem Vater. Sie sah auf seine gebeugte Gestalt hinab. Sonst hatte sie ihn immer straff und aufrecht gesehen. Wie geduckt und gedemütigt kam er ihr vor – erniedrigt unter dem Zepter einer leichtfertigen, gewissenlosen Frau.

»Papa?«

Ein wenig unwillig wandte er sich um. »Was denn noch, Anita?«

Sie trat zögernd an ihn heran und legte scheu die Hand auf seine Schulter. Seit Jahren hatte sie nicht gewagt, so vertraulich zu sein, und er sah mit einem unsicheren Blick zu ihr auf.

»Papa – mir scheint, du überanstrengst dich. Du siehst in letzter Zeit sehr blaß und angegriffen aus. Kannst du dich nicht schonen?« sagte sie weicher und wärmer, als sie es sonst tat.

Es zuckte einen Moment in seinen Augen auf, wie der Wunsch, seinen schmerzenden Kopf an die Schulter seines Kindes zu lehnen und einen Augenblick wenigstens auszuruhen von einer zermürbenden Qual. Aber ehe er diesem

Wunsch nachkam, rief er sich selbst zu:

»Keine Schwachheit spüren lassen! Niemand darf ahnen, was dich drückt – auch deine Tochter nicht!«

Nun schüttelte er den Kopf. »Unsinn, Anita, ich fühle mich ganz wohl. Nur – in der letzten Zeit gab es zu viele Festlichkeiten – ich muß mal ausschlafen. Das gibt sich schon. Und nun laß mich allein, ich muß zur Börse. Gehst du zu Mama?«

»Später, Papa. Ich will nur noch ein Telegramm an Lori aufgeben.«

»Nun gut! Also, auf Wiedersehen bei Tisch.«

»Auf Wiedersehen, Papa.«

Anita ging hinaus. Trotz des Vaters unwilliger Abwehr fühlte sie instinktiv, daß ihn etwas bedrückte. Sie glaubte, die Stiefmutter habe ihn gequält, denn diese mißbrauchte ihre Macht in häßlicher Weise. Das hatte Anita oft bemerken müssen. Und sie konnte nicht verstehen, daß der Vater sich so sklavisch fügte – er, nach dessen eisernem Willen sonst alles gegangen war.

Anita ahnte sowenig wie sonst ein Mensch, daß Heinrich Friesen schon seit längerer Zeit mit ernsten Sorgen zu kämpfen hatte. Er befand sich in einer schwierigen pekuniären Lage. Die Verschwendungssucht seiner Frau hatte seine Reserven stark in Anspruch genommen. Dazu kamen Fehlschläge im Geschäft, verschiedene mißglückte Unternehmungen. Um diese Verluste auszugleichen, ließ er sich in gewagte Spekulationen ein. Und weil Mißerfolge dem sonst so erfolgreichen Mann ganz fremd waren, verlor er die Ruhe und wurde immer tollkühner. Er wollte und mußte mit einem großen Coup alles wieder in Ordnung bringen. Und jetzt stand er vor einem Vabanque-Spiel, dessen Ausgang nur zwei Möglichkeiten zuließ – völlige Vernichtung oder Rettung aus tausend Nöten, die den sonst so verwöhnten Mann doppelt peinigten. Sollte er dieses Spiel wagen?

Aber wenn nicht, wäre er auch bald ruiniert. Also gab es

nur noch den einen Weg. Daß ein tollkühner Mut dazugehörte, wußte er. Aber er wußte auch, daß er ihn aufbringen mußte. Wie lächerlich, wenn er jetzt plötzlich Sparsamkeitsgelüste bekam wie eben jetzt, als seine Tochter die Reise forderte! Das konnte ihn doch auch nicht mehr retten. Vor Jahren hätte er anfangen müssen zu sparen, als seine schöne junge Frau ihm schmeichlerisch Hunderttausende für Schmuck und Tand ablockte und immer wieder neue kostspielige Wünsche hatte. Jetzt war es zu spät dazu, jetzt konnte ihn keine Sparsamkeit mehr retten – nur noch ein verzweifelter Schritt. Ihm war zumute wie einem Steuermann, dem das Steuer seines Schiffes entwunden worden war. Er wußte nicht, wohin es trieb, mußte es dem Zufall überlassen.

Aber kein Mensch durfte ahnen, daß das Bankhaus Friesen vor einer schweren Krise stand. Der äußere Schein mußte erhalten bleiben, wenn er den letzten Coup wagen wollte.

Deshalb zwang er ein Lächeln in sein Gesicht, als er sich von seinem Diener Hut und Mantel bringen ließ. Auch vor den geschärften Dieneraugen galt es Komödie zu spielen. Und mit heiterer Miene verließ er das Haus.

IV.

Eine Stunde später begab sich Anita in die Zimmer ihrer Stiefmutter, um ihr guten Morgen zu sagen. Frau Erika liebte es, sehr lange zu schlafen – weil das die Schönheit erhielt – und im Bett zu frühstücken. Anita war dann schon lange wach, hatte meist einen Morgenritt oder sonst eine sportliche Übung hinter sich und pflegte entweder allein oder mit ihrem Vater zu frühstücken.

Frau Erika saß frisch und gepflegt in einer raffinierten,

kostbaren Haustoilette in ihrem Salon. Anita wirkte in ihrem vornehm-schlichten Kleid sehr einfach neben ihr.

Die schöne Frau hielt ein Buch in ihren Händen und versteckte gerade ein leises Gähnen, als Anita eintrat.

»Guten Morgen, Mama! Ich störe doch nicht?«

»Nein, nein, du siehst ja, ich bin ganz allein. Nicht ein Besucher läßt sich heute sehen! An solchen Tagen möchte ich am liebsten nicht aufstehen. Weißt du, ich muß immer etwas Besonderes zum Freuen haben, wenn ich aufwache. Und heute habe ich nichts zum Freuen. Solche Tage hasse ich.«

Anita überhörte die verdrießliche Betrachtung ihrer Stiefmutter.

»Hoffentlich hast du dich nun von deinem gestrigen Schrecken erholt. Ich sehe mit Vergnügen, daß du frisch und munter bist.«

Das Buch hinlegend, lehnte sich Frau Erika in ihren Sessel zurück.

»So sehr wohl fühle ich mich durchhaus nicht. Ich habe die ganze Nacht von durchgehenden Pferden geträumt. War das eine fürchterliche Fahrt! Dein Vater war auch sehr böse und außer sich, daß du mich mitgenommen hattest.«

Anita preßte die Lippen zusammen. Sie dachte daran, wie zornig der Vater gestern mittag gewesen war, weil sie seine Frau in Gefahr gebracht hatte. Daß sie selbst in ebenso großer Gefahr geschwebt hatte, war anscheinend nicht für wichtig gehalten worden.

»Ich weiß, Papa hat es nicht an Vorwürfen fehlen lassen. Du hättest sie mir ersparen können, wenn du Papa mitgeteilt hättest, daß ich dich nur auf deinen ausdrücklichen Wunsch an der Fahrt teilnehmen ließ.«

Frau Erika zuckte die Schultern. »Warum hast du das nicht selbst gesagt?«

Anitas Lippen zuckten. »Es wäre richtiger gewesen, du hättest das getan. Aber lassen wir das! Ich freue mich jedenfalls, daß du nicht ernstlich zu Schaden gekommen bist. Dieser kleine Zwischenfall wird bald vergessen sein.«

»Einen kleinen Zwischenfall nennst du das? Ich danke! Wir waren beide in Lebensgefahr, und außerdem hat Doktor Roland sein Leben aufs Spiel gesetzt, von dem Diener gar nicht zu reden. Vier Menschleben in Gefahr – und das nennst du einen kleinen Zwischenfall! Ich schaudere, wenn ich daran denke. In der Zeitung steht übrigens ein Artikel darüber. Irgendein Zeitungsschreiber muß am Wege gewesen sein; er hat die Sache sehr romantisch geschildert und den Helden gefeiert.«

Anitas Lippen zuckten verächtlich. »Vielleich hat Doktor Roland selbst dafür Sorge getragen, daß seine Heldentat bekannt wurde«, sagte sie mit eisigem Hohn.

Frau Erika lachte laut auf. »Wenn er das gehört hätte! Wo denkst du hin, Anita? Da kennst du Roland schlecht. So etwas liegt ihm nicht. Sein Name ist übrigens gar nicht genannt, nur der unsere. Man nennt ihn einen ›unbekannten Herrn‹, der sich tollkühn den rasenden Pferden entgegenwarf.«

»Nun, es wird ihm jedenfalls Freude machen«, sagte Anita wegwerfend.

Frau Erika schmiegte sich wie ein Kätzchen in ihren Sessel. »Du scheinst Roland völlig zu verkennen.«

»Ich weiß nicht mehr von ihm, als was du mir über ihn gesagt hast.«

»Was hab' ich denn über ihn gesagt?« fragte die schöne Frau, sich aufrichtend.

»Daß er ein Don Juan ist, vor dem man sich hüten muß.«

Lachend erhob sich Frau Erika. »Lieber Gott, das hast du so ernst genommen? Das sind doch die meisten Männer, wenn sie jung sind. Und reiche Mädchen wie du brauchen da natürlich nicht auf der Hut zu sein – die werden immer geheiratet. Nur die armen bleiben in solchen Fällen sitzen. Im Grunde ist Roland ein sehr anständiger Charakter – nein, wirklich, Anita, du verkennst ihn. Weißt du, ich glaube, er ist in manchen Dingen sogar sehr tiefgründig, er stellt sittliche Forderungen an die Menschen.«

»Aber nicht an sich selbst«, spottete Anita mit wehem Herzen.

Frau Erika zuckte die Schultern und ließ sich wieder in ihren Sessel fallen. »Das kannst du doch nicht wissen, du kennst ihn ja im Grunde gar nicht.«

»Genug, um nicht zu wünschen, ihn näher kennenzulernen.«

»Du bist ein merkwürdiges Geschöpf, Anita. Ich verstehe dich nicht. Roland ist doch wirklich ein Mensch, den näher zu kennen ein Gewinn ist.«

Anita wehrte hastig ab. Dann sagte sie: »Er ist mir viel zu gleichgültig, um mich länger über ihn zu unterhalten.«

»So? Und das sagst du von einem Mann, der dir das Leben gerettet hat?«

Es zuckte seltsam um Anitas Mund. »Mein Leben hat er nur so nebenbei gerettet. In der Hauptsache galt sein Heldenmut doch nur dir – seiner Jugendfreundin. Meinetwegen hätte er sich sicher nicht in Gefahr begeben.«

Wieder lachte Frau Erika laut auf. Im Grunde war es ihr sehr lieb, daß Anita abweisend gegen Roland blieb.

Du bist wirklich ein sonderbares Wesen. Eine andere junge Dame hätte aus dieser Affäre einen netten kleinen Roman gemacht«, sagte sie, Anitas Ausfall auf die »Jugendfreundin« ignorierend.

»Ich mache aber keine Romane, am wenigsten einen, in dem Herr Doktor Roland eine Heldenrolle spielt. Vielleicht könntest du ihm das gelegentlich zu verstehen geben, dann bleibt es mir erspart. Du hast ja wohl bemerkt, daß er sich sehr auffällig um meine Gunst bewirbt; aber ich weiß so gut wie du, daß es nur meinem Geld gilt. Bitte, mach ihm die Hoffnungslosigkeit seiner Bemühung klar.«

»Ich werde mich hüten! Mir kann es ja gleich sein, ob du ihn leiden magst oder nicht.«

Anita war davon überzeugt, daß es ihr nicht gleichgültig war. Daß Roland eine andere Frau heiratete, würde sie vielleicht dulden, aber sicher nicht, daß er dieser anderen Frau sein Herz schenkte. Das würde sie immer als ihr Eigentum betrachten.

Ehe Anita noch etwas erwidern konnte, wurde Dr. Roland gemeldet. Sie machte instinktiv eine fluchtartige Bewegung, blieb aber dann, als sie Frau Erikas mokantes Mienenspiel sah, mit einem ziemlich versteinerten Gesicht sitzen.

Hans Rolands Augen leuchteten auf, als er Anita erblickte. Wohl vermochte er sich soweit zu beherrschen, daß er erst der Hausfrau die Hand küßte, aber er konnte dabei seinen Blick kaum von Anitas blassem Gesicht lassen. Artig erkundigte er sich nach dem Befinden der Damen, und auch dabei sah er nur Anita an.

Um Frau Erikas Lippen zuckte der Spott. Es machte ihr Spaß, ein wenig gegen eine Verbindung der beiden Menschen zu intrigieren, wenn sie sich auch den Anschein gab, als unterstützte sie Roland in seinem Bemühen.

»Haben Sie den Artikel in der Zeitung gelesen, Herr Doktor? Ihre gestrige Heldentat ist in Druckerschwärze verherrlicht!«

Ehrlich erschrocken sah er sie an. »Um Himmels willen!« stieß er hervor.

Frau Erika lachte. »Also, Sie haben nichts gelesen?«

»Nein, kein Wort. Das ist mir sehr unangenehm«, stieß er ärgerlich hervor.

Mit einem Lächeln wandte sich Frau Erika an Anita.

»Nun – du siehst, daß du Herrn Doktor Roland in einem falschen Verdacht hattest.«

»In welchem Verdacht stand ich bei Ihnen, gnädiges Fräulein?«

Eine jähe Röte stieg in Anitas Gesicht. Um keinen Preis hätte sie ihm jetzt sagen mögen, daß sie angenommen hatte, er selbst hätte den Artikel veranlaßt. Sein Erstaunen war zu ehrlich gewesen.

Frau Erika machte ihrer Verlegenheit ein Ende. »Sei

ruhig Anita, das bleibt unter uns.«

Nun zuckte die junge Dame ärgerlich die Schultern.

»Wie du willst.«

Hans Roland hatte die Stirn zusammengezogen. Aber er wollte nicht forschen. So sagte er nur, seinem Unmut Luft machend: »Daß doch die Zeitungsschreiber über alles herfallen müssen!«

»Seien Sie ganz ruhig, Herr Doktor, Ihr Name ist nicht genannt. Die Person des tollkühnen Retters rangiert unter der Rubrik: Der große Unbekannte. Nur unser Name ist genannt.«

»Dann wird Ihr Salon heute nicht lange leer bleiben, gnädige Frau«, sagte er, seine gute Laune wiederfindend.

Und er sollte recht behalten. Nach wenigen Minuten füllte sich Frau Erikas Salon. Man kam, um sich zu erkundigen, ob die Damen bei dem Unfall wirklich keinen Schaden gelitten hätten.

Frau Erika stellte Hans sehr gegen seinen Willen als Retter vor, und er wurde von den Damen bewundert und von den Herren beneidet. Anita beobachtete dabei heimlich sein Gesicht, und sie mußte zugeben, daß er durchaus nicht entzückt aussah. Und als ein altes Fräulein ihn wegen seiner Heldentat in allen Tonarten anschwärmte, sagte er fast unhöflich: »Ich bitte, erlassen Sie mir das, gnädiges Fräulein! Für einen Menschen, der von Kind auf gewöhnt ist, mit störrischen Pferden fertig zu werden, war es kein Kunststück, ein paar unruhige Gäule festzuhalten. Der Zeitungsschreiber hat das aufgebauscht. Es ist mir unangenehm, für etwas Selbstverständliches gelobt zu werden.«

Anita hatte das gehört, und ihre Augen sahen ihn einen Moment weltvergessen an. Ein wahnsinniger Schmerz durchzuckte sie, daß sie ihn verachten mußte – und daß sie in wenigen Tagen dies energische, kühngeschnittene Männergesicht nicht mehr sehen würde.

Kaum war sie sich dieser Gedanken bewußt, als sie sich auch schon in jäher Abwehr aufrichtete – aber Hans Roland hatte den schmerzlichen Blick doch aufgefangen.

Anita empfand wieder die Notwendigkeit, vor ihm zu fliehen. Der Zauber, der von ihm ausstrahlte, drohte sie hilflos zu machen.

Sie merkte, wie er immer wieder danach strebte, in ihre Nähe zu kommen. Aber sie wich ihm aus und verließ schließlich den Salon ihrer Stiefmutter, um nicht gezwungen zu sein, nochmals mit ihm zu sprechen.

Hans Roland merkte es, daß sie sich entfernte, und gleich darauf verabschiedete er sich von Frau Erika. Der Magnet, der ihn hier festgehalten hatte, war verschwunden.

Anita stand am Fenster ihres Zimmers, als er durch den Garten schritt, und ihre Augen brannten wie von ungeweinten Tränen.

»Ich muß fort – ich muß fort!« flüsterste sie, als seine schlanke Gestalt um die Ecke bog.

V.

Bei Tisch erst erfuhr Frau Erika von den Reiseplänen ihrer Stieftochter. Erstaunt sah sie Anita an.

»Nach Biskra willst du reisen? Das muß ein sehr interessanter Aufenthalt sein. Ich habe kürzlich davon gehört. Eigentlich beneide ich dich, Anita. Sag, Heinz, könnten wir es nicht einrichten, daß wir Anita begleiteten? Sie kann doch ohnehin nicht allein reisen.«

Heinrich Friesen wehrte erschrocken ab. Er wußte, mit welch kostspieligem Apparat seine Frau zu reisen pflegte. Solche Ausgaben konnte er jetzt nicht auf sich nehmen.

»Das ist ganz ausgeschlossen, Erika. Ich kann jetzt unmöglich fort, es liegen zu wichtige Geschäfte vor. Frau Jungmann wird Anita begleiten.«

Frau Erika schmollte. »Ach, die leidigen Geschäfte! Ich

beneide Anita. Heirate nur nie einen Geschäftsmann, Anita – sie haben niemals Zeit, deine Wünsche zu erfüllen!«

Heinrich Friesen küßte ihr die Hand und sah sie bittend an. »Nicht böse sein, Erika! Du weißt, daß es für mich nichts Schöneres gibt, als alle deine Wünsche zu erfüllen. Diesmal geht es leider nicht. Aber ich verspreche dir, daß wir diese Reise später einmal machen.«

Frau Erika sah mit kokettem Blick zu ihm auf. »Und was bekomme ich dafür, wenn ich jetzt verzichte?«

Er seufzte leise und küßte ihre rosige Wange. »Ich werde sehen, ob ich bei Hoyer etwas Hübsches finde«, sagte er. Hoyer war der erste Juwelier am Platz.

Frau Erika umarmte ihn. »Du bist mein lieber guter Heinz!«

Anita hatte sich erhoben und war an das Fenster getreten. Solche Szenen zwischen ihrem Vater und seiner jungen Frau waren ihr peinlich.

Heinrich Friesen zog sich nun zurück, und die beiden Damen blieben allein. Frau Erika wollte allerlei Einzelheiten von Biskra hören und sagte lebhaft:

»Du mußt mir deine Eindrücke schildern, Anita, und wenn das Leben in dieser Oase wirklich so interessant und elegant ist, dann muß dein Vater spätestens nächstes Jahr mit mir nach Biskra. Wir können dann vielleicht auch noch einen Abstecher nach Ägypten machen. Die Schwefelbäder in Heluan, das nahe bei Kairo liegt, sollen den Teint wunderbar verschönern.«

»Das hast du nicht nötig bei deinem schönen Teint«, sagte Anita.

Frau Erika lachte. »Der Himmel fällt ein – ein Kompliment von meinem Stieftöchterchen!«

Anita warf den Kopf zurück. »Ich habe nur Tatsachen konstatiert.«

»Nun gut, ich konstatiere zur Revanche, daß dein Teint ebensowenig einer Verschönerung bedarf. Übrigens – wann willst du reisen? Du wirst doch unser bevorstehendes

Fest nicht versäumen?«

»Nein, am Montag bin ich sicher noch hier. Genau kann ich den Tag meiner Abreise nicht bestimmen. Ich fahre jetzt zu Frau Jungmann, um mir Gewißheit zu holen, ob sie mich begleiten kann und will, und spreche dann im Reisebüro vor. Du gestattest, daß ich mich zurückziehe.« Damit entfernte sich Anita.

Sie begab sich zu Frau Jungmann, die sich sogleich bereit erklärte, sie zu begleiten. Sie sagte nur: »Aber, liebes Kind, Sie werden dann wohl Weihnachten nicht zu Hause verleben?«

»Nein, Frau Jungmann, voraussichtlich bin ich zum Fest noch in Biskra.«

»Das werden am meisten Ihre Armen bedauern.«

»Oh, die sollen nicht zu kurz kommen. Sie, liebe Frau Jungmann, werden ihnen an meiner Stelle eine Christbescherung bereiten. Ich bitte Papa, Ihnen die nötige Summe zu übergeben.«

»Das werde ich natürlich gern tun. Ihnen muß der Himmel ein besonderes Glück schenken, liebe Anita, weil Sie so gut und großmütig sind.«

Hastig wehrte Anita ab. »Dafür, daß ich von meinem Überfluß an Bedürftige abgebe, bedarf es keines besonderen Lohnes vom Schicksal. Nehmen Sie mir diese einzige Möglichkeit, irgend etwas zu tun – was bleibt dann von mir übrig?«

»Ein liebenswerter guter Mensch, liebes Kind.«

»Eine nutzlose Luxuspflanze.«

»Das ist die Rose auch – und doch, was wäre die Welt ohne Rosen? Wir können nicht alle Küchenkräuter sein. Mir scheint, Sie sind wieder einmal recht unzufrieden mit sich selbst.«

Anita seufzte. »Ich würde freudig tauschen mit irgendeiner kleinen Kontoristin in meines Vaters Büro. Es muß schön sein, schaffen und arbeiten zu dürfen. Aber soll ich einer Bedürftigen ihr Brot wegnehmen? Das darf ich nicht.

Und so bin ich zu einem Drohnendasein verdammt. Solange Sie bei uns Hausdame waren, liebe Frau Jungmann, durfte ich wenigstens im Haushalt dies und das verrichten. Aber das geht jetzt nicht mehr, weil Frau Erika Friesen dann annimmt, ich will ihr Regiment antasten. Aber lassen wir das – ich gehe ja jetzt auf einige Monate fort und habe wenigstens etwas vor. Da finde ich schon Zerstreuung.«

»Wird es Ihnen so lange in Afrika gefallen?«

»Ich habe ja Lori Gordon dort, mit der ich mich herzlich gut verstehe.«

Die beiden Damen besprachen noch allerlei Einzelheiten, bis Anita sich verabschiedete, um zum Reisebüro zu fahren. Dort zog sie ihre Erkundigungen ein und bestellte für sich und Frau Jungmann die Fahrkarten.

Als sie dann das Büro verließ und eben auf ihren Wagen zugehen wollte, kam Hans Roland vorüber. Er stutzte, als er Anita erblickte, und trat trotz ihrer abweisenden Haltung an sie heran.

»Gnädiges Fräulein, das Schicksal ist mir heute besonders günstig, da ich Sie schon wiedersehen darf!«

Sie wollte ihn mit einem kurzen Gruß abfertigen; aber er stand so, daß er ihr den Weg zum Wagen verlegte, an dem der Diener schon die Tür geöffnet hielt.

»So bedanken Sie sich bei Ihrem Schicksal!« sagte sie mit leisem Spott.

»Das tue ich ganz gewiß. Gnädiges Fräulein waren im Reisebüro – die Reisezeit ist doch bereits vorüber«, sagte er, um sie noch ein wenig festzuhalten, und bemerkte scheinbar gar nicht ihr Bestreben, an ihm vorüberzukommen.

»Trotzdem plane ich eine Reise, Herr Doktor.«

Er erschrak sichtlich. »Sie wollen verreisen – jetzt noch, so spät im Jahr?«

»Oh, das hat mit meinen Reiseplänen nichts zu schaffen; ich will eine Freundin besuchen, die mich schon längst eingeladen hat.«

Er atmete auf. Der Besuch bei einer Freundin würde hoffentlich nicht lange dauern. Freilich, die kürzeste Trennung von ihr tat ihm schon weh und beunruhigte ihn. Gern hätte er gefragt, wie lange sie fortbleiben würde, aber das wagte er doch nicht. Er sah ein, daß er sie, ohne aufdringlich zu sein, nicht länger festhalten konnte und trat zurück.

»Hoffentlich habe ich vor Ihrer Abreise noch das Vergnügen, sie zu sehen.«

Sie stieg, ohne seine stützende Hand zu beachten, in den Wagen.

»Vielleicht. Ich reise in acht Tagen ab.«

Mit einem Blick, der sie beunruhigte, sah er ihr durch das Wagenfenster in die Augen, während der Diener sich neben den Kutscher setzte.

»Dann habe ich also noch die Ehre, Sie wiederzusehen – am Montag«, sagte er aufatmend.

»Am Montag?« fragte sie.

»Ja, für Montag habe ich eine Einladung für einen Ball in Villa Friesen.«

»Ach so – ja, daran hatte ich im Augenblick nicht gedacht.«

»Ich darf also sagen: Auf Wiedersehen.«

Sie neigte nur den Kopf. Der Wagen fuhr mit ihr davon. Hans Roland sah ihm nach und ging dann langsam weiter. Er verglich sich mit all ihren Verehrern, und er wußte und fühlte, daß bisher keiner darunter war, der ihm gefährlich werden konnte. Anders aber, wenn sie in andere Verhältnisse, in eine andere Umgebung kam. Natürlich würde sie überall, wohin sie kam, gefeiert und umschwärmt werden. Wie, wenn sie in der Umgebung ihrer Freundin einen Mann kennenlernte, dem sie ihr Herz zuwandte?

Ihm war, als würgte ihn eine feindliche Hand an der Kehle. Er hatte das Empfinden, daß er sie nicht fortlassen dürfte, oder als müßte er ihr folgen.

In schmerzlicher Unruhe verbrachte er die nächsten Tage, und mehr als einmal umkreiste er die Villa Friesen, immer hoffend, Anita schon vor dem Montag noch einmal zu sehen. Er dachte sogar daran, Frau Erika aufzusuchen, um sie auszuforschen über Ziel und Dauer von Anitas Reise. Aber dazu konnte er sich doch nicht entschließen. Frau Erika würde ihn verspotten, wenn sie merkte, wie sehr er sich vor dieser Trennung fürchtete.

Sehnsüchtig starrte er zu Anitas Fenstern hinüber und hoffte, daß sie wenigstens auf einen Augenblick erscheinen würde.

Eines Tages packte ihn die Angst, sie könnte schon fort sein, und er eilte zur Villa Friesen, um sich wenigstens darüber auf irgendeine Weise Gewißheit zu schaffen.

Das Glück war ihm günstig. Gerade als er am Gartentor vorübergehen wollte, verließ Frau Erika die Villa, um einen Spaziergang im Stadtpark zu machen.

Er begrüßte sie, und sie bot ihm lachend die Hand. »Erwische ich Sie endlich, Sie schmachtender Ritter? Ich habe Sie doch schon gestern und vorgestern hier vorübergehen sehen, mit sehnsuchtsvollem Blick nach unserem Hause.«

Er versuchte zu lächeln. »Ich denke, diese Straße führt auch noch zu anderen Zielen als nach Villa Friesen.«

»Ja doch – aber wenn Sie den Eindruck der Harmlosigkeit erwecken wollen, dürfen Sie nicht so sehnsüchtig nach unserem Hause sehen. Daß dieser Blick mir gilt, wage ich nicht anzunehmen. Also gilt er meiner Stieftochter. Irre ich mich, Hans?«

»Sie sind immer sehr scharfsichtig gewesen, Frau Erika«, spottete er, um seine Verlegenheit zu bemänteln, »und Sie haben viel Phantasie.«

»Und Sie sind gar nicht nett, daß Sie mich so kaltstellen wollen. Zur Strafe begleiten Sie mich jetzt auf meinem Spaziergang durch den Stadtpark.«

»Diese Strafe ist ein Vergnügen für mich«, sagte er, neben ihr hergehend – ahnungslos, daß von ihrem Fenster aus Anita ihn mit ihrer Stiefmutter davongehen sah und natürlich an eine Verabredung glaubte.

Frau Erika sah lachend zu Hans Roland auf. »Ich müßte Ihnen eigentlich böse sein, daß Sie mir gar nicht mehr ein bißchen den Hof machen. Sie haben nur noch Augen für Anita. Aber ich bin kein Unmensch, Hans, ich weiß ja, daß Ihre Verhältnisse Sie zwingen werden, eine reiche Frau zu heiraten. Ich bin sogar so großmütig, Ihnen helfen zu wollen, wenn Sie nett zu mir sind. Ja – ich habe sogar schon zu Ihren Gunsten gesprochen bei Anita.«

Er zwang seinen Ärger nieder, daß sie ihn immer wieder auf Anitas Reichtum hinwies. Was galt es ihm, ob sie reich oder arm war! Sie – nur sie wollte er, nicht ihr Geld! Aber schließlich war es gleichgültig, wie Frau Erika über seine Gefühle dachte. Er war froh, sie getroffen zu haben, damit er mit ihr von Anita sprechen konnte. »Natürlich ohne Erfolg? Fräulein Anita Friesen beehrt mich ja leider mit einer betrüblichen Abneigung«, sagte er forschend.

Die schöne Frau zuckte die Schultern. »Anscheinend. Aber ich habe meine eigene Meinung über ihr krampfhaftes Bemühen, zu betonen, wie gleichgültig Sie ihr sind. So sind wir Frauen – je mehr wir lieben, desto gleichgültiger möchten wir scheinen. Und Anita, mein Stieftöchterchen, muß früher aufstehen, wenn sie mich düpieren will.«

Eine zitternde Erregung stieg in ihm auf. »Sie meinen, die Abneigung der jungen Dame gegen mich sei nicht echt?« fragte er heiser.

Sie wiegte den Kopf hin und her. »Sie gibt sich zuviel Mühe, ihre Gleichgültigkeit zu betonen. Jedenfalls hätte ich Ihre Sache nicht für hoffnungslos gehalten, wenn nicht jetzt ein Umstand eingetreten wäre, der es Ihnen unmöglich macht, Ihre Bemühungen fortzusetzen.«

Hans sah sie mit brennenden Augen an. »Welchen Umstand meinen Sie?«

Verschmitzt sah Frau Erika zu ihm auf. »Ach – jetzt werden Sie nervös. Sie forschen mich aus nach allen Regeln der Kunst, aber Sie lassen sich nicht herbei, mir einzugestehen, daß Sie sich ernsthaft um Anitas Hand bewerben wollen. Das ist nicht nett von Ihnen – und deshalb sage ich Ihnen nun nicht, welchen Umstand ich meine.«

Finster zog er die Stirn zusammen. Es quälte ihn, mit dieser leichtfertigen Frau über Anita zu sprechen. Um keinen Preis hätte er ihr verraten, wie tief und stark seine Liebe zu Anita war. Lieber mochte sie glauben, daß er nach Anitas Reichtum trachtete. Nur vor dieser Frau seine Gefühle nicht zeigen!

Er zwang ein leichtes Lächeln in sein Gesicht. »Seien Sie nett, Frau Erika – welchen Umstand meinen Sie? Etwa die Reise, die Fräulein Anita vorhat?«

Sie stutzte. »Davon wissen Sie schon?«

»Ja, ich traf die junge Dame vor dem Reisebüro, und auf meine Frage erklärte sie mir, daß sie eine Freundin besuchen wolle. Meinten Sie das?«

»Allerdings.«

»Nun, diese Reise wird doch nur wenige Tage in Anspruch nehmen«, sagte er voll heimlicher Spannung.

Frau Erika schüttelte beinahe triumphierend den Kopf. »Da irren Sie sehr. Anita hat die Absicht, für sehr lange und sehr weit zu verreisen.«

Ein jähes Erblassen flog über sein Gesicht. Aber er wandte sich ab, damit sie es nicht merkte, wie schwer ihn diese Nachricht traf. Hastig sagte er: »Darf ich fragen, wohin die junge Dame reisen wird?«

»Nach Algier.«

Er zuckte betroffen zusammen. »Nach Afrika? Das ist doch nur ein Scherz?«

»Nein, nein. Mit Kleinigkeiten gibt sich mein Stieftöchterchen nicht ab. Mir scheint, sie kann zwischen sich und Ihnen die Entfernung nicht groß genug machen. Jedenfalls hat sie die Absicht, für den ganzen Winter nach Biskra zu gehen, wo eine Freundin von ihr lebt, die mit einem Ingenieur verheiratet ist. Im übrigen beneide ich sie sehr um diese Reise. Am liebsten hätte ich sie begleitet, aber mein Mann kann gerade jetzt nicht fort.«

Hans Roland war sehr blaß geworden. Das hatte er nicht erwartet. Anita fort, auf Monate – wie sollte er das ertragen? Es kostete ihn viel Mühe, seine Fassung zu bewahren. Er fühlte, daß ihm Anita für immer verloren war, wenn er sie monatelang nicht wiedersah. Fern von ihr war es ihm unmöglich, um sein Glück zu kämpfen. Warum ging sie fort, auf so lange Zeit? Wirklich nur, um eine Freundin zu besuchen? Oder hatte Frau Erika recht – wollte sie ihm aus dem Wege gehen, wollte sie fliehen vor seiner Werbung?

Das Herz klopfte ihm bis zum Halse hinauf. Wenn sie vor ihm fliehen wollte – dann konnte er ihr doch nicht gleichgültig sein! Also war doch nicht alle Hoffnung verloren, daß er sie noch erringen konnte, ehe sie fortging.

Ein stöhnender Seufzer entfloh ihm. Frau Erika sah forschend in sein blasses Gesicht. »Nun, nun – nehmen Sie es doch nicht zu schwer, Hans! Es gibt noch andere reiche, hübsche Mädchen, die nicht so schwierig sind wie Anita und gern so einen schneidigen, interessanten Mann nehmen, wie Sie es sind. So sehr brennend ist die Frage doch noch nicht für Sie, da Sie, wie Sie mir neulich zugaben, keine Geldsorgen haben.«

Er gab sich einen Ruck und nahm sich zusammen. »Darum mache ich mir keine Sorge«, stieß er rauh hervor.

Sie wollte ihn schnell auf andere Gedanken bringen. »Da fällt mir ein, Hans – heute las ich in einer Zeitung, daß Ihr Onkel, der Bruder Ihrer verstorbenen Mutter, gestorben ist. Der Freiherr von Lorbach auf Lorbach.«

Sie wußte, daß Hans Roland mit seinen Verwandten mütterlicherseits in keinerlei Verbindung stand, aber es hatte sie immer interessiert, daß seine Mutter eine Freiin von Lorbach gewesen war.

Auf Hans Roland machte diese Mitteilung wenig Eindruck. Alles ging jetzt unter in dem Schmerz, Anita Friesen verlieren zu müssen. Was galt ihm die Nachricht vom Tode eines Verwandten, der ihn nie als zu sich gehörig anerkannt hatte! Seine Mutter hatte einst gegen den Willen ihres Bruders, der Vaterstelle an ihr vertrat, einen bürgerlichen Mann geheiratet, der als Verwalter auf dem Gut Lorbach angestellt gewesen war, obwohl sie dadurch mit ihrem Bruder und seiner Familie zerfiel. Es war nie zu einer Versöhnung gekommen. Sie hatte ein kleines Erbteil ausgezahlt bekommen – Lorbach war von ihrem Vater her mit Schulden belastet gewesen, und nur der Reichtum seiner Gattin hatte ihren Bruder in die Lage gesetzt, Lorbach von allen Hypotheken zu befreien.

Für Hans Rolands Mutter war nur eine geringfügige Summe als Erbteil in Frage gekommen. Aber sie zog mutig mit dem Mann ihrer Liebe einer unbekannten Zukunft entgegen. Und Hans Rolands Vater war dann Domänenpächter geworden und hatte für sich und seine Familie ein schlichtes, aber sorgenfreies Dasein geschaffen. Hans Roland hatte die Arbeit lieben gelernt und sich später seinen Beruf selbst auswählen können. Da er vermögenslos war, gab es in der Landwirtschaft für ihn keine erstrebenswerten Möglichkeiten. So wurde er Ingenieur, obwohl er viel lieber Landwirt geworden wäre. Doch um diesem Beruf nicht ganz fremd zu werden, verwertete er seine Erfahrungen, um neue landwirtschaftliche Maschinen zu erfinden. Die erste Erfindung war ihm bereits geglückt, und er wartete auf die Entscheidung.

Hans Roland hatte sich, gleich seinem Vater, nie um die Verwandten seiner Mutter gekümmert. Nach dem Tode seiner Mutter hatte er nur durch Zufall gehört, daß deren Bruder durch einen Unglücksfall seinen Sohn verloren hatte. Aber zu einer Annäherung zwischen ihm und diesem einzigen Verwandten hatte auch das nicht geführt.

Wie hätte es ihn nun in diesem Augenblick berühren sollen, daß sein Onkel gestorben war? Er hatte ihn nie persönlich gekannt. Für ihn hatte jetzt nichts Interesse als Anitas Reise nach Biskra.

Frau Erika konnte plaudern, soviel sie wollte, ihr Begleiter blieb zerstreut und einsilbig. Seine Gedanken umkreisten nur Anita.

Ach, daß er sie doch hätte überzeugen können, wie wenig ihm ihr Reichtum galt! Sollte er nun tatenlos zusehen, wie sie ihm entglitt?

Eine wilde Entschlossenheit überkam ihn, und um seinen schmallippigen, ausdrucksvollen Mund grub sich der feste Willenszug, der eiserne Energie verriet. Mit einem Ruck richtete er sich empor. Nein, er gab Anita Friesen nicht kampflos auf, er wußte jetzt, was er zu tun hatte! Wo sie ging, da ging auch er – und wenn er ihr nach Biskra folgen sollte. Fern von ihr ging er an seiner Unruhe zugrunde. –

Als ihn Frau Erika endlich mit einigen vorwurfsvollen Worten über seine ungalante Zerstreutheit verabschiedete, begab er sich schnell in seine Wohnung. Er hatte zwei hübsche Zimmer bei einer Beamtenwitwe gemietet.

Er warf sich auf den Diwan, zündete sich eine Zigarette an und sah versonnen den Rauchwolken nach. Er wollte um Anita kämpfen!

Vor ihrer Abreise wollte er um jeden Preis noch ein Alleinsein mit ihr herbeiführen. Am Montagabend bei der Festlichkeit in der Villa Friesen mußte sich eine Gelegenheit finden. Und da wollte er kühn auf sein Ziel losgehen und sie bitten, seine Frau zu werden. Wies sie ihn ab, dann würde er ihr nach Biskra folgen. Er mußte dann weiter um sein Glück kämpfen. Hier brauchte ja niemand zu wissen, wohin er fuhr. Unter irgendeinem Vorwand würde er abreisen.

Es war vielleicht unklug, wenn er schon jetzt um sie anhielt. Noch stand sie ihm feindlich und gewappnet gegenüber. Warum, das wußte er nicht. Aber es hatte Momente gegeben, in denen ihre eisige Kälte einem anderen Ausdruck wich. Und neulich hatte sie aus Angst um ihn aufgeschrien. Das war seine einzige Hoffnung. Er wollte nicht an ihre Kälte glauben. Vielleicht gelang es ihm doch, mit einer kühnen Werbung das Eis zu schmelzen, das ihr Wesen umgab. Sie mußte wissen, wie es um ihn stand.

Unruhig sprang er auf und lief im Zimmer umher. »Du darfst nicht von mir gehen – ich will, daß du mir gehörst – ich will!« So sprach er in Gedanken zu Anita und rief sich ihr geliebtes Bild vor Augen.

VI.

In der Villa Friesen waren alle Gesellschaftsräume hell erleuchtet. Man erwartete die Gäste.

Der Hausherr saß noch in seinem Arbeitszimmer und hatte grübelnd den Kopf in die Hände gestützt. Sein Schicksal – oder vielmehr das Schicksal seines Hauses – war noch unentschieden. Wieder war ihm eine Spekulation mißlungen, und nun drängte ihn alles zu dem großen, gefährlichen Coup, der allein ihm noch Rettung bringen konnte.

Bis dahin galt es, jeden Verdacht abzuwenden. Sein Reichtum mußte über jeden Zweifel erhaben sein. Niemand durfte ahnen, daß man heute in diesem Hause auf schwankendem Boden tanzte. Deshalb hatte er nichts von dem überaus glänzenden Festprogramm gestrichen, das ihm Frau Erika vorgelegt hatte. Und er hatte seiner jungen Frau auch ein neues kostbares Schmuckstück beim Juwelier Hoyer gekauft und bar bezahlt, wofür ihm Frau Erika mit stürmischen Küssen entzückt gedankt hatte.

Aber ehe er nun imstande war, sich seinen Gästen mit lächelnder Miene zu zeigen, mußte er sich einige Minuten sammeln. –

Die schöne Hausfrau verließ jetzt ihr Toilettenzimmer und rauschte brillantengeschmückt und in einer duftigen Wolke von Spitzen und Tüll durch die Festräume. Sie wollte kontrollieren, ob alle ihre Anordnungen befolgt worden waren. Sie war eine strenge Herrin, die der Dienerschaft nichts durchgehen ließ.

Gerade zankte sie heftig einen Diener aus, der ein Blumenarrangement nicht nach Wunsch hingestellt hatte, als Anita erschien.

Frau Erika blickte mit kritischen Augen zu ihrer Stieftochter hinüber. Die schlanke Mädchengestalt war in ein elegantes, aber schmuckloses Kleid aus weicher weißer Seide gehüllt, das sich dem jugendschönen Körper anschmiegte und unten in weichen Falten auseinanderfiel. Obwohl sie außer dem Ring, den sie fast immer trug, keinerlei Schmuck angelegt hatte, wirkte sie doch entschieden vornehmer als ihre brillantengeschmückte Stiefmutter. Eine bezaubernde Lieblichkeit strahlte von ihr aus. Wie eine Märchenprinzessin, so hold und reizvoll wirkte sie in ihrer stolzen Ruhe. Selbst Frau Erika mußte sich gestehen, daß Anita bezaubernd aussah. Trotzdem sagte sie kritisch:

»Du hättest ein wenig Rot auflegen sollen – du siehst zu blaß aus in dem weißen Kleide.«

Anita schüttelte den Kopf. »Du weißt, daß ich solche Mittel nie anwende.«

Frau Erika zuckte die Schultern. »Mein Gott, ein wenig Farbe, wenn man blaß aussieht – das ist doch nicht schlimm.« Sie zupfte sich vor dem Spiegel eine Locke etwas tiefer in die Stirn. Ihre Stirn war nicht sehr schön. Deshalb trug sie das Haar so, daß diese möglichst verdeckt war.

Sie seufzte heimlich. So eine erwachsene Stieftochter war doch eine unangenehme Zugabe! Es war ganz gut, daß Anita für diesen Winter aus dem Haus kam. Sie wollte die Huldigungen nicht gern mit ihr teilen. Und wer weiß – vielleicht kehrte doch Hans Roland reuig zu ihr zurück, wenn Anita erst aus dem Wege war?

Sie brauchte nun einmal Bewunderung – und zuweilen einen kleinen Flirt. Lieber Gott, wenn man bei ihrer Jugend mit einem um fast dreißig Jahre älteren Mann verheiratet war! Heinz war ja ganz nett und sah noch stattlich aus – aber zu alt war er doch. Sie hielt ihm ja auch ziemlich die Treue, aber einen kleinen Flirt, ein kleines Abirren vom strengen Pfad der Tugend, hielt sie für erlaubt. Wozu war sie jung und schön?

Anita sah ihre Stiefmutter fragend an. »Ist Papa noch nicht hier? Die ersten Gäste fahren schon vor.«

»Nein, er ist noch nicht hier. Hermann, rufen Sie den gnädigen Herrn«, gebot Frau Erika dem Diener.

Doch der Hausherr erschien bereits im Rahmen der Tür. Er sah blaß aus. Aber das bemerkte nur Anita, die den Vater seit einigen Tagen besorgt beobachtete. Sie trat an ihn heran.

»Du hättest diesen Sommer ausspannen sollen, Papa. Du bist sehr bleich und abgespannt«, sagte sie.

Er wehrte hastig ab. »Mach davon kein Aufhebens – ich will es nicht!« stieß er fast zornig heraus und wandte sich schnell seiner Gattin zu.

Anita stand mit trüben Augen abseits, als er der Stiefmutter zärtlich die Hand küßte und sie mit aufstrahlendem Blick ansah. Für Anita hatte er keinen Blick gehabt, und ihre Sorge um ihn war ihm lästig.

Arm in Arm mit seiner Gattin ging Heinrich Friesen, ein strahlendes Lächeln auf dem Antlitz, seinen Gästen entgegen. Ohne auf seine Tochter zu achten, überließ er es ihr, ihnen zu folgen.

Schnell füllten sich nun die Räume, die im Festschmuck strahlten. Eine glänzende Gesellschaft versammelte sich. Die Gastgeber waren stark in Anspruch genommen, und auch um Anita drängte sich ein Kreis von Menschen. Sie wurde von allen Seiten mit Fragen über ihre bevorstehende Reise bestürmt.

Hans Roland versuchte lange vergeblich, in ihre Nähe zu kommen. Es fiel ihr auf, daß er blaß und erregt aussah und daß seine Augen sie mit einem flehenden Ausdruck verfolgten. Sie gab sich den Anschein, ihn nicht zu bemerken, bis er plötzlich vor ihr stand und sie um einen Tanz bat.

Sie mußte, wenn sie nicht ungezogen sein wollte, ihm diesen Tanz gewähren. Und so führte er sie nach den Klängen eines Walzers durch den Saal. Anita war zumute, als wiche der Boden unter ihren Füßen, als sie, von seinem Arm umschlungen, dahinschwebte.

Plötzlich schrak sie empor. Hans Roland hatte mitten im Tanz aufgehört und legte ihre Hand auf seinen Arm. »Gnädiges Fräulein – darf ich um die Gunst bitten, den Rest des Tanzes mit Ihnen verplaudern zu dürfen.«

Sie neigte wie im Traum den Kopf und ließ sich halb willenlos aus den Reihen der Tanzenden in ein stilles Nebenzimmer führen. Dort rückte ihr Hans Roland einen Sessel zurecht. Aber sie hatte sich nun wieder in der Gewalt und sagte kühl ablehnend: »Ich möchte mich nicht setzen.«

Mit brennenden Augen sah er sie an. »Gnädiges Fräulein, ich habe bisher vergeblich versucht, Sie zu sprechen. Verzeihen Sie mir, daß ich jetzt etwas gewaltsam die Gelegenheit zu einer Unterredung herbeiführe. Ich bitte Sie, mich anzuhören.«

Sie richtete sich hoch auf. »Ich wüßte nicht, was Sie mir zu sagen haben könnten. Aber wenn es sein muß – bitte, sprechen Sie«, sagte sie so eisig, daß er erbebte.

Eine Weile sah er sie mit einem großen, stummen Blick an, der sie um alle Ruhe zu bringen drohte. Es zuckte leise in ihrem Gesicht, ihre Hände krampften sich zusammen, und in ihren Augen wich die stolze Ruhe einem angstvollunruhigen Ausdruck, der wieder eine jähe Hoffnung in ihm aufflammen ließ.

Tief atmete er auf, und aus seinen Augen strahlte ihr sein ganzes tiefes Empfinden entgegen.

»Gnädiges Fräulein, ich habe von Ihrer Frau Mutter – von Frau Erika Friesen – gehört, daß Sie für diesen Winter nach Biskra gehen. Wie mich diese Nachricht getroffen hat, können Sie nicht ermessen, denn Sie wissen nicht, was ich für Sie empfinde. Sie stehen mir stolz und kalt gegenüber –

oft habe ich sogar das Gefühl, daß Sie mir feindlich gesinnt sind. Ich weiß nicht, warum. Ich weiß nur, daß ich Sie liebe, mit einer Inbrunst und Ausschließlichkeit, die mein ganzes Fühlen und Denken beherrscht. Ich hätte weiter geduldig um Sie geworben, bis meine heiße, starke Liebe ein Echo in Ihrem Herzen geweckt hätte. Aber nun höre ich, daß Sie fortgehen wollen, weit fort, in eine neue Umgebung, wo andere Männer um Ihre Gunst werben können; nun kann ich nicht länger warten. Denn nun machen Sie es mir unmöglich, um Sie zu werben. Ich kann es nicht ertragen, Sie jetzt monatelang nicht zu sehen. Obwohl ich fühle, daß es verfrüht ist, bitte ich Sie mit aller Inbrunst meines Herzens: Werden Sie meine Frau!«

Er hatte nur halblaut gesprochen, aber in seinen Worten klang die ganze Tiefe seines Empfindens.

Anita erzitterte. Vor ihren Augen tanzten bunte Lichter. Ein heißer Wunsch erwachte in ihr, blindlings seinen Worten zu glauben und sich vor ihrem eigenen Mißtrauen in seine Arme zu flüchten. Gegen ihre Vernunft, gegen ihren Willen wollte sich ein Ja über ihre Lippen drängen. Gewaltsam wandte sie ihren Blick von ihm, um nicht unterliegen zu müssen, und starrte wie hilfesuchend in den Saal. Und da sah sie gerade Frau Erika vorübertanzen und bemerkte, daß diese einen unruhig forschenden Blick zu ihnen herüberwarf.

Da fiel der Zauberbann von ihr ab. Ihr war, als streifte ein eisiger Luftstrom über sie dahin. Mit Aufbietung all ihrer Kraft raffte sie sich auf und zwang sich, wieder ruhig und kühl in Hans Rolands erregtes Gesicht zu sehen. Im Geiste sah sie ihn wieder in Frau Erikas Armen, hörte, wie er ihre Stiefmutter »du« nannte – sah, wie sich die beiden küßten. Wie hatte sie das nur einen Augenblick vergessen können? Gottlob, sie vermochte es noch, dem trügerischen Zauber zu entfliehen – aber es war die höchste Zeit.

Mit einer müden Bewegung strich sie sich über die Stirn. Dann sagte sie, sich aufrichtend, kalt und schneidend:

»Sie irren sich in Ihren Gefühlen, Herr Doktor. Ihre Liebe gilt nicht meiner Person, sondern nur dem Umstand, daß ich die Tochter eines reichen Mannes bin. Ich aber heirate nur einen Mann, der mich auch lieben würde, wenn ich arm wäre. Ich muß Ihre Werbung zurückweisen.«

Er hatte sie mit angstvoller Spannung betrachtet, hatte den Kampf in ihren Zügen gesehen und zwischen Hoffen und Fürchten geschwankt. Nun erblaßte er jäh, und in seinen Augen lag ein Ausdruck, den sie nicht wieder vergessen konnte. Seine Stirn zog sich wie im Schmerz zusammen, und einige Augenblicke rang er vergeblich nach Worten. Aber dann biß er die Zähne zusammen und richtete sich entschlossen auf.

»Gnädiges Fräulein, Sie scheinen Ihrem Reichtum sehr viel Wichtigkeit beizumessen. Ich gehe über die Beleidigung hinweg, die Sie mir durch Ihr Mißtrauen zufügen. Eines Tages sollen Sie mir diese Beleidigung abbitten. Ich bin kein Mitgiftjäger, Sie verkennen mich. Trotzdem erkläre ich mich noch nicht für geschlagen. Ich kann Sie nicht aufgeben, weil ich damit zugleich jede Hoffnung auf Lebensglück aufgeben müßte. Und etwas in Ihren Worten gibt mir Trost und Verheißung. Sie sagten mir, Sie wollen nur einen Mann heiraten, der Sie liebte, auch wenn Sie arm wären. Nun – dieser Mann bin ich! Es bleibt mir nur noch übrig, mir Ihre Liebe zu gewinnen. Und darum werde ich weiterkämpfen. Ich gebe Ihnen hiermit mein Wort – Sie werden mich überall auf Ihrem Wege finden. Ich will Sie zwingen, mich zu lieben, mit der ganzen Kraft meiner heißen Wünsche, meiner Liebe. Wäre ich Ihnen so gleichgültig, wie Sie sich den Anschein geben, würde ich mein Spiel für verloren halten – aber ich bin Ihnen nicht gleichgültig. Solange Sie Herz und Hand nicht einem anderen Manne schenken, gebe ich Sie nicht auf. Das wollte ich Ihnen heute sagen – vergessen Sie es nicht! Wenn ich Ihnen irgendwo unvermutet in den Weg trete, dann denken Sie daran, daß mein Herz Sie umwirbt. Und nun will ich Ihnen für heute nicht mehr lästig fallen. Ihr stolzes, kaltes Nein gebietet mir das. Leben Sie wohl, reisen Sie glücklich. Und ob mit oder ohne Ihren Willen – auf Wiedersehen!«

Damit verneigte er sich vor Anita und ging, ehe sie noch ein Wort erwidern konnte, schnell davon. Den Saal meidend, begab er sich gleich in die Garderobe und verließ in großer Erregung das Haus.

Anita stand wie festgebannt an ihrem Platz und sah ihm mit starren Augen nach. Ihr Herz klopfte bis zum Halse hinauf. Sie fühlte erzitternd, wie der Zauber seiner Persönlichkeit wieder auf sie gewirkt hatte. Und nur ein Gedanke beherrschte sie: Ich muß fort aus seiner Nähe, sonst verliere ich mich selbst! Furchtbar war ihr der Gedanke, daß er an ihrer Gleichgültigkeit zweifelte. Dadurch verlor sie ihre letzte Sicherheit. Sie durfte ihn nicht wiedersehen! Seine Versicherung, daß sie ihn auf all ihren Wegen finden würde, konnte ja gottlob nur leeres Gerede sein – wie alles, was er gesagt hatte. Wahrscheinlich hatte er alles mit Frau Erika vereinbart – ihr bot er seine Hand, und Frau Erika behielt sein Herz.

Bei diesem Gedanken richtete sie sich wie in stolzer Abwehr auf. Sie raffte sich zusammen und wollte in den Saal zurückgehen. Nur niemand merken lassen, wie ihr zumute war!

Plötzlich stand ihre Stiefmutter vor ihr. Das traf Anita wie ein Schlag ins Gesicht. Frau Erika sah sie mit einem neugierig forschenden Blick an.

»Nun, Anita, Doktor Roland hat wohl noch einen letzten Sturm auf dein Herz gewagt? Und wie mir scheint, erfolglos. Ich höre, er hat das Fest verlassen – und ich sah ihn doch eben noch im erregten Gespräch mit dir.«

Anita grub die Fingernägel tief in ihre Handflächen. Ihr Gesicht war totenblaß, aber nun hatte sie wenigstens ihre kühle Ruhe wieder. Mit einem kalten Blick sah sie die schöne Frau an und sagte schroff: »Herr Doktor Roland hat einsehen müssen, daß er in diesem Hause keinen neuen

Sieg verzeichnen kann. Er muß sich darauf beschränken, seine alten Beziehungen zu pflegen.«

Frau Erika zuckte zusammen. Aber sie war klug genug, harmlos zu erscheinen. »Wie meinst du das, Anita, ich verstehe dich nicht?«

Anita warf den Kopf zurück. »Um so besser. Aber vielleicht wiederholst du gelegentlich deinem ›Jugendfreund‹, was ich dir eben gesagt habe. Er wird es sicher verstehen!« Damit ging Anita schnell an ihrer Stiefmutter vorüber in den Saal.

Diese sah ihr etwas bestürzt nach. Aber dann schüttelte sie den Kopf. »Wenn das nicht Eifersucht ist, dann kenne ich mich nicht aus. Sollte sie gemerkt haben, daß ich mit dem ›Jugendfreund‹ ein bißchen geflunkert habe und daß zwischen Hans und mir etwas anderes gespielt hat? Das dumme Ding – wie wenig kennt sie die Welt! Ich glaube, sie will einen Mann, der rein und sündenlos in die Ehe geht. Na, ich muß doch Hans gelegentlich einen Wink geben, daß sie ihn aus Eifersucht hat abfallen lassen.«

Damit ging sie zur Gesellschaft zurück. Sie war viel zu leichtsinnig, um sich nur eine Minute ihre Feststimmung trüben zu lassen. Für sie war immer nur das wichtig, was zu ihrem Behagen nötig war.

Zwei Minuten später tanzte sie schon wieder Walzer und kokettierte nach Herzenslust. Anita aber litt tausend Qualen und konnte sich nur mühsam aufrecht halten. Sie sehnte das Ende dieses Balles herbei und mußte sich doch den Anschein geben, als unterhielte sie sich ausgezeichnet. Sie mußte noch oft im Laufe des Abends Beteuerungen anhören, wie schmerzlich man es bedaure, daß sie diesen Winter abwesend sein würde. Ach, wie hohl und nichtssagend fand sie diese Beteuerungen!

Wenn ich nur endlich allein sein könnte! dachte sie.

Und als endlich die letzten Gäste das Fest verlassen hatten, verabschiedete sie sich hastig von ihrem Vater und ihrer Stiefmutter. Sie eilte in ihr Zimmer und warf sich auf den Diwan, das Gesicht in ein Kissen vergrabend.

»Vater im Himmel, warum hast du die Lüge in die Welt kommen lassen – und warum hast du ihr kein abschreckendes Gesicht gegeben?«

So schrie es in ihrem Herzen. Sie konnte Hans Rolands Gesicht nicht vergessen, nicht den Ausdruck seiner Augen, als er sie gebeten hatte, seine Frau zu werden. Wie konnte man noch einem Menschen glauben, wenn solche Augen logen?

Sie fühlte sich so elend und verzagt, daß sie am liebsten gestorben wäre.

VII.

Hans Roland war stundenlang im Freien herumgelaufen, nachdem er Villa Friesen verlassen hatte.

Aber obwohl Anita ihn abgewiesen hatte, gab er die Hoffnung nicht auf, sie zu erringen. In ihren Augen hatte er gelesen, daß sie weder ruhig noch gleichgültig war. Nun glaubte er, sie könnte nicht über ihr Mißtrauen hinwegkommen, daß er sie nur ihres Reichtums wegen begehrte. Irgendwie mußte er sie überzeugen, daß ihr Geld ihm gleichgültig war, daß er sie ebenso geliebt und begehrt hätte, wenn sie arm gewesen wäre.

Keine Ahnung verriet ihm, wie begründet Anitas Mißtrauen war, weil sie ihn bei der Begrüßung mit Frau Erika gesehen hatte. Hätte er das gewußt, wäre es ihm ein leichtes gewesen, sie aufzuklären.

Jedenfalls war er fest entschlossen, Anita so schnell wie möglich nach Biskra zu folgen. Natürlich mußte er, um Anita nicht irgendwelchen Mißdeutungen auszusetzen, darauf verzichten, zu gleicher Zeit mit ihr abzureisen und den gleichen Dampfer zu benutzen. Erst in Biskra wollte er ihr wieder entgegentreten. Es konnte nicht schwer sein, ihren Aufenthalt zu ermitteln. Sie ging in das Haus eines deutschen Ingenieurs, und dort würden nicht allzu viele deutsche Ingenieure zu finden sein. So ging er in das Reisebüro und erkundigte sich nach den Verbindungen. Es stand fest bei ihm, daß er ihr in spätestens einer Woche folgen würde.

Daß sie am Mittwochmorgen abgereist war, wußte er. Verstohlen hatte er in der Nähe des Bahnhofs gewartet, bis sie mit ihrem Vater und Frau Jungmann einem Auto entstiegen war. Nach einer Weile war Heinrich Friesen allein zurückgefahren.

Als Hans Roland vom Reisebüro nach Hause kam, fand er den Postboten gerade vor, der zwei Einschreibebriefe für ihn brachte. Er quittierte den Empfang und gab dem Boten ein Trinkgeld.

Der eine dieser Briefe, den er schon sehnlich erwartet hatte, war ihm von großer Wichtigkeit. Das andere Schreiben legte er vorläufig als vermutlich unwichtiger beiseite.

Sein Gesicht hellte sich zusehends auf. In dem Brief wurde ihm mitgeteilt, daß eine große Aktiengesellschaft die von ihm erfundene landwirtschaftliche Maschine herstellen und in den Handel bringen würde. Das Patent wurde für eine ziemlich bedeutende Summe angekauft, und außerdem wurde ihm eine prozentuale Beteiligung am Umsatz zugesichert. Er wurde aufgefordert, zum Abschluß der Verträge sofort nach Berlin zu kommen, wo der Sitz der Firma war.

Er stieß einen tiefen Atemzug aus. Die mühevolle Arbeit, an die er zwei Jahre lang seine besten Kräfte gesetzt hatte, war von Erfolg gekrönt worden. Wohl hatte er gewußt, daß seine Erfindung gut war, aber er hatte nicht mit Bestimmtheit wissen können, ob man an maßgebender Stelle die nötige Einsicht haben würde. Sein Modell hatte allerdings sogleich einen großen Eindruck gemacht, doch Gewißheit über seinen Erfolg brachte ihm erst dieses Schreiben.

Und neben der Befriedigung über seinen Erfolg kam wie ein Rausch der Gedanke über ihn, daß er nun nicht mehr mit leeren Händen vor Anita zu stehen brauchte.

Er stützte den Kopf in die Hand und starrte vor sich hin. Immer wieder sah er Anita vor sich. Die Sehnsucht nach ihr brannte in seiner Seele, die Stadt erschien ihm leer ohne sie.

Plötzlich kam es wie ein heißer Zorn über ihn. Wie konnte sie nur annehmen, daß er ein Mitgiftjäger war! War sie denn blind vor Mißtrauen, daß sie seine ehrliche, tiefe Liebe so verkennen konnte?

Vor Zorn steigerte er sich in eine Art Rachegefühl hinein. Sie sollte es ihm büßen, daß sie ihn so gequält hatte! Er schwor sich, daß er sie strafen wollte für ihr Mißtrauen, für die Beleidigung. Ganz klein und demütig sollte sie werden. Er wollte ihr zeigen, wie wenig Wert ihr Reichtum hatte, wollte sie erkennen lassen, daß Arbeit reicher und freier machte als ererbtes Gut. Dann wollte er sie an sein Herz nehmen und den ehrlichen Reichtum seiner Liebe über sie ausschütten.

Dieser Gedanke schien ihm wunderbar. Der Hochmut des Reichtums mußte ihr ausgetrieben werden. Er malte sich aus, wie es wäre, wenn sie durch einen Zufall ihr Vermögen verlöre und ganz arm wäre. Dann würde er zu ihr gehen und nichts davon verraten, daß er viel Geld verdiente. Er würde zu ihr sagen: »Jetzt bist du so arm wie ich, nun laß uns beide in Armut und Arbeit leben, und wir werden glücklich sein. Du wirst nun nicht mehr glauben, daß ein Mann wie ich sein Herz um Geld verkauft.«

Welche Seligkeit, wenn sie sich dann bezwungen in seine Arme warf und an seine Liebe glaubte!

Er hatte sich so in Träumereien verloren, daß er das zweite Schreiben ganz vergessen hatte. Erst nach langer Zeit, als er aus seiner Versunkenheit auffuhr, sah er es wieder neben sich liegen.

Er griff danach und las auf dem dickgefüllten Kuvert

»Dr. Albert Heine, Rechtsanwalt und Notar« als Absender.

Kopfschüttelnd öffnete er den Umschlag und zog einen beschriebenen Bogen und einen zweiten geschlossenen Brief hervor.

Zuerst las er den beschriebenen Bogen.

»Sehr geehrter Herr Doktor!

Als Sachverwalter des Freiherrn Lothar von Lorbach auf Lorbach bin ich zu dessen Testamentsvollstrecker ernannt worden. Der Freiherr von Lorbach ist am fünfzehnten September dieses Jahres verschieden, und sein Testament ist am Tage seines Begräbnisses eröffnet worden, wie er es bestimmt hat. In diesem Testament sind Sie, der einzige Sohn seiner Schwester und sein einziger noch lebender Verwandter, zu seinem Universalerben ernannt worden.

Außer einem bedeutenden, in sicheren Papieren angelegten Barvermögen, von dem ein Teil als Legate für treue Diener bestimmt ist, ist Ihnen vom Erblasser der schuldenfreie Herrschaftssitz Lorbach mit allem lebenden und toten Inventar, samt dem dazugehörigen Vorwerk mit der Meierei testamentarisch vermacht worden. Das Nähere ersehen Sie aus der umseitigen Testamentsabschrift. Desgleichen lege ich Ihnen ein hinterlassenes Schreiben des Freiherrn von Lorbach bei, das an Sie gerichtet ist.

Ich erbitte so bald wie möglich Ihre Antwort und bemerke nur noch, daß auf Lorbach der seit zwanzig Jahren dort tätige Verwalter Birkner, der laut Testament auf seinem Posten auch in Zukunft verbleiben soll, vorläufig die Geschäfte erledigt. Er ist ein durchaus ehrlicher und zuverlässiger Mann, der entweder Ihr Erscheinen oder Ihre Anweisungen erwartet.

In der Hoffnung, bald von Ihnen zu hören, empfehle ich mich Ihnen

hochachtungsvoll

Dr. Albert Heine, Rechtsanwalt und Notar.«

Hans Roland strich sich über die Stirn, als wäre ihm zu heiß geworden. Träumte er? Oder wollte heute das Schicksal alle anderen Glücksmöglichkeiten über ihn ausschütten, weil ihm das eine große Glück nicht gewährt worden war?

Da lag der verheißungsvolle Brief der Aktiengesellschaft mit der Anwartschaft auf einen glänzenden Ertrag seiner fleißigen Arbeit – und hier bot ihm eine tote Hand, die sich ihm im Leben nie entgegengestreckt hatte, ein reiches Erbe, auf das er nie gehofft, an das er nie gedacht hatte. Das war viel des Guten auf einmal für einen Menschen!

Er sah die Testamentsabschrift durch – und nun kam es doch wie ein Glücksrausch über ihn. Er war Herr über einen großen Grundbesitz! Plötzlich mußte er lachen – ein befreiendes, aufjauchzendes Lachen. Nun konnte er ja ohne weiteres Anita Friesens Verdacht widerlegen. Wenn er als reicher Mann, als Herr auf Lorbach zu ihr kam, dann mußte sie wohl einsehen, daß er nicht nach ihrem Reichtum trachtete.

Etwas außer Fassung griff er nun nach dem versiegelten Brief, der dem Schreiben beigelegen hatte. Er trug die Aufschrift: »Nach meinem Tode an meinen Neffen Dr. Hans Roland zu übersenden.« Es war eine steile, trotzige Handschrift mit großen, kantigen Buchstaben und stolz aufstrebenden Zügen.

Hans Roland las das Schreiben mit seltsamem Gefühl.

»Mein lieber Neffe!

Es ist das erstemal, daß ich Dich so nenne, das erstemal, daß ich offiziell von Deinem Dasein Notiz nehme.

Du wirst von Deinen Eltern nicht viel Gutes über mich erfahren haben. Wir standen uns feindlich gegenüber, weil Deine Mutter ihr Vaterhaus verließ, um sich mit Deinem Vater zu verheiraten. Es war gegen alle Familientradition – eine Freiin von Lorbach hatte nie zuvor gegen den Willen der Familie gefreit. Als Deine Mutter es tat, hielt ich es für ein Unglück und eine Schmach – ich war in Standesvorurteilen aufgewachsen und damals außerstande, ihren Schritt gutzuheißen. Da auch Dein Vater ein Starrkopf war und Deine Mutter beeinflußte, sich mir nie wieder zu nähern, blieben wir getrennt und haben uns nie mehr die Hand gereicht. In den Tagen des Glücks, da ich im Herzen noch ein reicher Mann war, der eine liebe Frau und einen prächtigen Sohn hatte, vermißte ich, das gestehe ich offen, Deine Mutter nicht. Sie war mir eine Fremde geworden, und ich hatte sie aus meinem Gedächtnis gestrichen.

Aber dann nahm mir das Schicksal meine Schätze. Erst starb die treue Gefährtin meines Lebens, und dann mein Sohn. Ich stand ganz allein, und alles brach in mir und um mich zusammen. Ich wußte nichts mehr mit meinem zerstörten Dasein anzufangen. Alles war nichtig, was bisher mein Denken und Fühlen ausgemacht hatte, Hochmut und Stolz zerbrachen, das Schicksal hatte mich mürbe gemacht. Aus meinem Unglück heraus wollte ich nun meiner Schwester die Hand zur Versöhnung reichen, wollte sie bitten, zu mir nach Lorbach zu kommen, mir ihren Sohn zu bringen. Da erfuhr ich, daß Deine Mutter gestorben war, unversöhnt mit mir, und daß Dein Vater ihr wenige Monate früher vorausgegangen war.

Zu Dir fand ich damals den Weg noch nicht. Ich empfand es als einen neuen Schicksalsschlag, daß ich zu spät gekommen war, um mich mit der Schwester auszusöhnen. Verbittert vergrub ich mich in meine Einsamkeit.

Dann tauchte eines Tages der Gedanke in mir auf, daß ich keinen anderen Erben haben würde als Dich. Dein Großvater war ein Freiherr von Lorbach, und wenn Du auch seinen Namen nicht trägst, bist Du doch Blut von unserem Blute.

Nun wollte ich Dich kennenlernen.

Du erinnerst Dich vielleicht eines alten Mannes, der vor dem Hause, das Du bewohntest, gerade in dem Moment von einem ohnmachtähnlichen Unfall betroffen wurde, als Du das Haus verließest. Du kamst ihm zu Hilfe, halfst ihm in einen Wagen, als er wieder zu sich kam, und begleitetest ihn sorgsam und mitleidig zu seinem Hotel. Dieser Mann war ich. Als ich, auf dem Weg zu Dir, Dich aus dem Hause treten sah, glaubte ich, meinen eigenen Sohn vor mir zu sehen. Du sahst ihm so ähnlich, wie ein Mensch dem anderen nur ähnlich sehen kann. Wir sprachen damals nur wenige Worte miteinander. Ich erholte mich während der Fahrt zum Hotel und nannte Dir einen falschen Namen. Es war mir unmöglich, mich Dir zu erkennen zu geben, denn ich fühlte, daß ich der Qual nicht gewachsen war, Dich wiederzusehen. Alles Leid um meinen verlorenen Sohn wurde bei Deinem Anblick wieder lebendig.

Ich fuhr nach Lorbach zurück und blieb in meiner Einsamkeit. Aber ich ließ Erkundigungen über Dich einziehen und freute mich zu hören, daß Du ein Mann von vornehmer Gesinnung und von strebsamer Tüchtigkeit seiest. Mir wurde berichtet, daß Du, weil es Dir Deine Mittel nicht erlaubten, Landwirt zu sein, Deine Lebensaufgabe darin sahst, landwirtschaftliche Maschinen zu bauen. Vor einigen Tagen sprach mir mein Verwalter davon, daß Du eine bedeutende Erfindung gemacht hast. Durch Zufall hatte er das Modell in Berlin gesehen. Er sprach mit Begeisterung davon, und ich habe sofort bei der betreffenden Firma eine solche Maschine in Auftrag gegeben. Sie wird künftig den Grund und Boden bearbeiten, der Dir gehören soll. Denn ich sehe in Dir meinen Erben.

In nicht sehr langer Zeit wirst Du Herr auf Lorbach sein, denn ich fühle, daß meine Tage gezählt sind und erwarte den Tod als freundlichen Erlöser. Ich lege alles, was ich an irdischen Gütern zurücklasse, in Deine Hände. Verwalte Lorbach in meinem Sinn. Mein erprobter Verwalter Birkner wird Dich nach Kräften unterstützen. Möge mit Dir das Glück wieder in Lorbach einziehen!

Ich drücke Dir im Geist die Hand, wie ich es, als Unbekannter, ein einziges Mal im Leben getan habe. Glückauf, neuer Herr auf Lorbach, eine neue Zeit zieht mit Dir ein!

Dein Onkel Lothar von Lorbach.«

Hans Roland hatte dieses Schreiben mit tiefer Bewegung gelesen. Er erinnerte sich ganz deutlich des alten Herrn, der eines Tages dicht vor ihm ohnmächtig zusammengebrochen war. Als er ihn dann im Wagen zu seinem Hotel begleitete, hatte ihn der Fremde forschend angesehen.

»Darf ich Ihren Namen erfahren? Ich möchte wissen, wem ich zu Dank verpflichtet bin«, hatte er gesagt.

Hans hatte seinen Namen genannt, und der alte Herr hatte mit einem tiefen Seufzer geantwortet: »Es konnte nicht anders sein.«

Was er damit gemeint hatte, wußte Hans nicht. Er glaubte, der alte Herr wäre noch nicht wieder ganz bei sich. Vor dem Hotel hatten sie sich verabschiedet, und der alte Herr hatte ihm fest und warm die Hand gedrückt und zu ihm gesagt: »Sie werden noch von mir hören – ich werde Ihnen meinen Dank abtragen.« Hans Roland hatte das für eine höfliche Redensart gehalten und nie auf diesen Dank gewartet. Es war ihm nur aufgefallen, daß der Fremde ihm mit einem seltsam langen Blick in die Augen sah. Nun wußte er – das war sein Onkel gewesen. Und er hatte ihm einen reichen Besitz hinterlassen. Wie seltsam das Leben spielte!

Für sich selbst erschien es ihm gar nicht wichtig, daß er jetzt ein reicher Mann war, obwohl er sich freute, eigenen Grund und Boden zu haben, den er bewirtschaften konnte. Er hatte nie drückende Sorgen kennengelernt und war immer sicher gewesen, daß er sich kraft seiner Arbeit hochbringen würde. Im Grunde machte ihm der Erfolg seiner Arbeit mehr Freude als der ererbte Besitz. Aber um Anitas willen bekam auch dieser Wert für ihn.

Was sollte er nun zuerst tun – nach Berlin fahren, um die Verträge abzuschließen, oder sein Erbe übernehmen? Beides durfte ihn nicht lange aufhalten, denn in einer Woche wollte er seine Reise nach Biskra antreten, und diese Reise schob er um keinen Preis hinaus. Eine Woche blieb ihm also nur. Aber in dieser Zeit konnte viel geregelt werden.

Zuerst also nach Berlin! Das konnte schon heute abend geschehen. Blieb ihm Zeit, so reiste er auch noch nach Lorbach – andernfalls verschob er das, bis er von Biskra zurückkam. Anita war ihm wichtiger als alles andere.

Nur die nötigsten Abschiedsbesuche wollte er sogleich machen. – Es blieb ihm nicht viel Zeit. Bei Frau Erika Friesen wollte er auf jeden Fall vorsprechen und ihr mitteilen, daß ihn Geschäfte für unbestimmte Zeit fortriefen. Sie durfte nicht ahnen, daß er Anita folgte – kein Mensch durfte das wissen.

Als er in der Villa Friesen ankam, traf er Frau Erika nicht allein. Ihr Gatte war daheim, und einige Besucher hatten sich eingefunden. So konnte Frau Erika ihm nicht mitteilen, was Anita am Ballabend nach seinem Fortgehen zu ihr gesagt hatte, konnte ihm ihre Vermutung nicht aussprechen, daß sie Anitas Verhalten für Eifersucht hielt.

Hans Roland unterrichtete sie und ihren Gatten, daß er plötzlich in dringenden Geschäften nach Berlin reisen müßte. Von seiner Erbschaft sprach er nicht. Frau Erika fragte ein wenig neugierig: »Was haben Sie plötzlich für wichtige Geschäfte in Berlin, lieber Herr Doktor?« Sie glaubte nicht recht an diese Geschäfte und dachte, Hans wollte sich in Berlin amüsieren, um sich über Anitas Absage zu trösten.

Er sah sie ruhig an und sagte ausweichend: »Es handelt sich um die Auswertung einer wissenschaftlichen Arbeit.«

Sie glaubte ihm nicht. Gern hätte sie ihn noch unter vier Augen gesprochen, aber gerade heute ließ ihr Gatte sie nicht eine Minute allein. So sagte sie nur seufzend: »Nun gehen Sie auch noch fort! Gestern morgen ist unser Töchterchen abgereist. Es wird ganz einsam um uns werden. Nicht wahr, Heinz?«

»Daß Sie Ihr Fräulein Tochter vermissen, kann ich mir denken; aber meine Abwesenheit wird in Ihrem großen geselligen Kreise kaum bemerkt werden.«

»Schätzen Sie sich doch nicht so gering ein, Herr Doktor!« erwiderte Frau Erika mit einem koketten Blick.

»Wir werden Sie sicher vermissen, Herr Doktor«, warf nun auch der Hausherr höflich ein. »Hoffentlich bleiben Sie nicht zu lange fort?«

»Das ist unbestimmt«, erwiderte Hans Roland und vermied es, Frau Erikas Blick zu erwidern.

Als er sich aber zum Abschied über ihre Hand neigte, flüsterte sie ihm zu: »Hoffentlich auf baldiges Wiedersehen, Hans!«

Er verneigte sich stumm und ging.

Heinrich Friesen hatte trotz Frau Erikas Vorsicht bemerkt, daß diese Dr. Roland etwas zuflüsterte. Eifersüchtig fragte er sie: »Was hattest du Doktor Roland noch heimlich zuzutuscheln?«

Sie ließ sich nicht verblüffen. Mit einem schelmischen Lachen sah sie ihn an. »Aber Heinz, du willst doch nicht auf meinen Jugendfreund eifersüchtig sein?«

»Nun, er war reichlich oft hier im Hause – und du hattest eben bestimmt Heimlichkeiten mit ihm.«

Sie zog ihn am Ohr. »Puh – du gräßlicher Othello! Zur Strafe müßte ich dir jede Auskunft verweigern. Aber wenn du lieb bittest, will ich dir das Geheimnis anvertrauen.«

Er preßte seine Lippen auf ihren Arm. »Ich bitte dich also darum, Erika. Du weißt ja, daß ich eifersüchtig auf jeden deiner Blicke bin. Quäle mich nicht!«

Sie lächelte zu ihm auf. »Nun, so vernimm das grausliche Geheimnis. Doktor Roland ist in Anita verliebt und hat von ihr einen Korb bekommen. Deshalb reist er wohl plötzlich nach Berlin, um sich zu zerstreuen. Und ich flüsterte ihm zu, er möge sich den Korb nicht so zu Herzen nehmen. Das konnte ich doch unmöglich laut sagen, da noch Besucher zugegen waren.«

Heinrich Friesen atmete auf. Diese Erklärung konnte nicht aus der Luft gegriffen sein und befriedigte ihn. Etwas erstaunt sagte er: » So, Doktor Roland hat um Anitas Hand angehalten? Nun, da er kein Vermögen hat, war es ganz klug von Anita, ihn abzulehnen.«

Frau Erika sah ihren Gatten erstaunt an. »Aber Heinz, deine Tochter braucht doch nicht nach Geld zu sehen!«

Es zuckte sonderbar um seine Lippen. »So – meinst du? Nun, ich meine, Geld kann man immer brauchen. Ein

Mann soll jedenfalls nicht nach Geld heiraten, und Anitas – Reichtum hat da doch wohl ein wenig mitgesprochen.«

Sie zuckte die Schultern. »Wohl möglich.«

Er umfaßte sie plötzlich mit beiden Armen. »Erika – könntest du dir ein Leben in Armut und Sorgen denken?«

Sie schauerte zusammen und schüttelte den Kopf. »Wie kannst du nur so sprechen, Heinz? Du weißt, wie ich unter meiner früheren Armut gelitten habe. Nie möchte ich in ein solches Dasein zurück!«

Er sah über ihren Kopf hinweg starr vor sich hin und unterdrückte einen Seufzer. Dann ließ er sie aus seinen Armen. »Ich muß dich jetzt allein lassen, habe noch Geschäfte zu erledigen.«

Frau Erika dachte bei sich, daß es ihr lieber gewesen wäre, wenn ihr Gatte sie schon früher allein gelassen hätte, ehe sich Hans Roland verabschiedete. Sie hätte gern noch mancherlei mit ihm besprochen. Aber nun war er fort, und vielleicht kam er nie wieder. Anitas Absage mußte ihn doch geärgert haben.

Aber Frau Erika quälte sich nicht lange mit unerfreulichen Gedanken. Sie ließ den Wagen vorfahren, um eine Spazierfahrt zu machen.

Und wenige Minuten später fuhr sie mit strahlendem Gesicht davon.

VIII.

Dr. Hans Roland hatte seine Geschäfte in Berlin zur höchsten Zufriedenheit abgewickelt. Seine Erfindung wurde sehr vorteilhaft verwertet und versprach ihm laufend einen guten Gewinn außer der ziemlich bedeutenden Ankaufsumme.

Diese Angelegenheit hatte ihn mehrere Tage in Anspruch genommen. Mit günstigen Verträgen in der Tasche reiste er nach Gotha, wo der Notar Heine wohnte. Gleich nach seiner Ankunft suchte er diesen auf und besprach mit ihm die Erbschaftsangelegenheit. Er teilte ihm mit, daß er eine längere Reise vorhätte, die ihn eventuell den ganzen Winter fernhalten würde. Erst nach seiner Rückkehr wollte er sein Erbe antreten.

Der Notar versicherte ihm, er könnte sich ruhig auf den Verwalter Birkner verlassen. Dieser führte schon seit einigen Jahren die Geschäfte ganz selbständig, da Herr von Lorbach viel leidend gewesen war. Und im übrigen versprach der Notar, auch ab und zu in Lorbach nach dem Rechten zu sehen.

Den Abend verlebte Hans im Hause des Notars, dessen Gattin ihn freundlich bewirtete. Die Herren hatten noch mancherlei zu besprechen, und es war ziemlich spät, als Hans sich verabschiedete und sein Hotel aufsuchte.

Am anderen Morgen, als er wieder von Gotha abreisen wollte, überlegte er sich, daß er doch noch einen freien Tag vor sich hatte. Wie, wenn er diesen Tag zu einem Ausflug nach Lorbach benützte?

Wenn er offiziell als neuer Herr dort vorspräche, würde möglicherweise ein großer Apparat in Szene gesetzt. Das wollte er nicht, dazu war ihm auch die Zeit zu kurz. Er lachte in sich hinein. Wer wollte ihn daran hindern, einen kurzen Besuch ganz inkognito in Lorbach zu machen? Es brauchte niemand eine Ahnung von seinem Kommen zu haben.

Ohne langes Überlegen ging er die wenigen Schritte zum Bahnhof und kam gerade zurecht zur Abfahrt des Lokalzuges, der ihn nach der Lorbach am nächsten gelegenen Station bringen sollte.

Die Fahrt dauerte eine halbe Stunde. Als er ausstieg, erkundigte er sich bei dem Stationsvorsteher nach dem Weg nach Lorbach und fragte, ob nicht eine Fahrgelegenheit dorthin zu beschaffen sei. Der Stationsvorsteher sah den elegant gekleideten Herrn neugierig an, gab aber bereitwillig Auskunft: Die Fahrstraße, die an der Station vorüberlief, führte in einer Stunde nach Lorbach. Das Dorf Lorbach läge jedoch hinter dem Schloß. Fahrgelegenheit gäbe es nicht, wenn der Herr nicht etwa mit dem leeren Milchwagen fürliebnehmen wolle. Der Milchkutscher von Lorbach wäre noch nicht fortgefahren.

Es blitzte übermütig in Hans Rolands Augen auf. Daß der neue Herr von Lorbach auf einem Milchwagen zur ersten Besichtigung seines Besitzes fuhr, war zum mindesten originell. Kurz entschlossen wandte er sich an den Milchkutscher. Ein gutes Trinkgeld machte diesen nicht nur willfährig, sondern sogar gesprächig. Er räumte dem vornehmen Herrn neben sich auf dem Bock einen Platz ein.

Lachend fuhr Hans Roland seiner neuen Besitzung entgegen.

Der alte Kutscher hatte natürlich keine Ahnung, daß er seinen neuen Gutsherrn neben sich sitzen hatte, und ließ sich bereitwillig alles abfragen, was dieser wissen wollte. Er nannte ihm die Namen der Berge, die den Horizont kulissenartig begrenzten, und zeigte ihm, welche Forsten, Wälder und Wiesen zu Lorbach gehörten. Eine lange Strecke fuhr man durch wundervollen Wald, der sich bereits leise herbstlich färbte. Das war Lorbacher Wald, und Hans Rolands Augen grüßten zu den Baumwipfeln empor, als wären es lauter liebe Bekannte. Das Herz wurde ihm warm und weit.

Und der Kutscher, der schon von Kind an, also seit ziemlich fünfzig Jahren, zum Lorbacher Gesinde gehörte, erzählte Hans in seiner etwas holprigen Ausdrucksweise, daß der verstorbene Herr von Lorbach seit dem Tode seines Sohnes ein bißchen »schrullig« gewesen wäre. Es wäre in Lorbach überhaupt nicht immer alles so glatt abgelaufen. Das gnädige Fräulein, die Schwester des verstorbenen Freiherrn, die schön und gut wie ein leibhaftiger Engel gewesen, die hätte der Freiherr verstoßen, weil sie den Verwalter geheiratet hätte. Aber das wäre eine ganz große Liebe gewesen. Der Verwalter wäre aber auch ein forscher, schneidiger Herr gewesen und gut und gerecht. Das wäre übrigens der jetzige Verwalter Birkner auch. Der ließe jeden zu seinem Recht kommen, wenn er auch verlangte, daß man seine Pflicht täte und fix bei der Arbeit wäre. Und nun wäre der Sohn vom gnädigen Fräulein und ihrem Herrn Verwalter doch der Erbe von Lorbach geworden. »Der ganze Krempel« gehörte nun ihm, er könnte lachen, denn so ein Mustergut gäbe es ringsum nicht noch einmal.

Hans hörte mit seltsamen Empfindungen zu. Was der Kutscher über seine Eltern erzählte, bewegte ihn sehr. Er wußte ja, wie schwer es ihnen gemacht worden war, ihr Glück zu erzwingen.

Als der Wagen dann aus dem Wald herausfuhr, kamen sie am Vorwerk vorbei. Das lag schmuck und sauber auf einer großen Wiese. Dann ging es wieder durch ein Wäldchen, und an dessem Rande lag, etwas abseits von den Wirtschaftsgebäuden von Lorbach, ein Häuschen, vor dessen Tür eine große Linde stand; wie schützend streckten sich ihre Äste über das niedrige Dach.

Der Kutscher zeigte mit der Peitsche auf das Häuschen. »Darin hat damals der Herr Verwalter gewohnt, und unter der Linde hab' ich das gnädige Fräulein oft mit ihrem Schatz stehen sehen«, sagte er.

Hans sah interessiert und innerlich angerührt auf das kleine Haus. Es schien unbewohnt.

»Wohnt denn jetzt der Verwalter nicht mehr in dem Häuschen?« fragte er.

Der Kutscher nahm erst seine Pfeife aus dem Mund, spuckte aus und erwiderte dann, daß der Verwalter Birkner zu Anfang auch in dem Häuschen gewohnt hätte, aber nur bis zu seiner Verheiratung. Dann wäre neben dem Wirtschaftshof ein neues Verwalterhaus gebaut worden. »Da drüben das rote Backsteinhaus, da wohnt unser Herr Birkner mit seiner Frau. Seine zwei Söhne sind in Gotha, der eine auf dem Gymnasium, der andere bei einem Kaufmann in der Lehre. Die kommen nur sonntags heim. Das sind stramme, gesunde Bengels, Herr – guter Schlag, wie die Eltern.«

»Und dies Häuschen steht nun leer?« fragte Hans interessiert.

»Jawohl, es wohnt jetzt kein Mensch drin.«

»Schade darum! Wenn mancher Stadtmensch so ein Häuschen sein eigen nennen könnte, hier in der herrlichen Natur! Ihr Landleute wißt gar nicht, wie gut ihr es habt.«

»Wohl, wohl, Herr, an Platz mangelt es in Lorbach nicht. Im Schloß stehen an die vierzig Zimmer und Säle leer. Da kommt es nicht drauf an, wenn so ein Häuschen leersteht. Die Frau Verwalter hat es an Stadtleute als Sommerfrische vermieten wollen, aber das hat der gnädige Herr nicht zugelassen. Er war halt schrullig und ein bißchen menschenscheu geworden. – So, hier geht nun der Weg zum Dorf ab, Herr, ich fahre jetzt auf den Wirtschaftshof, und Sie müssen absteigen. Da rechts geht's zum Dorf – da hinten guckt der Kirchturm über die Bäume.«

Hans sprang ab. »Und wo geht dieser Weg hin?« fragte er, nach links zeigend.

»Der Weg führt direkt zum Schloß, Herr. Das müssen Sie sich mal ansehen, wenn Sie Zeit haben – nur zehn Minuten durch das Gehölz, dann sind Sie am Parktor.«

Hans nickte und gab dem Kutscher ein Extratrinkgeld. »Ich werde den kleinen Umweg machen«, sagte er.

Ein bißchen neugierig sah der Kutscher ihn an. »Der Herr will wahrscheinlich zum Gasthof? Wollen dem Krugwirt wohl Wein und Zigarren verkaufen, hm? Da kommen ja manchmal so städtische Herren.«

Hans lachte. »Sie haben es erraten«, sagte er amüsiert.

Der Alte machte ein schlaues Gesicht. »Na, man kennt doch seine Leute. So fein sind bloß die Reisenden ausstaffiert, denn zu dem Schloß kommen ja jetzt keine Herrschaften.«

Damit fuhr der Kutscher, Hans zunickend, davon.

Dieser blieb stehen, bis der Milchwagen im Wirtschaftshof, der breit und stattlich vor ihm lag, verschwunden war. Dann trat er an das Häuschen heran und blickte durch die Scheiben in das Innere.

Da drinnen also hatte sein Vater gewohnt, als er etwa in seinem Alter war. Und hierher unter die Linde war die Mutter gekommen, um mit ihm ihre Heirat zu besprechen.

Seltsam heimisch mutete ihn das Häuschen an. Es enthielt drei Zimmer, eine Küche und einen schmalen Flur mit Backsteinfußboden. In den Zimmern standen derbe, feste Möbel, und in der Küche war allerlei Hausrat zu sehen.

Hans ging ringsherum und sah in alle Räume hinein. Er malte sich aus, wie es wäre, wenn die stolze Anita Friesen mit ihm in diesem Häuschen wohnen müßte. Seine Augen strahlten auf. Er konnte es sich sehr reizvoll vorstellen – auf vorübergehende Zeit wenigstens –, mit Anita in diesem Idyll zu hausen. Sie würde wohl freilich ihr stolzes Näschen kraus ziehen, wenn er ihr das zumutete.

Er lachte in sich hinein. Wenn sie mich liebt, wie ich sie liebe, würde sie auch mit mir in dies Häuschen ziehen und sich darin glücklich fühlen, dachte er.

Er starrte die Fenster an, die blank und sauber waren, obwohl das Häuschen seit langer Zeit nicht bewohnt war. Die Frau Verwalter hielt auch hier auf Ordnung. Und er hatte eine Art Vision. Er sah im Geist Anitas schönes Gesicht im Rahmen dieses Fensters erscheinen und mit lieblichem Lächeln nach ihm Ausschau halten. Weiße Gardinen blähten sich wie duftige Wolken hinter ihrem herrlichen goldbraunen Haar. Ihre schlanke Gestalt umschloß ein schlichtes Hauskleid mit einer weißen Schürze.

Wie verzückt starrte er auf die Vision.

»So will ich dich sehen, Anita Friesen! Hierher will ich dich führen, sobald du meine Frau geworden bist. Hier in diesem Häuschen sollst du mir angehören. Hier sollst du lernen, wie glücklich man sein kann ohne den Glanz des

Reichtums.«

Aber dann schrak er auf. Drüben vom Wirtschaftshof klangen laute Tierstimmen herüber. Er sah um sich, als erwachte er. Und nun flog ein Lächeln über sein Gesicht. »Man wird zum Träumer beim Anblick dieses idyllischen Erdenfleckchens. Wenn Anita meine Frau wird, führe ich sie zuerst in dies kleine Haus – dann erst zum Schloß.«

So sprach er zu sich selbst. Er riß seine Blicke von dem Häuschen los und schritt schnell auf dem Wege dahin, der, wie ihm der Kutscher gesagt hatte, zum Schloß führte.

Nach zehn Minuten hatte er das Parktor erreicht und sah Schloß Lorbach vor sich liegen. Es war im reinsten Barock gehalten und rings von breiten Terrassen umgeben, die in breite, mit Blumenrabatten geschmückte Rasenplätze übergingen. Diese Rasenplätze gehörten zu einem anscheinend sehr großen Park, den eine Mauer umschloß. Jenseits der Mauer war herrlicher Buchenwald.

Der neue Besitzer all dieser Herrlichkeiten stand an dem hohen schmiedeeisernen Parktor und sah sich mit leuchtenden Augen um. Seltsame Empfindungen bewegten ihn. Ein Gefühl der Rührung überkam ihn. Das war das Vaterhaus seiner Mutter, und aus dieser fast fürstlichen Umgebung war sie hinüber zu dem kleinen Verwalterhaus geeilt, um den Mann ihrer Liebe zu sehen. Dies alles hatte sie ohne Klage hinter sich gelassen und war mit ihm in eine ungewisse Zukunft gezogen. Wie lieb mußte sie seinen Vater gehabt haben! Ob Anita Friesen das auch getan hätte für den Mann ihrer Liebe?

So geliebt zu werden – wie köstlich mußte es sein für einen Mann!

Seine Mutter hatte es nie bereut, ihrem Herzen gefolgt zu sein. Ihr Bruder hatte ihr nur ein sehr bescheidenes Kapital auszahlen lassen – ihr Erbe. Denn damals war Lorbach noch mit hohen Hypotheken belastet gewesen. Diese hatte erst die sehr vermögende Frau seines Onkels abgelöst. Damit war der Reichtum nach Lorbach gekommen.

Und nun fiel das alles ihm zu. Er durfte in Zukunft als Herr hier schalten und walten, wo seine Mutter ihre Jugend verlebt hatte. Wie oft hatte sie ihm von dem schönen stolzen Barockschloß erzählt, von seinen weiten Sälen und Räumen. Es zuckte ihm in den Händen. Er hätte am liebsten an der Glocke gezogen und Einlaß begehrt. Aber er zwang dies Verlangen nieder. Zeit, sich gründlich umzusehen, hatte er doch nicht, und für einen flüchtigen Besuch fehlte ihm die Stimmung. Er wollte das alles lieber erst kennenlernen, wenn Anita sein eigen geworden war. Dann war die Unruhe von ihm genommen.

Mit einem letzten langen Blick auf das schöne Schloß wandte er sich zum Gehen. Er schritt zum Wirtschaftshof hinüber, lauschte lächelnd auf den Klang der Arbeit, auf die aus den Ställen dringenden Tierstimmen und auf das triumphierende Krähen eines stolzen Hahns, der gravitätisch, von seinem Harem umgeben, über den Hof stolzierte.

Ganz heimatlich berührte ihn das alles. Dies war das Milieu, in dem er aufgewachsen war auf dem großen Domänenhof, wo sein Vater als Pächter gesessen hatte.

Eine dralle Magd schritt mit gefüllten Melkkübeln zur Milchkammer und rief einem Knecht, der ein Gespann abschirrte, ein derbes Scherzwort zu. Und drüben im Verwalterhause stand am Fenster eine stattliche, frische Frau, in der Mitte der Vierzig, und schaute erwartungsvoll nach dem Hoftor. Das war wohl die Frau des Verwalters Birkner.

Hans Roland folgte ihrem Blick und sah einen Reiter herankommen. Schnell versteckte er sich hinter einem Gebüsch, damit er nicht gesehen wurde, und betrachtete den Reiter. Es war ein breitschultriger blonder Hüne, das ganze Gesicht mit Sommersprossen bedeckt. Helle Augen leuchteten offen und ehrlich aus diesem Gesicht. Hans war sich klar darüber, daß dies der Verwalter Birkner sein mußte.

Der Mann ließ einen lauten Pfiff ertönen, und die Frau am Fenster nickte ihm lächelnd zu. Ein Knecht kam herbei und führte das Pferd des Verwalters fort.

Hans Roland hörte noch, wie eine laute, markige Stimme Befehle erteilte, dann ging er lächelnd davon, überzeugt, daß sein neuer Besitz in guter Hut war.

Wie einem Kind, das vor Weihnachten schon einen Blick auf die kommenden Herrlichkeiten erhascht hatte, war ihm zumute. Vor dem Häuschen unter der Linde blieb er noch eine Weile stehen und sah in die blanken Fenster hinein. Ein goldgelb gefärbtes Lindenblatt fiel herab und blieb auf dem Ärmel seines Mantels liegen. Er nahm es auf und legte es in seine Brieftasche. Mit einem frohen, befreiten Gefühl ging er weiter. Es war doch schön, daß er Anita Friesen als Herr all dieser Herrlichkeiten entgegentreten konnte! Nun sollte sie ihn nicht mehr Mitgiftjäger schelten. Jetzt konnte er sie überzeugen von der Lauterkeit seiner Gefühle. Und wenn sie ihm dann ihr Jawort gab, wollte er als Beweis ihrer Liebe von ihr fordern, daß sie in den ersten Monaten ihrer Ehe mit ihm ganz bescheiden in dem kleinen Häuschen wohnen sollte, wie er es sich vorhin in seiner traumhaften Stimmung gelobt hatte.

Nun, da seine Geschäfte erledigt waren, wuchs die Sehnsucht nach Anita riesengroß in ihm empor. Aber trotzdem setzte er langsam Fuß um Fuß voreinander, denn der Lokalzug, der ihn wieder nach Gotha bringen sollte, fuhr erst in zwei Stunden von der kleinen Station ab.

Ein Hochgefühl überkam ihn, als er sich sagte: Du gehst hier auf eigenem Grund und Boden. Alles, was du siehst, gehört dir. Einst hatte dies alles seinem Großvater gehört – es war ererbter Besitz. Aber:

»Was du ererbt von deinen Vätern hast,
Erwirb es, um es zu besitzen.«

Das sollte ihm Richtschnur sein. Seine ganze Kraft wollte er einsetzen, um sich dies alles durch Fleiß und Tüchtigkeit zu verdienen.

Zur rechten Zeit kam er auf der kleinen Station an. Das gemächliche Züglein kroch heran, nahm ihn auf und führte ihn nach Gotha. Von dort fuhr er nach Berlin.

Morgen früh wollte er von Berlin aus seine Reise nach Biskra antreten.

Würde es eine Fahrt ins Glück sein?

IX.

Inzwischen war Anita Friesen in Begleitung Frau Jungmanns längst unterwegs nach Biskra. Diese Reise war von dem herrlichsten Wetter begleitet.

Während der ganzen Fahrt blieb das junge Mädchen sehr still und in sich gekehrt.

Als sie ihre Vaterstadt verlassen hatte, war ein Gefühl in ihr gewesen, als wäre sie einer schweren Gefahr entronnen, und doch lag ihr das Herz wie ein Stein in der Brust. Je weiter sie sich von der Heimat entfernte, desto mehr fühlte sie, daß sie ihr Herz dort zurückgelassen hatte.

Sie mußte immer wieder an ihre letzte Unterredung mit Hans Roland denken. Wenn sie die Augen schloß, sah sie ihn im Geiste vor sich, sah in seine leidenschaftlich flehenden Augen hinein, hörte ihn in so dringender, überzeugender Art von seiner Liebe reden und fühlte wieder den Bann, der von ihm ausging. Dann war ihr zumute, als zöge es sie mit tausend Banden wieder in seine Nähe.

Sie war vor ihm geflohen, vor der rätselhaften Macht, die er auf sie ausübte, und sehnte sich doch nach ihm. Sie schämte sich bis zur Verzweiflung, daß sie den Mann lieben mußte, den sie verachten sollte, und der sie nach der Hochzeit sicher mit ihrer Stiefmutter betrogen hätte.

So war Anita in sehr trüber Stimmung.

Frau Jungmann, die mit Inbrunst die schöne Reise genoß, sah zuweilen besorgt in das blasse, düstere Gesicht ihres Schützlings.

»Sie sehen so müde und abgespannt aus, Anita, fühlen

Sie sich nicht wohl?« fragte sie.

Anita schrak zusammen und versuchte zu lächeln. »Ich fühle mich ganz wohl. Vielleicht strengt mich die lange Bahnfahrt ein wenig an. Davon werde ich mich auf der Seereise erholen.«

Nach diesen Worten wandte sie sich ab und sah durch die Fenster des Abteils in den sinkenden Abend hinaus.

Man näherte sich dem Gotthard, und eben begann es zu dunkeln. Die verschneiten Gipfel der Berge flimmerten in zauberischem Glanz im Abendschein.

Viele Reisende gingen zur Ruhe, aber Anita ließ Frau Jungmann allein schlafen gehen. Sie zog es vor, die vorüberziehende Landschaft im Mondschein zu bewundern. Sie fühlte sich der gigantischen Natur gegenüber doppelt einsam und verlassen. Wie feierlich und doch wie kalt und leer lag da draußen das großartige Bergpanorama! So klein und nichtig erschien der Mensch angesichts der unvergänglichen Majestät dieser Bergriesen.

Obgleich der Zug gen Süden fuhr, schien es kälter zu werden. Anita hüllte sich fröstelnd in ihren Reisemantel. Ihre Augen blickten groß und starr, wie die eines hilflosen Kindes, das sich verirrt hat.

Weiter ging die Reise, nach Italien hinein. Wunderbare Landschaften hasteten an Anitas Augen vorüber. Als es Tag wurde, begann die Sonne heiß herniederzustrahlen. Man näherte sich dem Meer, das blau und dunstig aus der Ferne aufstieg. Aber all die Schönheit, das südliche Kolorit der sonnigen Landschaft, die lachenden Kinder des Südens, vermochten Anitas Herz nicht frei zu machen von der drückenden Last einer Liebe, die nie Erfüllung finden konnte, weil sie sich, wie sie meinte, einem Unwürdigen zugewandt hatte.

Die Fahrt ging über die Riviera nach Marseille. Die Riviera kannte Anita schon von früheren Reisen her. Sie dachte voll Wehmut daran, wie leicht und frei ihr Herz gewesen war, als sie das erstemal an diesem märchenhaft schönen Gestade weilte. Und damals hatte sie schon geglaubt, eine Last mit sich herumzutragen, weil der Vater kurz zuvor eine Stiefmutter ins Haus gebracht hatte. Wie leicht war jene Last gewesen im Vergleich zu der, die jetzt ihre Seele bedrückte!

Dann kamen sie nach Marseille. Ohne Aufenthalt begab Anita sich mit Frau Jungmann an Bord des Dampfers, der sie hinaustrug auf das dunkelblaue Meer, das von leichten weißen Schaumkronen belebt war. Anita blieb den ganzen Tag an Deck und brachte auch, in warme Decken gehüllt, die halbe Nacht oben zu.

Es wölbte sich der Sternenhimmel wie ein majestätischer Dom über ihr, die Wellen rauschten ein monotones Lied und klatschten zuweilen an den Schiffsplanken empor. Das beruhigte sie ein wenig, und zum erstenmal löste sich ihr heimlicher Schmerz in wohltuenden Tränen.

Am anderen Morgen, als die Sonne wie ein roter Glutball am Horizont auftauchte, war Anita schon wieder an Deck.

Ein alter Herr, der sie schon am Tage vorher mit väterlichem Wohlwollen beachtet und sich ihr und Frau Jungmann als Konsul Dalhorst vorgestellt hatte, trat zu ihr heran und erzählte ihr von der Sahara. Er hatte die Reise schon öfter gemacht und den Damen gestern erzählt, daß er seine Frau und seine einzige Tochter durch eine Epidemie verloren hätte und seither so viel wie möglich auf Reisen wäre – um zu vergessen.

Anita unterhielt sich gern mit ihm. Wenn er von seiner verstorbenen Tochter sprach, die er unsagbar geliebt hatte, drängten sich Anita Vergleiche auf. Wie wenig galt *sie* ihrem Vater!

Die Seefahrt verlief ziemlich ruhig. Anitas Wesen wurde frischer. Ein Ausspruch des Konsuls Dalhorst hatte sie seltsam getroffen: »Unheilbar ist nur der Tod. Für alle anderen Leiden gibt es eine Möglichkeit der Heilung.« Es mußte doch auch für ihre Schmerzen eine Linderung geben.

Sie begann sich auf Lori Gordon zu freuen. In deren lustiger Gesellschaft würde sie schon wieder vernünftig werden und dieses entwürdigende Gefühl für Hans Roland niederzwingen.

An einem sonnigen Morgen, als die afrikanische Sonne mit voller Glut herniederbrannte, lief der Dampfer in den kleinen Hafen ein.

Ein buntes, farbenprächtiges Bild entrollte sich nun. Das war ein malerisches Durcheinander von blauen Turkos mit weißen Gamaschen, schwarzglänzenden Negern mit dem roten Fez auf dem Haar, die ihre weißen Zähne zeigten, schreienden Händlern in schmierigen Burnussen, stolz ausschreitenden Arabern und bettelnden Kindern. Fast all diese Menschen gingen barfuß mit einer trägen Gelassenheit einher. Das Ganze war eine lärmende Symphonie von Sonne, Farben und Lärm.

Die beiden Damen wären diesem ohrenzerreißenden Tohuwabohu gegenüber ziemlich hilflos gewesen, wenn sich Konsul Dalhorst nicht ihrer angenommen hätte.

Konsul Dalhorst war ein unschätzbarer Reisebegleiter. Er konnte alles erklären, sorgte für Erfrischungen und Lektüre und hielt lästige Störungen fern. Wenn Anita ihm dankte, sagte er wehmütig: »Lassen Sie mir doch die Freude. Ich habe so selten das Vergnügen, für jemand sorgen zu können, seit ich allein bin auf der Welt.«

Erst gegen Mitternacht kamen sie in der Felsenstadt Constantine an. Vergeblich hatten die Damen bisher nach der Wüste ausgeschaut. Der Konsul sagte ihnen, daß sie sich noch gedulden müßten.

Am anderen Morgen mußten sie sich beeilen, um den Omnibus zu besteigen, der sie zu dem Frühzug brachte, welcher nach Biskra fuhr. Es gab nur diesen einzigen Zug am Tag.

Die Landschaft, durch die der Zug dann fuhr, ließ die Nähe der Wüste ahnen. Dürre Felder, ausgetrocknete Seen, wild zerrissene Felsen und armselige Stationen wechselten miteinander ab. Öde und streng war die Landschaft, steinig und ausgedörrt von der sengenden Sonne. Dann stiegen die Atlasberge höher und höher empor.

Man kam auf der Station Batna an. Hier stieg eine große Jagdexpedition aus, die auf Löwenjagd gehen wollte. Dann erreichte man die Oase El-Kantara, wo sich Konsul Dalhorst von den Damen herzlich verabschiedete und sie noch mit guten Ratschlägen für den Rest der Fahrt ausstattete.

Der Zug kroch in eine starre, kantige Riesenschlucht hinein. Hinter dieser erschien – ein berauschender Anblick nach der Fahrt durch die öde, trockene Wildnis – die Oase El-Kantara. Wie ein Traum von Palmen und märchenhafter Vegetation blühte sie empor.

Anita konnte sich kaum satt sehen. Sie begriff jetzt den Konsul, der ihr vor dem Aussteigen gesagt hatte: »Wer einmal in El-Kantara war, sehnt sich immer wieder dahin zurück. Das werden Sie vielleicht schon begreifen, wenn Sie daran vorübergefahren sind.«

Ja, Anita konnte es begreifen. Es war ein zauberhaftes Bild.

Der Zug rollte weiter, und dann war man wirklich in der Wüste, in diesem gelben, heißen, sengenden Einerlei voll Dürre und Hitze, das die Lippen austrocknet und die Zunge am Gaumen kleben läßt. Und doch fesselt sie den Blick magnetisch und läßt ihn nicht los.

Endlich war Biskra erreicht.

Als Anita mit Frau Jungmann ausstieg, flog etwas Weißes, Schlankes auf Anita zu und fiel ihr um den Hals – Lori Gordon. Sie lachte und weinte in einem Atem.

»Du bist wirklich da, Nita! Ach, Nita, ich habe es nicht eher glauben können, als bis ich dich vor mir sah!« jauchzte die sehr hübsche und graziöse kleine Frau.

Hinter ihr erschien ein großer schlanker Herr in einem kleidsamen Tropenanzug. Es war Fritz Gordon. Er lachte über das ganze sonnengebräunte Gesicht und begrüßte die Damen vergnügt.

»Gottlob, daß Sie gekommen sind, gnädiges Fräulein! Meine kleine Frau hat sich so arg mit dem Heimweh herumgeplagt. Sie wäre mir am Ende noch davongelaufen.«

Frau Lori lachte ihn an und wischte hastig ein paar Tränen fort. »Das erlebst du nicht, Fritz, daß ich dir davonlaufe. Aber sehr glücklich bin ich, daß Nita gekommen ist.«

»Und dafür danke ich Ihnen herzlich, gnädiges Fräulein. Hoffentlich bleiben Sie recht lange bei uns.«

So lieb aufgenommen, fühlte sich Anita gleich wohl und vertraut, als man in dem kleinen weißen Haus gelandet war, das Gordons bewohnten.

Eine Stunde später saß man an einem tadellos gedeckten Tisch, wo eine köstliche Mahlzeit serviert wurde.

Nach dem Essen mußte sich Frau Jungmann zu einer Siesta niederlegen. Fritz Gordon ging seinen Geschäften nach, und die Freundinnen waren allein.

»Bist du müde, Nita? Oder hast du Lust, mit mir zu plaudern?«

»Aber gern, Lori. Ich bin gar nicht müde.«

Lori zog die Freundin erst einmal auf den Balkon, der vor Anitas luftigem Zimmer lag. »Schau dich erst einmal um in deiner neuen Umgebung!«

Die heiße afrikanische Sonne glühte über den flachen Dächern der niedrigen Häuser. Ein seltsamer, fast greifbarer Dunst stieg empor. Hinter den Häusern ragte ein Palmenwald empor, in jenem eigenartig matten Graugrün, das so verschieden von dem satten frischen Grün der Laubwälder ist. Und am Horizont breitete sich die Wüste aus, ein stummes, starres, geheimnisvolles Meer aus Sand.

Unten auf der Straße balgten sich Kinder, und über sie hinweg schritten in würdevoller Haltung hochgewachsene Araber, jeder wie ein Fürst so stolz und unnahbar. Verhüllte Frauen mit ihren unsicheren, hastenden Schritten glitten vorüber, und mühsam am Stock tastend zogen arme blinde Menschen vorüber, die man in diesen Ländern häufiger trifft als sonst irgendwo.

»Biskra ist eine schwache kleine Kopie von Paris«, sagte Lori erklärend. »Die Franzosen haben versucht, wenigstens ein etwas verzerrtes Abbild davon in diese Wüste zu verpflanzen. Du wirst fast unmittelbar neben einer ganz unkultivierten Wüstenlandschaft den raffiniertesten Luxus des Okzidents sehen, gemischt mit orientalischer Farbenpracht – und Schmutz, viel Schmutz!«

Anita nickte. »Ja, das habe ich schon vom Hafen aus bemerkt. Wie schade! Der Schmutz liegt wie ein grauer Schleier auf der leuchtenden Pracht.«

»Die sonst aber vielleicht zu leuchtend wäre. Schmutz ist die Patina, die diesem orientalischen Bild erst das Besondere gibt. Da drüben in den mondänen Hotels findest du die Patina nicht. Da gibt es allen abendländischen Komfort, elektrisches Licht, Pariser Toiletten, auf den Terrassen eine elegante Menge. Man kokettiert, plaudert, lacht und flaniert, ganz pariserisch. Im Kursaal findest du neben dem raffinierten Toilettenluxus der Damen Fracks, Uniformen und allerdings auch malerische orientalische Kleidung. Hier gibt es eben ein atemberaubendes Durcheinander von Okzident und Orient. Du wirst das alles bald kennenlernen, meine Nita. Aber jetzt komm wieder ins Zimmer, es ist noch zu heiß hier draußen.« Sie zog die Freundin mit sich hinein, und nun plauderten die beiden nach Herzenslust.

Anita konnte in den nächsten Tagen das Durcheinander von Okzident und Orient gründlich genießen, und auch Frau Jungmann nahm eine gute Kostprobe davon mit, ehe sie nach Verlauf einer Woche wieder abreiste. Gordons lebten in einem sehr geselligen Kreis. In den ersten Tagen kam Anita kaum zur Besinnung, und sie mußte schließlich Lori bitten, eine Ruhepause eintreten zu lassen.

Diese umarmte lachend die Freundin. »War es zuviel, Nita? Ich hab' dich nur überall herumgeschleppt, damit du nicht auf Fluchtgedanken kommst. Ich möchte dich doch gern den ganzen Winter hierbehalten und habe Angst, daß du dich langweilen könntest.«

Anita sah ernst ins Weite. »Hab keine Sorge, Lori, ich bleibe bestimmt, bis ihr selbst nach Deutschland zurückgeht. Ich finde es köstlich behaglich in eurem Heim und freue mich, daß wir heute zu Hause bleiben. Frau Jungmann ist auch noch ein Ruhetag zu gönnen vor ihrer Abreise. Nicht wahr, liebe Frau Jungmann, es ist ein wenig zuviel Neues auf uns eingestürmt?«

Die alte Dame nickte lachend. »Es war schon etwas viel. Aber interessant war es doch, und ich werde mein Leben lang davon zehren. Was habe ich durch Sie nicht schon alles zu sehen bekommen, liebe Anita! Dafür kann ich Ihnen gar nicht genug danken – überhaupt für alles, was Sie und Ihr Herr Vater an mir getan haben. Wenn ich Ihnen nur einmal meine Dankbarkeit beweisen könnte!«

Anita wehrte errötend ab. »Ach, Sie beschämen mich. Ich habe nur immerfort Ihre Dienste für mich in Anspruch genommen. Sie dürfen nicht von Dankbarkeit reden.«

Frau Jungmann nickte lächelnd. »Das kenne ich schon – davon wollen Sie nie etwas hören. Aber Frau Gordon weiß auch, wie gut Sie sind.«

Lori umarmte die Freundin. »Ja, Frau Jungmann, ich kenne Nita. Sie hat ein großes, gutes Herz, möchte es aber immer verstecken.«

Anita hielt sich die Ohren zu, und Lori schlug ein anderes Thema an.

Nachdem sich Frau Jungmann zu einer Siesta zurückgezogen hatte, plauderten die Freundinnen von allem, was ihre Herzen bewegte. Die sonst so zurückhaltende Anita wurde mitteilsam und berichtete Lori von den wenig erfreulichen Verhältnissen daheim, von ihres Vaters Gleichgültigkeit ihr gegenüber und von der Stiefmutter unsympathischem, leichtfertigem Wesen.

Nur über Hans Roland sprach sie nicht. Aber wenn auch sein Name nicht über ihre Lippen kam – ihre Gedanken kamen so wenig von ihm los wie ihr Herz.

Am nächsten Tag reiste Frau Jungmann ab. Anita und Lori gaben ihr das Geleit bis zum Bahnhof, und Fritz Gordon kam im letzten Augenblick auch noch herbei mit einem Korb voll Früchten für die Reise.

X.

Anita hatte sich nun schon recht gut eingelebt im Gordonschen Haushalt. Sie merkte sehr wohl, daß das junge Paar nicht mit überflüssigen Glücksgütern gesegnet war, und brachte immer wieder allerlei Geschenke aus den Basaren für Lori mit, um sich für die liebenswürdig gebotene Gastfreundschaft zu revanchieren.

Sie staunte täglich über das sinnverwirrende Durcheinander von Abendland und Morgenland. Die Sitten und Gebräuche der Eingeborenen interessierten sie noch mehr als das mondäne Leben im Kursaal und in den Hotels.

Eines Tages stürzte sie erschrocken ans Fenster. Draußen hatte sich ein wildes Schreien und Lärmen erhoben. Sie glaubte an irgendein furchtbares Ereignis. Aber sie sah dann mit Erstaunen nichts als einen Festzug, der mit ohrenzerreißendem Lärm durch die Straße tobte. Die Menschen waren mit allerlei buntem Tand geschmückt und gebärdeten sich wie sinnlos vor lauter Daseinswonne. Lori erklärte ihr lachend, ohne Lärm wäre hier kein Fest möglich.

Im Gegensatz zu diesem orientalischen Fest erlebte Anita am Abend im Festsaal eines Hotels eine vornehme pariserische Geselligkeit. Da sah sie die üppige Pracht der verfeinerten weißen Rasse mit ihren überkultivierten Ansprüchen an das Leben, die elegante Leichtigkeit der Menschen, die über das Elend der Unterdrückten lächelnd hinwegtanzten.

Am nächsten Morgen sagte Lori: »Ich habe einige kleine

Einkäufe in den Basarstraßen zu machen. Willst du mich begleiten?«

»Selbstverständlich, Lori. Ich komme mit.«

»Gut. Zur Belohnung bleiben wir heute abend zu Hause und genießen vom Dach unseres Hauses den Blick auf Biskra, die Wüste und den Sternenhimmel.«

»Darauf freue ich mich. Also, erst den Basarbummel.«

Die Freundinnen suchten die Basare auf. Was Anita gefiel, kaufte sie, teils für sich, teils für Lori. Und mit vollen Händen teilte sie unter das bettelnde Volk Almosen aus.

Lori sagte lächelnd: »Man merkt, daß bei dir das Geld keine Rolle spielt, Nita.«

Diese zuckte die Schultern. »Geld ist so nebensächlich, Lori.«

»Für dich – weil du im Überfluß davon besitzt.«

»Ach, man kann sich nicht eine Minute des Glücks dafür kaufen«, sagte Anita fast schwermütig.

»Aber doch sehr viel, was einem Freude macht. Ich möchte auch mal so recht nach Herzenslust kaufen können, ohne rechnen zu müssen«, sagte die reizende kleine Frau.

»Was würdest du dir dann zum Beispiel hier in diesem Basar kaufen, Lori?« fragte Anita lächelnd.

»Oh, zum Beispiel diesen spinnwebfeinen gestickten Seidenstoff – sieh nur, wie herrlich diese Stickereien gearbeitet sind! Dazu gehört eine jahrelange Arbeit.«

Anita kaufte den Stoff und reichte ihn Lori. Es war genug für ein ganzes Kleid, und doch wog er leicht wie ein Schleier auf der Hand.

»Du mußt das als Geschenk von mir annehmen, Lori.«

Die kleine Frau wurde rot und blaß und wehrte erschrokken ab. »Aber Nita, was denkst du? Das kann ich doch nicht annehmen – so ein kostbares Geschenk.«

»Dann kann ich auch eure Gastfreundschaft nicht annehmen und muß ins Hotel übersiedeln.«

»Untersteh dich!«

»Dann nimm den Stoff.«

»Du hast mir schon so viele Geschenke gemacht.«

»Kleinigkeiten, die nicht der Rede wert sind. Dies ist nun endlich einmal ein Wunsch von dir, den ich erfüllen kann. Kränke mich nicht durch die Ablehnung dieses Geschenkes!«

Lori umarmte die Freundin, unbekümmert um die Menschenmenge ringsum. »Ach, Nita, kränken will ich dich gewiß nicht. Und ich weiß, du gibst von Herzen. Wenn ich dir nun noch sage, daß ich schon lange mit diesem Schleierstoff geliebäugelt habe – Aber der Stoff kostet ja ein kleines Vermögen.«

»Deine Liebe und Freundschaft ist mir ein viel kostbareres Geschenk. Daran bin ich so arm.«

Lori umarmte sie noch einmal. »Ach, Nita – ich wehre mich nicht mehr und nehme an. Wie wird mein Fritz staunen! Das wird mein Festkleid, wenn die Bahn nach Touggourt eröffnet wird.«

»Das ist recht. Der Stoff muß ganz weich und schlicht an dir herabfallen, von einem Gürtel gehalten – sieh, dieser silberne Gürtel paßt vorzüglich dazu. Er ist sehr originell in der Zeichnung – den mußt du noch annehmen, dann ist das Festkleid komplett.« Und trotz Loris Wehren kaufte Anita auch noch den Gürtel.

Halb beglückt, halb beschämt, aber reizend in ihrer Freude, packte Lori ihre Schätze ein. Dabei sagte sie: »Danken kann ich dir erst daheim – sonst gibt es hier einen Aufstand. Und wenn die bettelnden Kinder merken, wie leichtsinnig du hier Unsummen verschenkst, dann lassen sie uns nicht mehr lebendig durch. Deine Freigebigkeit sperrt uns ohnedies schon die Passage.« Und energisch scheuchte Frau Lori die kleinen aufdringlichen Straßenbettler zur Seite.

Unterwegs wurden sie noch von einer Gauklerbande aufgehalten, die mitten auf der Straße, allen Verkehr hemmend, ihre Kunststücke zeigte. Diese erregten erst Anitas Staunen, dann ihren Abscheu, als die Gaukler sich die

Wangen mit Nadeln durchstachen und Messer schluckten.

Sie zog Lori mit sich fort. »Das ist abscheulich – laß uns gehen!« sagte sie.

Als sie nach Hause kamen, war soeben auch Fritz Gordon heimgekehrt. Lori zeigte ihm glückstrahlend die Geschenke Anitas.

Er küßte die kleine Frau. »Lori, du glühst ja vor Freude! Gnädiges Fräulein, eigentlich müßte ich Sie ja auszanken und meiner Frau die Annahme solcher Geschenke untersagen. Aber Loris glückstrahlenden Augen gegenüber kann ich das nicht. Leider war ich bisher nicht in der Lage, ihr solche Kostbarkeiten zu kaufen.«

Anita wehrte lachend ab und lief in ihr Zimmer, um sich für die Mittagstafel zurechtzumachen.

Das junge Ehepaar blieb allein. Lori drapierte sich vor dem Spiegel mit dem Schleierstoff und hielt den Gürtel darüber. »Ist das nicht märchenhaft schön, Fritz?«

Er sah sie neckend an. »Ich sehe eine reizende, eitle kleine Frau.«

»Gefällt sie dir nicht?«

»Ach, Lori, zum Anbeißen bist du, ob mit oder ohne Schleierstoff!«

Sie warf den Stoff hin und schloß ihm den Mund mit ihren Lippen. Er preßte sie fest an sich. Dann sagte er aufatmend:

»Darf ich nun dein Interesse noch für etwas anderes als für den Schleierstoff in Anspruch nehmen?«

»Für was denn, Fritz?«

»Denke dir, ich habe heute hier einen Studienfreund getroffen, soeben frisch aus Deutschland angekommen! Ich hatte am Bahnhof zu tun, als der Zug einlief, und sah ihn aussteigen. Ich traute meinen Augen nicht.«

»Ach, wie nett ist das! Was will er denn in Biskra?«

»Das hat er mir noch nicht verraten. Es war eine sehr drollige Begegnung. Ich sah ihn plötzlich im Gedränge der Ankommenden. Wir stutzten beide zu gleicher Zeit und hielten uns gleich darauf an den Händen.

›Fritz Gordon – du hier in Biskra?‹ rief er mit fassungslosem Staunen.

›Wie du siehst, mein Junge – ich bin so frei‹, erwiderte ich.

›Was tust du hier?‹

›Ich baue eine Bahn nach Touggourt. Und du?‹

›Ich? Oh, ich bin sozusagen zu meinem Vergnügen hier – oder sagen wir, in einer privaten Angelegenheit, von der ich vorläufig nicht sprechen will.‹

›Sollte dies etwa eine weibliche Angelegenheit sein?‹

Er wurde ernst. ›Bitte, frage mich jetzt nicht. Sag mir lieber, ob es außer dir noch mehr deutsche Ingenieure in Biskra gibt?‹

›Nein.‹

›Bist du verheiratet – ich meine, hast du eine junge Frau mit nach Biskra gebracht?‹

Ich sah ihn staunend an. ›Ja – aber –‹

Da umarmte er mich plötzlich ganz aufgeregt. ›Das ist ja großartig, Fritz, ganz großartig! Ich darf euch doch besuchen? Ich bin natürlich sehr gespannt, deine Frau Gemahlin kennenzulernen. Mensch, mach keine Othelloaugen, ich bin ganz ungefährlich, vollständig anderweitig engagiert – für alle Zeiten. Aber du mußt mich einladen, auf der Stelle!‹

›Mein Sohn, dich scheint ja die Wüstensonne schon ein wenig angegriffen zu haben, aber ich denke doch, ich kann es wagen, dich meiner Frau als leidlich vernünftigen Europäer vorzustellen. Also, wir erwarten dich heute abend und mit tausend Freuden. Meine Frau wird sich mit mir freuen. Den üblichen Antrittsbesuch kannst du dir schenken, meine Damen sind wahrscheinlich nicht zu Hause. Sie machen Einkäufe.‹

›Deine Damen? So ist deine Frau Gemahlin nicht allein?‹ fragte er sofort hastig.

›Nein‹, antwortete ich, ›sie hat seit kurzem den Besuch einer deutschen Freundin. Das trifft sich famos, daß auch du nun gekommen bist. Jetzt sind wir zu vieren.‹

Er nickte strahlend. ›Wundervoll, Fritz ich freue mich unsagbar! So viel Glück hatte ich nicht erhofft – ich komme natürlich.‹

Ich sage dir, Lori, er war wahrhaftig ganz außer sich vor Freude, daß er mich hier getroffen hat. Er ist mein liebster Studienfreund gewesen, und es hat mir leid getan, daß wir uns aus den Augen verloren hatten. Also, kurz und gut – er kommt heute zum Abendessen. Es ist dir doch recht?«

»Natürlich, Fritz. Wie heißt er denn?«

Fritz Gordon wollte antworten, schlug sich aber plötzlich auf den Mund. »Ach so – das soll ich ja nicht verraten!«

»Du sollst nicht verraten, wie er heißt?« fragte Frau Lori erstaunt. »Aber warum denn nicht?«

»Weiß ich nicht.«

»Das ist doch sonderbar.«

Fritz Gordon sah nachdenklich vor sich hin. »Hm, du hast recht – das ist ein bißchen sonderbar. Es ist mir nicht aufgefallen in der Wiedersehensfreude, aber jetzt erscheint es mir auch seltsam. Du brauchst ihm deshalb nicht etwa mißtrauisch entgegenzusehen. Er ist ein famoser Mensch. Vielleicht hängt es mit seiner privaten Angelegenheit zusammen, daß er inkognito bleiben will. Und ich freue mich, daß er da ist, Lori – so wie du dich auf deine Freundin gefreut hast. Nicht wahr, mein Schatz?«

Frau Lori sah zwar ein wenig nachdenklich aus. Aber dann ließ sie sich von der Freude ihres Gatten anstecken.

Jetzt kam auch Anita zu Tisch. Lori rief ihr entgegen: »Wir bekommen heute abend Besuch, Nita! Ein Studienfreund meines Mannes ist heute in Biskra eingetroffen.«

Anita ahnte nicht, daß diese Nachricht irgendwelche Bedeutung für sie haben könnte, und die Unterhaltung drehte sich um andere Dinge.

Nach Tisch wurde die übliche Siesta gehalten. Am Spätnachmittag half Anita der Freundin ein wenig bei den Vorbereitungen für die Abendtafel. Das tat sie sehr gern.

Da Lori in ihrem Haushalt mancherlei nicht gern den Dienstboten überließ, hatte sie immer Beschäftigung, und Anita machte es viel Spaß, ihr zu helfen.

»Ich beneide dich um all die lieben Pflichten, Lori. Du weißt doch, wozu du auf der Welt bist. Ich bin ein nutzloses Ding«, sagte sie.

Lori lachte hell auf. »An dieser Überzeugung krankst du ja schon lange, Nita. Aber ich weiß, daß du für viele Menschen sehr notwendig bist. Vorläufig mal in der Hauptsache für mich. Und jetzt hilfst du mir die Mayonnaise rühren. Wir wollen heute abend Ehre einlegen bei meines Mannes Studienfreund. Hoffentlich ist er nett und auch uns sympathisch, damit wir harmonieren.«

»Das will ich wünschen, Lori«, sagte Anita ganz ahnungslos.

Der Studienfreund, den Fritz Gordon getroffen hatte, war natürlich Hans Roland. Er war heute in Biskra angekommen, mit der Absicht, Anita zu suchen. Als er nun gleich am Bahnhof seinen Studienfreund Fritz Gordon erkannte, stieg die Vermutung in ihm auf, daß dieser der Gatte von Anitas Freundin sein könnte. Er hatte Fritz Gordon seit einigen Jahren nicht gesehen. Während ihrer Studienzeit waren sie beide innig befreundet gewesen, aber dann hatte sie das Leben auseinandergeführt.

Und nun wurde es ihm so leicht gemacht, wieder mit Anita in Verbindung zu treten!

Voller Aufregung nahm er, nachdem er sich von Fritz Gordon getrennt hatte, Wohnung im Hotel Royal. Er konnte die Zeit bis zum Abend kaum erwarten. Lange vor der verabredeten Stunde machte er Toilette und wartete in nervöser Unruhe auf den Diener, den Fritz ihm hatte schikken wollen, damit er ihn führen konnte.

Pünktlich ließ der Diener sich bei ihm melden.

Fritz Gordons Haus lag, wie das Kurhaus und die vornehmen Hotels, in Neu-Biskra. Der Weg war nicht weit, aber es wäre für den Neuangekommenen doch schwer gewesen, sich durch das Gewirr von Gassen und Gäßchen zu finden. Es war ziemlich still um diese Zeit auf den Straßen. Träge lagen die Kamele mit ihren Treibern auf der Straßenseite, die im Schatten gelegen hatte. Niemand bedurfte ihrer jetzt.

Die Eingeborenen lagerten in ihrer weißen Kleidung unter den Dattelpalmen. Hier und da sang einer von ihnen eine monotone Melodie.

Von der Wüste herüber klang das Gelächter der Hyänen, das Bellen der Schakale. Und dazwischen kreischten mit heiserem Schrei die Nachtvögel.

Eine tiefe Erregung brannte in Hans Roland. Nun würde er in wenigen Minuten Anita wiedersehen – endlich, endlich! Wie würde sie ihn aufnehmen? Absichtlich hatte er Fritz Gordon gebeten, seinen Namen zu verschweigen. Anita sollte nicht vorbereitet sein auf sein Kommen. Ganz plötzlich wollte er vor ihr stehen und in ihren Augen lesen, was sie bei diesem Wiedersehen empfand.

Aufatmend betrat er, an dem sich tief verneigenden Diener vorübergehend, das Haus. Dieser führte ihn durch einen hallenartigen luftigen Vorraum in das Empfangszimmer und ging dann, um ihn den Herrschaften zu melden.

Mit klopfendem Herzen hatte Hans Roland das Zimmer betreten. Es war wie alle Räume des Hauses mit wenigen leichten Möbeln ausgestattet und ganz luftig gehalten. Als er unruhig um sich blickte, hörte er einen leichten Schritt, ein Vorhang wurde beiseite geschoben, und eine schlanke, weißgekleidete Mädchengestalt schritt über die Schwelle.

In seinem Herzen schrie es auf wie jubelnde Erlösung – da stand Anita Friesen vor ihm.

Sie hatte geglaubt, das Zimmer wäre leer. Nun sah sie sich plötzlich einem hochgewachsenen Herrn gegenüber. Sie blickte in sein Gesicht – und wich mit aufgehobenen Händen zurück. Leichenblaß war sie geworden, und aus ihren Augen leuchtete ein Ausdruck, der ihn erschütterte. Angst, Not, jubelnde Freude und hilfloses Staunen, das alles lag in diesem Blick. In diesem Moment wußte er es gewiß – Anita Friesen liebte ihn und war nicht nur vor ihm, sondern auch vor sich selbst geflohen. Nun schwankte sie zwischen Freude und Entsetzen hin und her.

Eine Weile standen sie so stumm einander gegenüber und sahen sich an. Und in diesem Augenblick stand Anitas Stolz nicht Wache. Schmerz zuckte in ihren Augen auf. Der unerwartete Anblick des Mannes, den sie zu ihrer Qual lieben mußte, hatte sie aller Selbstbeherrschung beraubt.

Aber nur wenige Augenblicke hatte sie die Macht über sich verloren. Sie richtete sich auf, und ihre Lippen wurden schmal.

Er kam ihr zuvor und verneigte sich. »Gnädiges Fräulein, gestatten Sie mir, daß ich Sie begrüße.«

Sie vermochte wieder ihre kühle, abweisende Miene zu zeigen. »Herr Doktor, Sie sehen mich erstaunt und befremdet. Ich darf mir wohl nach dem, was zwischen uns geschehen ist, die Frage erlauben: Was wollen Sie hier?«

Seine Augen senkten sich mit einem leidenschaftlichen Ausdruck in die ihren. »Was ich hier will? Habe ich Ihnen nicht gesagt, daß Sie mich überall auf Ihrem Weg finden sollen? Ich bin gekommen, um meine Bewerbung um Ihre Gunst fortzusetzen – um Sie, kraft meiner Liebe, zu zwingen, mich wiederzulieben. Sie haben mich einen Mitgiftjäger geheißen. Die Beleidigung trage ich noch ungesühnt mit mir herum. Hier bin ich. Sie müssen Ihren Verdacht zurücknehmen. Ich bin Ihnen gefolgt, weil ich Sie liebe, unsagbar liebe – und werde Ihnen bis ans Ende der Welt folgen, bis Sie mein eigen geworden sind!«

Sie stand wieder wie gebannt. Seine Worte schmeichelten sich in ihr Herz. Oh, daß sie ihm glauben könnte! Aber nein – er war der reichen Erbin nachgereist, um sie dadurch zu rühren. Frau Erika hatte ihm wohl verraten, wo sie zu finden war. Es war ein schändliches Spiel, das die beiden trieben! Mit einem verächtlichen Zurückwerfen des Kopfes sagte sie, so ruhig sie konnte: »Sie haben die weite

Reise umsonst gemacht, Herr Doktor.«

Er sah aber doch, wie sie mit sich kämpfen mußte. Auch er zwang sich zur Ruhe. »Ich glaube es nicht, gnädiges Fräulein.«

Sie biß die Zähne zusammen. Ihr Gesicht flammte.

Aber ehe sie noch ein Wort erwidern konnte, trat Fritz Gordon ein. Er begrüßte den Freund und stellte ihn seiner Frau vor. Dann wandte er sich an Anita.

»Ich sehe, die Herrschaften haben sich bereits begrüßt und wohl auch bekannt gemacht –«

»Das war gar nicht nötig, Fritz. Ich habe die Ehre, Fräulein Friesen bereits zu kennen, da ich in ihrem elterlichen Hause verkehrte.«

Fritz Gordon lachte harmlos. »Die Welt ist klein! Man trifft sich überall. Das hatten Sie sich wohl nicht träumen lassen, gnädiges Fräulein, daß Sie hier in Biskra zufällig einen Bekannten treffen würden?«

Auch Anita hatte sich gefaßt. Sie sah nur noch sehr bleich aus. »Nein, Herr Gordon, das hatte ich mir nicht träumen lassen.«

Hans Roland hatte inzwischen der Frau des Hauses die Hand geküßt. »Gnädige Frau, rechnen Sie es mir bitte nicht zur Sünde an, daß ich so formlos in Ihre Häuslichkeit falle! Fritz hat mir versprochen, alle Schuld auf sich zu nehmen.«

Lori lachte ihn fröhlich an. »An dieser Schuld soll mein Mann leicht tragen, Herr Doktor. Ich freue mich herzlich, Sie bei uns zu sehen. Als Freund meines Mannes und als Bekannter meiner Freundin sind Sie mir ja kein Fremder mehr. Ich hoffe, wir werden uns recht oft Ihrer Gesellschaft erfreuen.«

»Sie dürfen ganz über mich verfügen, gnädige Frau. Ich weiß mit meiner Zeit nichts Besseres anzufangen, als sie Ihnen widmen zu dürfen.«

»Aber nun sag mal, Hans, weshalb sollte ich denn den Damen deinen Namen nicht nennen?« fragte Fritz harmlos.

Mit einem seltsamen Blick sah Hans zu Anita hinüber.

»Das möchte ich dir jetzt noch nicht sagen, Fritz.«

Frau Lori schien weniger begriffsstutzig als ihr Mann und fragte schnell ablenkend: »Sie sind auf einer Vergnügungsreise in Biskra, Herr Doktor?«

Wieder sah Hans Anita an. Und auch diesen Blick fing Frau Lori auf.

»Nicht eigentlich zu meinem Vergnügen, gnädige Frau. Ich habe hier eine Mission zu erfüllen. Aber sie wird mich nicht aus Ihrer Nähe führen.«

Frau Lori war eine kluge Frau. Sie sah, daß Anita sehr blaß war und daß ihre Augen wie im Fieber leuchteten. Sie erriet, daß der Freund ihres Mannes nur Anitas wegen gekommen war.

Sie ließ sich aber nichts anmerken und plauderte unbefangen, damit keine Verstimmung aufkam. Sie merkte sehr wohl, daß eine heimliche Spannung zwischen den beiden Menschen bestehen mußte. Anita war außergewöhnlich stolz und abweisend, und Hans Roland erschien ihr unruhig und erregt, obwohl er sich beherrschte und zur Unbefangenheit zwang. Seine Augen hingen fast unverwandt an Anitas blassem Antlitz.

Dank Frau Loris taktvoll diplomatischen Bemühungen verlief der Abend heiter. Fritz Gordon war vergnügt, fast übermütig, und auch Hans Roland zeigte sich angeregt und lebhaft. Die Herren erzählten lustige Schnurren aus ihrer Studienzeit. Fritz Gordon war immer sehr knapp mit Geldmitteln versehen gewesen, und Hans hatte oft aushelfen müssen.

»Er hat es auch stets ohne Wimperzucken getan, obwohl er ja auch kein Krösus war. Und wenn ich Gewissensbisse bekam, pflegte er zu sagen: ›Sei kein Frosch, Fritz! Solange ich habe, hast du auch, und bis der Mammon alle ist, verdienen wir längst ungezählte Reichtümer. Wir werden uns doch um das dumme Geld keine Sorgen machen, das ist ja gar nicht wichtig genug.«

So erzählte Fritz Gordon. Hans sprach schnell von etwas

anderem. Aber Anita hatte ihn mit einem forschenden Blick gestreift. Jetzt mußte er wohl seine Ansicht über das Geld geändert haben, jetzt erschien es ihm so wichtig, daß er sich selbst verkaufen wollte – um Geld.

Sie war im Gegensatz zu den anderen sehr still und vermied es, mit Hans Roland zu sprechen. Richtete er eine direkte Frage an sie, gab sie ihm kurze, kühle Antworten.

Fritz Gordon dachte harmlos: Fräulein Friesen hat eben doch die Launen einer reichen Erbin. Wenn sie auch sehr liebenswürdig zu Lori und mir ist – ein bißchen netter könnte sie schon zu Hans sein!

Nach Tisch begaben sich die vier Menschen auf das flache Dach des Hauses, wo leichte Gartenmöbel aufgestellt waren. Ein wunderbarer Sternenhimmel spannte sich über die Wüste, und die Luft war lau und balsamisch.

Anita lehnte still und in sich gekehrt in einem Sessel und sah zum Himmel empor, und Hans Roland ließ seine Augen in schmerzlicher Innigkeit auf ihr ruhen.

Sie fühlte diesen Blick. Er quälte sie. Und sie atmete auf, als Hans Roland sich eine Stunde später entfernte.

Schnell verabschiedete auch sie sich von Gordons und eilte in ihr Zimmer. Dort warf sie sich auf ihr Lager und vergrub das Gesicht in den Händen.

»Wie soll ich es ertragen, täglich mit ihm zusammen zu sein?« fragte sie sich verzweifelt.

XI.

Zwei Wochen waren vergangen, seit Hans Roland nach Biskra kam. Unentwegt warb er heimlich um Anitas Gunst, und ebenso unentwegt begegnete sie ihm kalt und abweisend. Sie vermied es mit großer Geschicklichkeit, allein mit ihm zusammenzutreffen, obwohl er sich um ein solches

Alleinsein bemühte. Und obgleich ihn dieses Ausweichen quälte, weil er sich nicht mit ihr aussprechen konnte, erfüllte es ihn doch mit neuer Hoffnung.

Eines Tages war ein gemeinsamer Ritt in die Wüste geplant. Es war Sonntag, und Fritz Gordon war den ganzen Tag frei.

Man brach sehr frühzeitig auf, ehe die Sonne zuviel Macht bekam. Auf einen Führer verzichtete man, da Fritz Gordon die Umgebung genau kannte und als zuverlässiger Führer galt.

Die kleine Kavalkade ritt zuerst nach der Oase Osara. In deren Nähe begegnete ihr eine große Karawane. Das war ein neues Schauspiel für Hans und Anita. Staunend sahen sie den langen Zug von beladenen Kamelen und Treibern an sich vorüberziehen. Auf einigen Tieren saßen in langen Burnussen die arabischen Händler, denen die Waren gehörten.

Anita sah der Karawane noch eine Weile gedankenverloren nach. Plötzlich bemerkte sie, daß Hans Roland dicht neben ihr hielt und anscheinend mit ihr sprechen wollte. Da riß sie am Zügel und beeilte sich, wieder ihren Platz zwischen Lori und ihrem Mann einzunehmen wie bisher.

Hans Roland folgte mit düsterem Gesicht und ritt an Frau Loris Seite weiter.

In Osara wurden die Tiere getränkt und gefüttert, und dann setzten die Reiter sich zu einem Imbiß und einer Siesta nieder.

Man hatte auf Fritz Gordons Rat Proviant mitgenommen, denn was man in den Hütten und Zelten der Eingeborenen bekam, war nicht ganz einwandfrei. Während die vier jungen Leute in guter Stimmung tafelten, kamen die Kinder der Eingeborenen herbei und starrten neugierig auf die Fremden. Und als von der Mahlzeit Reste übrigblieben, die man den Kindern überließ, stürzten sie sich mit lautem Geschrei darüber her.

Fritz Gordon gebot, nachdem sie genügend ausgeruht

hatten, daß sich Hans, wie er selbst, die Touristenflasche mit kaltem Tee füllte und die Damen ein kleines Körbchen mit Früchten und Keks an den Sattel schnallten.

»Sonst brauchen wir nichts mitzunehmen. Den Rest unseres Proviants lassen wir in Osara zurück; den essen wir, wenn wir aus der Wüste zurückkommen«, sagte er.

Während Fritz Gordon und seine Frau den Proviant in einer Hütte in Verwahrung gaben, trat Anita an ihr Pferd heran. Sogleich war Hans an ihrer Seite, um sie in den Sattel zu heben.

Anita zögerte, als er ihr die Hand hinhielt, in die sie ihren Fuß setzen sollte. Aber da Fritz Gordon noch nicht zur Stelle war, mußte sie diesen Kavalierdienst von ihm annehmen. Dabei stieg ein heißes Rot in ihr Gesicht.

Mit einem kräftigen Schwung hob er sie in den Sattel, ohne sie anzusehen. Aber sie merkte, daß seine Stirn sich jäh rötete und seine Zähne sich zusammenbissen. Das war keine Komödie, daran blieb ihr kein Zweifel. Gleichgültig konnte er ihr nicht gegenüberstehen. Wollte sein Gefühl von Frau Erika abirren? Diese Frage verursachte ihr Herzklopfen.

»Haben Sie sonst noch Wünsche, gnädiges Fräulein?« fragte er und sah zu ihr auf.

Sie erschrak. Seine Stimme klang heiser, und seine Augen brannten in heißer Sehnsucht zu ihr empor.

Sie schüttelte stumm den Kopf und ritt einige Schritte weiter, um aus seiner Nähe zu kommen. Die Richtung, die sie nehmen wollten, hatte Fritz Gordon bereits angegeben. Hans sprang schnell auf sein Pferd und ritt ihr nach.

Jetzt traten Gordons aus der Hütte und gingen zu ihren Pferden. Anita wandte sich zögernd um. Sie wollte es gern so einrichten, daß sie wieder zwischen dem Ehepaar zu reiten kam. Hans merkte das, und ganz dicht an sie heranreitend, stieß er erregt hervor: »Jetzt lasse ich mich nicht wieder von Ihrer Seite verdrängen!« Es klang herrisch und zornig vor Erregung.

Ihre Augen flammten auf. »Das werden wir sehen!« sagte auch sie erregt und trieb ihr Pferd zu schneller Gangart an.

Fritz Gordon wollte inzwischen seine Frau in den Sattel heben. Sie machte sich am Gurt zu schaffen und sagte mit schelmischem Lachen: »Du, Fritz, ich glaube, wir tun den beiden da vorn einen Gefallen, wenn wir uns ein wenig in Abstand halten.«

Erstaunt sah er sie an. »Lori, du hörst wohl wieder mal das Gras wachsen?«

Sie nickte. »Es wächst ziemlich geräuschvoll.«

»Ich hab' nichts gehört.«

»Dazu gehören andere Ohren als deine, mein dummer Fritz.«

»Elfenöhrchen, Lori«, neckte er zärtlich und küßte verliebt das rosige kleine Ohr seiner Frau, während er sie emporhob. Und dann sagte er behaglich: »Nun, wenn du denkst, daß wir den beiden einen Gefallen tun, können wir ja ein wenig bummeln.«

Sie nickte befriedigt. »Ich denke, Fritz.«

Er stieg auf. »Gar zu weit dürfen wir aber nicht zurückbleiben, wir kommen jetzt in den Irrgarten der Wüste. Da kann man sich leicht zwischen den Sandhügeln verlieren, wenn man nicht genau Bescheid weiß. Und außer mir hat niemand einen Kompaß.«

Anita hatte ihr Pferd inzwischen schnell ausgreifen lassen, um Hans Roland zu entfliehen. Aber er blieb an ihrer Seite. Endlich rief er erregt: »Geben Sie es doch auf, mir zu entfliehen – es hilft Ihnen ja doch nichts!«

Da richtete Anita sich jäh empor. Dunkle Glut schoß in ihr Gesicht. Und plötzlich riß sie an den Zügeln und ließ die Reitpeitsche auf das Pferd herabsausen. Es bäumte sich auf und jagte dann in wildem Tempo davon.

Hans Roland erschrak. Aber geistesgegenwärtig trieb auch er sein Pferd zur schnellsten Gangart an, nicht mehr nur deshalb, um den Platz an ihrer Seite zu behaupten, sondern weil er in Sorge war, daß Anita sich zu weit in die

Wüste hineinwagte. Sie jagte dahin wie in wilder Flucht und hatte weiter keinen Gedanken, als schnell aus seiner Nähe zu kommen.

Fritz Gordon sah, wie die beiden dahinsausten. Sie waren schon sehr weit entfernt. »Was ist das? Die beiden sind wohl unklug geworden! Wenn sie nicht endlich ihr Tempo aufgeben, verschwinden sie hinter den Sandbergen. Das ist doch heller Wahnsinn!«

»Ach, Fritz, sie werden schon anhalten – du siehst ja, sie wollen allein sein.«

Fritz Gordon schüttelte besorgt den Kopf. »Sie ahnen nicht, wie gefährlich das ist. Vorwärts, Lori – wir müssen ihnen nach!«

Er ließ einen Warnungspfiff ertönen, um Hans und Anita zu mahnen. Aber dieses Signal verklang wirkungslos. Die beiden erregten Menschen stürmten unaufhaltsam weiter. Hans hatte wohl den warnenden Pfiff vernommen, und er begriff zugleich, daß es gefährlich war, weiter in die Wüste hineinzureiten. Aber er durfte Anita nicht allein lassen.

Frau Lori sah nun an der finster zusammengezogenen Stirn ihres Mannes, daß wirklich Gefahr bestand, und auch sie trieb nun ihr Pferd an. Fritz pfiff wieder und wieder. Und plötzlich stieß er einen Schreckensruf aus – Hans Roland und Anita Friesen waren verschwunden, als hätte sie der Boden verschluckt.

Hans Roland war der wie sinnlos dahinstürmenden Anita so schnell wie möglich gefolgt. Als er nach längerer Zeit auf einen Augenblick den Kopf wandte, um zu sehen, wo Gordons blieben, sah er diese nicht mehr. Gelbe Sandhügel waren zwischen ihnen emporgewachsen. Jetzt begriff er die Größe der Gefahr. Wohin er blickte, sah er nichts als diese Sandhügel, die einander so ähnlich waren und jede Möglichkeit einer Orientierung ausschlossen.

Er rief Anita an, so laut er konnte. Aber obwohl sie seinen Ruf vernahm, jagte sie weiter.

So blieb Hans nichts übrig, als sein Pferd anzutreiben

und sie einzuholen, um sie gewaltsam am Weiterreiten zu hindern.

Da er eine Weile gezögert hatte, war sie ein gutes Stück voraus. Fast im Steigbügel stehend schoß er dahin – ihr nach. Aber Anita war eine brillante Reiterin und ritt ein gutes Pferd. Nur langsam kam er ihr näher.

So flogen sie hintereinander her, immer tiefer hinein in die Wüste, immer mehr Sandberge zwischen sich und Gordons legend, die völlig von ihrer Spur abgekommen waren.

Endlich, nach einer letzten, wilden Kraftanstrengung erreichte Hans Roland die Fliehende, und Seite an Seite mit ihr reitend, griff er mit eiserner Faust in die Zügel und hielt ihr Pferd an.

Sie schrak auf aus ihrer sinnlosen Angst. »Was erlauben Sie sich?«

Er zwang beide Pferde zum Stehen. »Keinen Schritt weiter!« gebot er hart und zornig.

»Lassen Sie mein Pferd los!« gebot sie heiser vor Erregung.

»Nein.«

»Ich will weiterreiten!« rief sie außer sich.

Nun wurde er ruhig. Dann sagte er langsam: »Bitte, sehen Sie sich erst einmal um.«

Anita gehorchte unwillkürlich. Und sie erschrak, als sie rings um sich nichts als gelbe Sandhügel sah.

»Wo sind Gordons?« fragte sie unsicher.

Er atmete tief auf. »Das weiß Gott! Haben Sie nicht gehört, daß Fritz Gordon uns immerfort Warnungssignale gab?«

»Nein, ich habe es nicht gehört.«

»Haben Sie auch mein Rufen nicht vernommen?«

Sie errötete jäh. »Ja – das habe ich gehört.«

»Damit wollte ich Sie warnen, weiterzureiten. Wenn ich nicht mein Pferd bis zum äußersten angestrengt hätte, um Ihnen folgen zu können, dann wären Sie jetzt mutterseelenallein in dem Labyrinth der Wüste. Freilich – mit meiner Gesellschaft dürfte Ihnen auch nicht sehr gedient sein. Wir sind jedenfalls von unseren Begleitern abgeschnitten und ohne Kompaß und Wegweiser dem blinden Zufall preisgegeben.«

Sie erblaßte jäh und sah ihn unsicher an. »Gordons müssen doch in der Nähe sein.«

»Sie vergessen, daß wir seit mindestens einer halben Stunde wie toll geritten sind. Jedenfalls müssen wir versuchen, sie wiederzufinden. Anscheinend haben wir eine andere Richtung eingeschlagen zwischen den Sandhügeln, und wenn wir unsere Begleiter nicht zufällig wiederfinden, ist unsere Lage nicht sehr erfreulich.«

Sie sah betreten um sich. »Das habe ich nicht geahnt. Ich – ich wollte mein Pferd ausgreifen lassen – es ritt sich so gut auf diesem weichen Boden.«

Es zuckte um seine Lippen. »Seien Sie nur ehrlich – Sie wollten meine Nähe fliehen wie die eines Pestkranken. Was habe ich Ihnen nur getan, daß Sie mich so quälen? Aber nein, seien Sie ganz ruhig – jetzt wollen wir von diesen Dingen nicht reden. Kommen Sie, wir wollen auf die höchste Stelle dieser Sandwellen hinaufreiten und Umschau halten. Vielleicht finden wir unsere Begleiter.«

Ohne ein Wort der Entgegnung folgte sie ihm.

Oben angekommen, sahen sie sich um, aber auch hier sahen sie nichts als das gelbe Einerlei, auf das die Sonne erbarmungslos herabbrannte. Hans Roland pfiff und rief, so laut er konnte, nach allen Seiten, und Anita rief Loris Namen. Aber es war, als verschlinge die Wüste diese Laute; sie verklangen, ohne daß ihnen darauf Antwort wurde. Unheimlich still war es rings um sie her.

»Wir müssen zurückkehren, müssen versuchen, dieselbe Richtung einzuhalten. Unsere einzige Hoffnung ist jetzt, die Oase Osara zu erreichen«, sagte Hans, so ruhig er konnte.

Und wieder folgte Anita gehorsam seiner Weisung. Sie

ritten nun nach der Richtung, aus der sie gekommen zu sein glaubten. Aber Hans Roland verhehlte sich im stillen nicht, daß sie ebensogut die entgegengesetzte Richtung eingeschlagen haben konnten. Sie befanden sich wirklich in einem Irrgarten.

Immer wieder rief und pfiff er laut nach allen Richtungen. Aber alles blieb still. Ein furchtbares, lastendes Schweigen umgab sie. Sie wagten nicht, miteinander zu sprechen.

Über eine Stunde waren sie so geritten, als Hans Roland die Pferde anhielt. Er sah ein, daß sie die Richtung nach der Oase verfehlt hatten. Es war ja auch fast unmöglich, ohne Kompaß eine bestimmte Richtung einzuhalten in diesem ewig gleichbleibenden und doch ewig veränderlichen Einerlei. Mit blassen Zügen wandte er sich zu seiner Begleiterin.

»Wir haben uns verirrt. Hätten wir die rechte Richtung eingeschlagen, müßten wir längst in Osara sein.« Anita begriff zwar noch immer nicht die Tragweite dieses Geschehnisses, aber sie ahnte nun doch, daß ein Verirren in der Wüste nicht gefahrlos war.

Hans hütete sich, sie mehr als nötig zu beunruhigen. Sie empfand es quälend, so lange mit ihm allein sein zu müssen, und war doch froh darum. Ihr Stolz verließ sie mehr und mehr.

»Wie ist es nur möglich – wir sind doch gewiß denselben Weg zurückgeritten«, sagte sie.

Hans lächelte ein wenig. »Mir scheint, hier sind alle Wege gleich. Und ganz gewiß sind wir nach einer anderen Richtung geritten.«

»Was sollen wir nun tun?« fragte sie ängstlich.

Er zog seinen Browning, den er für alle Fälle hier stets bei sich trug, aus der Tasche.

»Ich werde versuchen, Gordons durch Schüsse ein Zeichen zu geben. Freilich werden sie dasselbe getan haben, ohne daß wir es hörten. Bitte, schweigen Sie jetzt ganz still

– wenn ich einen Schuß abgegeben habe, müssen wir lauschen, ob uns von irgendwo Antwort kommt.«

Sie nickte nur und hielt den Atem an. Er hob den Browning empor und gab einen Schuß ab. Er verhallte über der Wüste. Aber keine Antwort kam, nichts war zu hören.

Nach einer Weile wollte Hans einen neuen Schuß abgeben, aber plötzlich ließ er den Arm sinken. Nein, er durfte nicht verschwenderisch mit der Munition umgehen. Fünf Schüsse hatte er noch in seiner Waffe. Wenn er mit Anita nicht herausfand aus diesem Wüstenlabyrinth bevor die Nacht kam, dann würde er vielleicht seine Munition zu anderen Dingen brauchen. In der Nacht erwachten die Raubtiere der Wüste und suchten nach Opfern.

Er steckte die Waffe wieder zu sich. »Warum schießen Sie nicht noch einmal?« fragte Anita beklommen, während ihr das Herz in einer unbestimmten Angst bis zum Hals schlug.

Er sah sie mit gut gespieltem Gleichmut an. »Es hat keinen Zweck. Wenn man den ersten Schuß nicht gehört hat, wird man auch den zweiten nicht hören. Und – ich möchte für alle Fälle nicht ohne Munition sein.«

Ihre Lippen zuckten. »Glauben Sie, daß uns Gefahr droht? Lori hat mir von Raubtieren erzählt, die nachts umherstreifen, und von wilden Beduinenstämmen, die räuberische Überfälle auf Reisende unternehmen.«

Er wußte, daß diese Gefahren wirklich bestanden, doch er sagte: »So weit sind wir keinesfalls von Osara entfernt, daß wir das fürchten müßten.«

Zum erstenmal sah sie ihn jetzt mit einem großen, ernsten Blick an, in dem weder Hochmut noch Kälte lag. »Sie wollen mich beruhigen. Aber wenn Sie so sicher wären, wie Sie scheinen wollen, würden Sie die übrigen Schüsse aus Ihrer Waffe abgeben.«

»Fürchten Sie sich?« fragte er weich und sah sie mit einem Blick voll Liebe an, der sie erbeben machte.

Sie wollte antworten: »Ich fürchte mich nicht, solange Sie

bei mir sind.« Aber sie schwieg und schüttelte nur den Kopf.

Er sah nach der Uhr. Sie ritten nun schon seit Stunden in der Wüste umher, und die Sonne brannte unbarmherzig herab. Beide wurden von Durst gequält und sprachen es doch nicht aus.

»Wir werden jetzt die Tiere laufen lassen, wie sie wollen. Ihr Instinkt bringt sie uns vielleicht eher zur Oase als unser hier so ganz versagender Orientierungssinn. Können Sie sich noch eine Weile auf dem Pferde halten?«

Sie lächelte matt. »Eine Weile wird es noch gehen«, sagte sie und konnte doch kaum die Lippen bewegen vor Durst.

Ihm erging es nicht anders. Ihre Qual bedrückte ihn noch mehr als seine eigene. Sie hatten ja nur die kleine Flasche mit kaltem Tee und einige Früchte und Kekse bei sich. Das mußte eingeteilt werden. Aber sein ganzes Sinnen und Denken ging dahin, ihr so lange wie möglich die Unruhe fernzuhalten.

Als sie aber nun immer blasser wurde, sagte er leichthin: »Haben Sie noch keinen Durst, gnädiges Fräulein?«

Sie atmete tief auf. Ihre Augen brannten wie im Fieber. »O ja, er quält mich furchtbar.«

»Aber warum sagen Sie das nicht?«

»Ich will Sie nicht berauben – ich weiß doch, daß Sie auch nur eine einzige Flasche Tee bei sich haben.«

»Der ist aber nicht für mich allein bestimmt gewesen. Warten Sie, ich gebe Ihnen zu trinken.«

Sie hielten an, und er füllte sorglich einen winzigen Becher mit Tee. »So, mehr bekommen Sie jetzt nicht – für den Fall, daß wir noch eine Weile ausharren müssen«, scherzte er.

Sie trank den Becher mit einem durstigen Zug leer. »Gottlob, das war ein Labsal – nur zu wenig.«

»Wir müssen haushalten.«

»Aber Sie müssen auch trinken – Sie müssen ja ebenfalls durstig sein.«

Er steckte die Flasche fort und schüttelte den Kopf. »Nein, ich bin nicht durstig.«

Aber sie glaubte ihm nicht. Sie fühlte plötzlich mit Sicherheit, daß er nur nicht trinken wollte, um den kleinen Vorrat nicht zu erschöpfen – um ihn für sie zu verwahren. Das berührte sie ganz seltsam.

Und zugleich kam nun die Angst an sie herangekrochen vor der Gefahr, in der sie schwebten.

Hans kämpfte heldenhaft gegen seinen Durst an. Dann sagte er: »Gestatten Sie, daß ich eine Zigarette rauche?« Damit hoffte er den Durst zu bannen.

Sie nickte stumm und sah von der Seite in sein energisches Gesicht, als er sich die Zigarette anzündete.

»Wollen Sie nicht auch rauchen, gnädiges Fräulein?«

Damit hielt er ihr seine Zigarettentasche hin. Sie sah, daß diese nur halb gefüllt war, und schüttelte den Kopf.

»Nein, ich danke.« Schweigend ritten sie weiter, den Tieren freien Lauf lassend, wohl wieder eine Stunde lang. Dann sah er aber, daß Anita totenbleich wurde und im Sattel schwankte. Er hielt an, faßte ihr Pferd am Zügel und sagte besorgt: »Sie sind erschöpft – wir müssen Rast halten.«

Ohne ihre Antwort abzuwarten, sprang er vom Pferde und hob sie aus dem Sattel. Er machte ihr in dem weichen, heißen Sand mit den Händen ein Lager zurecht. »So – nun legen Sie sich hier ein wenig nieder und versuchen zu schlafen. Es ist das beste, wenn wir jetzt rasten, bis der Abend kommt. Sobald die Sterne am Himmel stehen, kann ich mich nach ihnen richten. Sie werden uns den Weg nach Norden zeigen, den wir suchen müssen, um aus der Wüste herauszukommen. Irgendwo werden wir dann landen.«

Sie sah erschrocken zu ihm auf. »Bis zum Abend? Mein Gott – wir können doch nicht im Dunkeln in der Wüste bleiben!«

Er versuchte zu lächeln. »Vielleicht gelingt es Gordon vorher, uns zu finden. Wenn nicht, müssen wir freilich darauf gefaßt sein, noch am Abend in der Wüste zu sein. Jetzt müssen Sie jedenfalls ruhen. Seien Sie folgsam, zur Belohnung bekommen Sie noch ein Schlückchen Tee.«

Ihre Augen glänzten auf. »O ja, mich dürstet sehr. Aber jetzt trinke ich nicht eher, bis auch Sie einen Schluck genommen haben.«

Mit heimlicher Sorge sah er auf das kleine Fläschchen. Wie, wenn sie sich auch am Abend noch nicht aus der Wüste fanden? »Ich habe wirklich keinen Durst, ich rauche ja.«

Sie schüttelte matt den Kopf. »Das glaube ich nicht. Sie wollen nur nicht trinken, um den Rest für mich aufzuheben.«

Seine Augen leuchteten auf. »So viel Großmut trauen Sie mir also doch zu?«

»Sie sind ritterlich – das muß ich zugeben«, sagte sie leise.

»Anita!« Es schlüpfte ihm wider seinen Willen dieser geliebte Name über die Lippen.

Sie sah sich angstvoll um, als suchte sie einen Weg zur Flucht.

Er trat rasch zurück und bat leise: »Nein, nein – verzeihen Sie, daß ich Sie bei einem Namen nannte, der mir so teuer ist. Seien Sie ganz ruhig; solange wir allein in der Wüste sind, sollen Sie kein Wort von meiner Liebe hören. Ich gebe Ihnen mein Wort, daß ich Ihre Notlage nicht ausnützen werde. Legen Sie sich zur Ruhe nieder, ich werde Sie bewachen. Die Pferde bieten Ihnen ein wenig Schatten vor der sengenden Sonne. Schlafen Sie ruhig einige Stunden. Ich werde Sie wecken, wenn wir weiterreiten können. Auch die Pferde müssen ruhen. Zum Glück sind sie in der Oase reichlich getränkt worden; sie werden hoffentlich noch eine Weile aushalten.«

Sie hatte noch ein Becherchen mit Tee bekommen. Nun zog er seinen Reitrock aus und legte ihn auf die Ruhebank aus Sand, damit Anita ihren Kopf darauf legen konnte.

Sie war todmüde und vermochte nicht zu widerstehen. So legte sie sich in den Sand, wie sie es in ihrer Heimat an heißen Sommertagen so oft an der Ostsee getan hatte. Aber hier fehlte leider der erfrischende Hauch des Meeres.

Sie sah noch, daß sich Hans Roland nicht weit von ihr entfernt niedersetzte und sich eine neue Zigarette anzündete. Mit einem zärtlich-sorgenden Blick sah er sie an. Da schloß sie die Augen, um diesem Blick auszuweichen. Sie mußte denken, wie seltsam es war, daß sie in der Nähe dieses Mannes ein so unbedingtes Gefühl des Geborgenseins haben konnte.

Noch einmal sah sie zu ihm hinüber, und wieder traf sie sein Blick. Sie nahm ihn mit in den Traum hinüber.

Nach wenigen Minuten verrieten ihre tiefen Atemzüge, daß sie eingeschlummert war.

Still saß er neben ihr und schaute mit einem andächtigen Gefühl in ihr schönes, ruhiges Gesicht. Er wußte, daß er diese Stunde nie vergessen würde, mochte er so alt werden, wie er wollte.

Augenblicklich freilich hatte er keine Aussicht auf ein hohes Alter. Er war sich sehr wohl bewußt, daß er und seine Begleiterin von tausend Gefahren umlauert waren, die ihnen ein schnelles Ende bereiten konnten.

Wie eigenartig war die Situation, in der er sich befand! Da neben ihm ruhte die Frau, die er liebte mit allen Fasern seines Seins, um die er seit Monaten warb in unentwegter Beharrlichkeit, weil er fühlte, daß ihr Herz nichts wußte von der Kälte, die sie ihm zeigte.

Er war ihr gefolgt – bis in die sengende Wüste. Wie, wenn er diese nicht wieder mit ihr verlassen konnte? Wenn sie vielleicht tagelang herumritten, wie sie es jetzt stundenlang getan? Wenn sie verdursteten oder gefräßigen Raubtieren zum Opfer fielen? Ein Schauer flog ihm über den Rücken, als er sich ausmalte, welche Qualen und Strapazen Anita noch beschieden sein könnten. Nicht an sich dachte er, nicht um sich sorgte er – Anita galten alle seine Sorgen und Ängste.

Der Durst quälte ihn und brachte ihm fieberhafte Phantasien. Mit Gewalt riß er sich davon los.

Unsinn, sich solchen Befürchtungen hinzugeben! Fort mit aller Verzagtheit! Gottlob, am Sternenhimmel wußte er gut Bescheid. Er hatte immer viel Interesse für Sternenkunde gehabt und an den letzten Abenden in Biskra eingehend die Sternenbilder bewundert in ihrer wundervollen Klarheit. Die Sterne würden ihm den Weg zeigen, auch wenn es Fritz Gordon nicht gelang, ihm zu Hilfe zu kommen. Wie würden sich die Freunde um sie sorgen und ängstigen!

So saß er und bewachte Anitas Schlummer. Der Durst plagte ihn mehr und mehr, seine Lippen waren vertrocknet, und die Zunge klebte ihm am Gaumen. Aber er rührte die Flasche nicht an. Der Rest Tee mußte für Anita bleiben. Wenn ihn nur seine Geisteskräfte nicht verließen! Vielleicht half es ihm, wenn er eine von den Früchten verspeiste? Er entschloß sich, eine Frucht zu verzehren. Sie war saftig und labte ihn, so daß er sich frischer fühlte.

XII.

Die Sonne sank mit rotgoldener Glut im Westen nieder über dem Sandmeer. Und mit dem jähen Übergang zwischen Tag und Nacht, wie er in tropischen Gegenden üblich ist, kam die Dunkelheit.

Hans Roland weckte Anita mit leisem Anruf, ehe es ganz dunkel wurde. Ihre Lider bewegten sich, sie atmete unruhiger. Noch einmal rief er sie an und beugte sich über sie. Da schlug sie die Augen auf und lächelte zu ihm auf – so süß und hold, wie er es bisher nur im Traum gesehen. Er hätte in aller Not und Sorge laut aufjauchzen mögen über dieses Lächeln.

Aber schnell wurde ihr Blick klarer, das Bewußtsein kam zurück. Sie richtete sich hastig auf und war sogleich im klaren über ihre Lage.

»Mein Gott, es beginnt ja schon zu dunkeln! Wie lange habe ich geschlafen?«

»Drei Stunden fast, gnädiges Fräulein. Leider mußte ich Sie wecken, denn sobald die Sterne klar erkennbar sind, müssen wir aufbrechen. Wie fühlen Sie sich?«

Sie strich sich über die Stirn. »Ich habe ein wenig Kopfweh, aber sonst fühle ich mich frisch und ausgeruht. Es ist gottlob auch kühler geworden. Nur – Hunger und Durst habe ich. Es ist geradezu entsetzlich.«

Er entnahm dem Körbchen einige Früchte und Kekse.

»Hier ist Ihr Souper. Ein Schelm gibt mehr, als er hat. Das können Sie noch in Ruhe verzehren, ehe wir aufbrechen.«

Sie sah dankbar zu ihm auf. Es rührte sie, wie sorglich er war. »Aber Sie müssen auch etwas zu sich nehmen.«

»Habe ich schon getan, während Sie schliefen.«

Forschend sah sie ihn an. »Ist das auch wahr? Bitte, zeigen Sie mir unseren ganzen Vorrat!«

Er hielt ihr das geöffnete Körbchen hin. Sie sah hinein. »Ich habe es selbst eingepackt und weiß, was es enthielt. Sie haben nichts gegessen als eine einzige Frucht. Jetzt nehme ich keinen Bissen, bevor Sie nicht zulangen.«

»Ich habe wirklich weder Hunger noch Durst.«

»Das kann ich Ihnen nicht glauben. Also, bitte – wir wollen redlich teilen.«

Es lag eine weiche Bitte in ihrer Stimme und ihren Augen. Er hätte ihr die Hände dafür küssen mögen. Die Erregung drohte ihn zu überwältigen. Er sprang auf und sagte hastig: »Sehen Sie mich nicht so an – ich bin auch nur ein Mensch!« Damit trat er von ihr fort, an die Pferde heran.

Sie war erschrocken und blickte betroffen zu ihm hinüber. Dann schloß sie das Körbchen und wollte es am Sattel ihres Pferdes befestigen.

»Warum essen Sie nicht?« fuhr er sie fast zornig an.

»Weil Sie nicht essen.«

»Aber begreifen Sie doch – es ist unser letzter Proviant. Ich bin besser als Sie an Strapazen gewöhnt und brauche wirklich noch nicht zu essen.«

Sie schüttelte den Kopf.

Da gab er nach, nahm eine Frucht und einen Keks, und sie gab genau acht, daß er es auch verzehrte. Erst dann nahm auch sie von den Früchten und aß sie mit Behagen.

Inzwischen war die Nacht schnell herabgesunken, und das Sternenzelt spannte sich wie ein hoher Dom über die Wüste. Aber nun erwachte auch, wie von einem Zauberstab berührt, ein unheimliches Leben ringsum. Rätselhafte Schreie ertönten, als riefen verirrte Kinder in höchster Not um Hilfe, dazwischen klang gellend heiseres Gebell der Schakale. Lautlose Schemen huschten dicht an ihnen vorüber durch die bisher so lastende Stille. Wie Gespenster glitten zahllose Affen über den Wüstensand, und plötzlich glühten dicht vor ihnen zwei Raubtieraugen. Anita schrie auf und drängte sich an Hans Rolands Seite. Da verschwanden die Augen.

Hans hielt seinen Browning schußbereit und beruhigte Anita.

»Das sind harmlose Tiere. Seien Sie ganz ruhig, ich habe ja für den Notfall meine Waffe. Deshalb sparte ich meine Schüsse. Und dies zahlreiche Getier gibt mir die Hoffnung, daß wir nicht weit von einer Oase entfernt sein können. Lassen Sie uns jetzt reiten.«

Er hob die leise zitternde Anita in den Sattel und gab ihr die Zügel. Dann sprang er selbst auf.

»Bleiben Sie an meiner Seite«, gebot er. Das hätte er nicht nötig gehabt. Anita drängte ihr Pferd dicht an das seine.

Aufmerksam hatte er die Sterne betrachtet. Wie zur Probe ließ er die Tiere eine Weile gehen, wie sie wollten, und merkte erfreut, daß sie dieselbe Richtung einschlugen, die er nach dem Stand der Sternbilder gewählt hätte. Nun wurde er sicher und ließ die Pferde schneller ausgreifen.

Mehr als einmal zuckte Anita angstvoll zusammen, wenn unheimliche Schatten über ihren Weg streiften. Er beruhigte sie, so gut er konnte. »Solange ich meine Waffe habe, brauchen Sie nichts zu fürchten«, sagte er.

»Werden Sie jetzt den rechten Weg aus der Wüste finden, Herr Doktor?« fragte sie mit angsterstickter Stimme.

Er zeigte sich ganz zuversichtlich. »Seien Sie unbesorgt, aus der Wüste führt uns der Weg bestimmt hinaus, denn wir halten direkt nach Norden. Ich weiß nur nicht, wie lange wir noch reiten müssen, bis wir an menschliche Behausungen kommen. Es kann sich um einige Stunden handeln, vielleicht auch weniger.«

Kaum hatte er das gesagt, da zuckten sie plötzlich beide zusammen. Durch die Stille der Nacht klang aus weiter Ferne ein leise knallender Laut.

Wie neu belebt richtete sich Hans Roland im Sattel empor. »Das war ein Schuß! Es müssen Menschen in der Nähe sein! Vielleicht ist es Fritz Gordon selbst, der ihn abgab.«

Erregt wandte sich ihm Anita zu. »So geben Sie doch Antwort – schießen Sie doch!«

Er wollte es tun, drückte aber dann doch nicht ab. »Nein – es könnten auch wilde Beduinen sein, die auf der Jagd sind, oder sonst irgendwelches räuberische Gesindel. Es ist klüger, wenn wir uns vorläufig nicht bemerkbar machen. Wir reiten nur dem Schall des Schusses nach, der übrigens genau aus der Richtung kam, in die wir streben.«

Sie ließen nun ihre Pferde noch schneller ausgreifen. Die Tiere schienen selbst den Trieb zu haben, sich zu beeilen.

Nach einer Weile tönte aus derselben Richtung abermals ein Schuß, und dann wieder einer, und wieder einer, immer näher.

In schweigender Erregung ritten die beiden Menschen weiter in der Richtung, aus der die Schüsse tönten. Und dann – Anita schrie leise auf, und Hans Roland stieß einen stöhnenden Atemzug aus –, in der Ferne tauchten Lichter auf, die sich hin und her bewegten. Das waren Menschen, die Fackeln trugen und aufgeregt durcheinanderliefen.

Scharf und forschend sah Hans Roland hinüber. Und plötzlich jauchzte er laut auf. Er hörte einen Signalpfiff – denselben, den er in der Studienzeit so oft mit Fritz Gordon gewechselt hatte.

»Das ist Gordon!« jubelte er. Nun schoß auch er in die Luft und pfiff laut und gellend den gleichen Signalpfiff.

Drüben stutzten die Fackelträger, dann stürmten sie ihnen entgegen. Allen voran ein Reiter, der ebenfalls eine Fackel schwang, Schuß um Schuß wie in wildem Jubel abgab und abwechselnd rief und pfiff, als wäre er von Sinnen. Das war Fritz Gordon.

Hans Roland sah im Schein der anstürmenden Fackeln in Anitas bleiches, erregtes Gesicht. »Wir sind gerettet – gottlob, daß Ihr Leben nicht mehr in Gefahr ist!« stieß er heiser hervor.

Sie hörte den tiefen Herzenston aus seinen Worten und sah ihn stumm, mit unruhigem Forschen an. Dann reichte sie ihm plötzlich impulsiv die Hand.

»Ich danke Ihnen. Durch meine törichte Flucht hatte ich uns beide in Gefahr gebracht – ich weiß, wie groß diese Gefahr war, obwohl Sie es mir nicht zeigen wollten. Ich danke Ihnen aus vollem Herzen, Herr Doktor!«

Er zog leuchtenden Auges ihre Hand an seine Lippen. »Daß Sie in Sicherheit sind, ist mein schönster Dank«, sagte er erregt.

Sie konnte ihm nicht antworten, wollte es wohl auch nicht.

Wie der Wind kam jetzt Fritz Gordon herbeigerast und riß, vor ihnen haltmachend, ihnen fast die Arme aus den Gelenken.

»Gott sei Lob und Dank! Herrschaften, was habt ihr uns für Sorge und Angst gemacht! Meine Frau ist der Auflösung nahe und weint sich fast die Augen aus. Nun kommt schnell, damit sie ihre Sorge los wird!«

Die Leute mit den Fackeln – Einwohner von Osara, die

Fritz Gordon mobil gemacht hatte, um die Vermißten zu suchen, was seit langen Stunden vergeblich geschah – waren herbeigekommen und bezeugten auf naive Weise ihre Freude. Es war geradezu rührend anzusehen.

Die Geretteten, mit Fritz Gordon an der Spitze, ritten nun die letzte Strecke bis Osara in schnellster Gangart. Nach einer Viertelstunde sahen sie die Oase vor sich liegen.

Frau Lori kam ihnen in furchtbarer Aufregung entgegen und schluchzte laut auf, als sie Hans und Anita erblickte. Jetzt löste sich auch Anitas Nervenanspannung in Tränen. Es gab ein aufgeregtes Fragen und Berichten. Hans und Anita mußten ihre Erlebnisse schildern, und Gordons erzählten, was sie alles versucht hatten, die Verschwundenen aufzufinden.

»Wie vom Erdboden wart ihr beide mit einemmal verschwunden, und ich bin vor Angst und Unruhe fast um den Verstand gekommen, Nita. Wie gut, daß wenigstens Doktor Roland bei dir war! Wenn du dich allein verirrt hättest, wäre es noch viel furchtbarer gewesen. Mein einziger Trost war, daß er bei dir war«, sagte Frau Lori.

»Ja, Lori – das war auch mein einziger Trost«, erwiderte Anita leise. Und zu Fritz Gordon gewendet fuhr sie fort: »Ich allein bin schuld, daß Sie so viele Aufregungen hatten. Ich hatte freilich keine Ahnung, daß ich mich in so große Gefahr begab. Herr Doktor Roland hatte das besser erkannt und war mir trotzdem gefolgt, um mich nicht allein zu lassen. So habe ich auch ihn in Gefahr gebracht. Das werde ich mir nie verzeihen.«

»Nun, Gott sei Dank ist alles noch gut abgelaufen, gnädiges Fräulein. Angenehme Stunden haben wir freilich alle nicht hinter uns. Aber nun müssen Sie essen und trinken, Sie werden hungrig und durstig sein«, erwiderte Fritz Gordon.

»Vor allen Dingen durstig«, sagte Hans Roland aufatmend, »mir ist, als sei ich ganz ausgedörrt.«

Mit einem wunderbaren Behagen löschten die beiden

Menschen ihren Durst mit dem klaren Oasenwasser. Auch die Pferde wurden getränkt.

Die vier wiedervereinten Menschen saßen noch lange beisammen vor einer Hütte, die ihnen als Herberge dienen sollte. Heute nacht war an eine Rückkehr nach Biskra nicht zu denken. Man wollte am nächsten Morgen gleich nach Sonnenaufgang aufbrechen. Für die beiden Damen hatte Fritz Gordon in der Hütte ein primitives, aber wenigstens reinliches Lager bereiten lassen. Die Herren wollten vor der Hütte im Freien kampieren.

Frau Lori verabschiedete sich von ihrem Mann mit einem zärtlichen Kuß.

»Ist nun alles wieder gut, Lori?« fragte Fritz Gordon.

Sie küßte ihn noch einmal. »Gottlob, ja! Ach, Fritz, ich hätte nie mehr eine ruhige Stunde gehabt, wenn Anita und deinem Freund etwas zugestoßen wäre!«

Hans sah bei dem zärtlichen Abschied der beiden Anita mit einem seltsamen Blick an. All sein heißes Sehnen, seine ganze tiefe Liebe lag darin. Sie fühlte ein brennendes Weh in sich aufsteigen, weil sie diesen Mann nicht lieben durfte, wie es ihr Herz ersehnte. Ach, daß sie doch hätte an ihn glauben dürfen, daß sie doch nie gesehen hätte, was sie nicht vergessen konnte! Aber immer wieder sah sie ihn im Geist in den Armen ihrer Stiefmutter.

Trotzdem reichte sie ihm jetzt die Hand. »Ich danke Ihnen nochmals für Ihren Schutz, Herr Doktor. Bitte, verzeihen Sie mir, daß ich auch Sie in Gefahr brachte. Ich wollte es nicht«, sagte sie leise.

Er zog ihre Hand an seine Lippen. »Es bedarf keiner Verzeihung. Ich bin sehr glücklich, daß ich Ihnen dienen durfte«, erwiderte er, und seine Augen hielten sie im Bann, so daß sie sich losreißen mußte.

Als die beiden Damen in der Hütte allein waren, sah Lori ihre Freundin forschend an. »Nita, ich will mich nicht in dein Vertrauen drängen – aber ich möchte gern wissen, was trennend zwischen dir und Doktor Roland steht. Ich fürchte, du quälst dich und ihn mit irgend etwas, das ich nicht ergründen kann. Nur weil ich euch helfen möchte, bringe ich das zur Sprache. Kann ich nicht helfen? Ich möchte es so gern.«

Da fiel Anita der Freundin um den Hals. »Liebe, Gute, du kannst mir nicht helfen – kein Mensch kann es tun! Und ich kann dir auch nicht sagen, was zwischen uns steht. Aber ich bin sehr, sehr unglücklich, daß ich dies Hindernis nicht wegräumen kann.«

Lori streichelte sie sanft und fragte: »Kann auch er es nicht hinwegräumen, Nita? Er liebt dich, seine Augen verraten es, wenn er dich ansieht. Er liebt dich!«

Anita starrte vor sich hin. Konnte es denn nicht sein, allem zum Trotz, daß er sie liebte? Hatte er vielleicht nur mit ihrer Stiefmutter geflirtet, wie es junge Männer mit leichtfertigen Frauen tun, ohne daß ihr Herz stark dabei beteiligt ist? Konnte er nicht erst die wahre Liebe kennengelernt haben, als sie ihm begegnet war.

Ach, wenn sie doch an ihn und seine Liebe hätte glauben dürfen! Aber sie konnte nicht von dem Mißtrauen loskommen, daß ihr Reichtum allein ihn anlockte, daß sein Herz der anderen gehörte. Wäre sie arm gewesen – ja, dann hätte sie vielleicht an seine Wandlung glauben können.

Sie seufzte tief auf und schüttelte den Kopf. »Nein, Lori, auch er kann es nicht wegräumen. Bitte, quäle mich nicht mit Fragen. Hilf mir durch dein stillschweigendes Verständnis – und laß mich nicht mit ihm allein. Nur eins will ich dir noch anvertrauen: Doktor Roland ist meinetwegen nach Biskra gekommen. Er hatte daheim um meine Hand angehalten, und ich habe ihn abweisen müssen. Er will es erzwingen, daß ich seine Frau werde; aber ich kann und darf es niemals sein. So, Lori, nun weißt du so viel, wie ich dir anvertrauen darf – und nun laß die Dinge gehen und quäle mich nicht mehr.«

»Meine arme Nita, wie sehr bedaure ich dich – denn ich fühle, daß du ihn liebst. Ich will darum beten, daß dies böse

Hindernis zwischen euch beseitigt wird. Du und er – ihr paßt so vollkommen zusammen, da ist alles höchste Harmonie. Nein, nein, ich sage nichts mehr – mache nicht so ein gequältes Gesicht, mein liebes Herz! Und nun wollen wir schlafen. Das war ein aufregender Tag. An diesen Ausflug in die Wüste werde ich denken bis ans Ende meiner Tage. Gute Nacht, liebste Nita.«

»Gute Nacht, meine Lori.«

XIII.

Am nächsten Morgen, gleich nach Sonnenaufgang, ritten Gordons mit ihren Gästen nach Biskra zurück. Fritz Gordon hatte noch Zeit, schnell daheim ein Frühstück einzunehmen, dann mußte er seine Arbeitsstätte aufsuchen.

Hans Roland hatte sich vor Gordons Haus verabschiedet und war zum Hotel geritten. Man hatte ihn dort schon mit einiger Besorgnis vermißt, da es bekannt war, daß er mit Gordons einen Wüstenritt unternommen hatte. Er legte sich noch einige Stunden zur Ruhe.

Das gleiche hatten auch die beiden Damen getan. Anita hatte fest und ruhig geschlafen, als sie von Lori geweckt wurde.

»Nita, es ist ein Telegramm für dich gekommen. Ich hätte dich sonst noch schlafen lassen.«

Anita erhob sich rasch. »Ein Telegramm?« fragte sie und griff nach dem Papier.

Sie öffnete es und las – dann taumelte sie auf Lori zu und starrte sie an mit entsetzt geöffneten Augen.

»Um Gottes willen, Nita, hast du eine schlechte Nachricht erhalten?«

»Lori – mein Vater –, mein Vater – das ist ja furchtbar!« stieß sie zitternd hervor und fiel kraftlos in einen Sessel,

Lori die Depesche reichend.

Diese las erschrocken: »Bankhaus Friesen Konkurs. Vater tot. Fehlgeschlagene Spekulation. Alles verloren. Weiteres abwarten. Erika.«

Lori umfaßte Anita voll heißen Erbarmens. »Meine arme Nita – wie soll ich dich trösten?« sagte sie erschüttert.

Anita schüttelte wie geistesabwesend den Kopf. »Ich kann das nicht fassen, Lori. Mein Vater – tot? Und wie ist er gestorben? Bankhaus Friesen Konkurs – Lori, was mag da geschehen sein?«

Sie stützte verzweifelt den Kopf in die Hand und starrte vor sich hin.

Sie hatte ihrem Vater innerlich nie sehr nahegestanden. Er hatte immer eine kühle Atmosphäre um sich verbreitet und wenig Verständnis für sie gehabt. Und seit er der willenlose Sklave seiner zweiten Frau geworden war, hatte Anita ihn auch nicht mehr so hoch achten können wie früher. Aber nun fühlte sie doch, daß sie ihn liebgehabt hatte, und daß es ihr Schmerz bereitete, ihn verloren zu haben. Und sie mußte sich zitternd fragen: Starb er von eigener Hand? Es konnte kaum anders sein. Er hatte wohl den Fall seines Hauses nicht überleben wollen, und er mußte keinen Ausweg zur Rettung mehr gefunden haben.

Jetzt fiel ihr wieder ein, wie blaß und abgespannt der Vater in letzter Zeit immer wieder ausgesehen hatte. Sicher hatte er da schon mit Sorgen zu kämpfen gehabt. Und er hatte alles allein getragen. Oh, daß sie ihn hätte trösten können – vielleicht wäre dann das Furchtbare nicht geschehen!

»Vater tot –« Wie entsetzlich nahmen sich diese beiden Worte aus auf dem verhängnisvollen Papier!

Und dann mußte Anita daran denken, daß diese Nachricht auch eine Umwälzung in ihr Leben bringen würde. Nur konnte sie noch nicht den ganzen Umfang der Veränderung, die ihr bevorstand, begreifen.

Lori suchte sie zu trösten und streichelte ihr Haar. »Wenn

ich dir doch helfen könnte, meine Nita!« sagte die kleine Frau ehrlich betrübt. Auch sie mußte sich sagen, daß der Tod von Anitas Vater unter diesen Umständen schwere Folgen für die Freundin haben mußte.

Lange Zeit saß Anita da wie vernichtet. Endlich raffte sie sich auf aus ihrem Schmerz und strich sich das Haar aus der Stirn. »Wenn ich doch nur erst ausführliche Nachricht hätte, Lori! Die Ungewißheit ist schrecklich. Was mag geschehen sein? Hat mein Vater selbst seinem Leben ein Ende gemacht? Es hat keinen Zweck, wenn ich jetzt abreise. Bis ich heimkomme, ist mein Vater längst beerdigt. Ist es nicht jammervoll, Lori, daß ich meinem Vater so wenig galt, daß er mir nicht einmal seine Sorgen anvertraute? Wäre ich doch daheim geblieben!«

»Du hättest den Lauf der Dinge auch nicht aufhalten können.«

»Vielleicht nicht. Aber Abschied hätte ich doch nehmen können von meinem Vater. An meiner Stiefmutter hat er sicher keinen Trost gehabt – sie hat ihn ja nicht geliebt. Aber vielleicht hat ihn gerade die Verzweiflung, daß er ihr nicht mehr alle Wünsche erfüllen konnte, ins dunkle Nichts getrieben. Ach, Lori – wie entsetzlich ist das alles!«

»Ich kann dir nachfühlen, wie sehr du erschüttert bist, Nita. Und dazu kommt die Sorge um deine eigene Zukunft. Wird dein Vater sie einigermaßen sichergestellt haben?«

Anita schüttelte den Kopf. »Das glaube ich nicht. Hier steht es ja: Alles verloren. Wenn meinem Vater noch so viel Kapital geblieben wäre, wie er brauchte, um meine Zukunft sicherzustellen, hätte er den Kopf nicht so ganz verloren. Er hätte doch von neuem anfangen können. Bei seiner geschäftlichen Tüchtigkeit wäre er sicher wieder emporgekommen. Nein, nein – es ist wohl alles verloren.«

»Mein Gott, was soll denn aus dir werden? Du bist so verwöhnt, hast das Geld immer mit vollen Händen ausgeben können. Was soll nun werden?«

Mit einem trüben Blick sah Anita zu der Freundin auf.

»Darüber habe ich noch gar nicht nachgedacht. Ja, Lori, ich werde lernen müssen, sparsam zu sein und mich auf eigene Füße zu stellen. Aber denke dir, das erscheint mir gar nicht so furchtbar. Nur weiß ich nicht, ob ich genug gelernt habe, um damit mein Brot zu verdienen. Und leicht wird es natürlich nicht sein, etwas für mich zu finden. Aber das scheint mir nicht das schlimmste. Irgendwie werde ich schon mein Fortkommen finden, wenn ich mich erst an den Gedanken gewöhnt habe. So viele Tausende müssen ja ihr Brot verdienen.«

Erschüttert umarmte Lori die Freundin. »Ach, meine arme Nita – wenn ich mir das ausmale! Du, meine kleine Märchenprinzessin, im Kampf ums tägliche Brot – ich kann das nicht fassen!« Und Frau Lori weinte laut auf.

Anita sah vor sich hin. »Warum soll ich es immer besser haben als die anderen, Lori? Darum mußt du nicht weinen. Wenn ich nur erst genaue Nachricht hätte!«

»Hoffentlich bleibt doch noch ein Notgroschen für dich. Irgendwie muß doch dein Vater für dich und deine Stiefmutter gesorgt haben.«

Eng umschlungen saßen die beiden Freundinnen zusammen.

Als Dr. Gordon nach Hause kam, sah er erschrocken auf die traurigen Gesichter der beiden.

»Lori – was ist denn geschehen?« fragte er bestürzt, als sie ihm weinend um den Hals fiel.

Sie reichte ihm die Depesche. Er nahm Anitas Hand in die seine und sprach ihr in warmen Worten sein Beileid aus.

Als am Abend Hans Roland kam, fand er die beiden Gatten allein. Anita hatte sich zurückgezogen. Fritz Gordon erzählte ihm, was geschehen war.

Hans Roland erblaßte. So oft hatte er sich sehnlich gewünscht, daß Anita arm sein möge – nun war sein Wunsch erfüllt! Aber daß sie Schmerz leiden mußte um den verlorenen Vater, das quälte ihn. Wie gern hätte er sie getröstet!

»Fräulein Friesen ist gewiß sehr erschüttert, gnädige Frau?« fragte Hans Roland besorgt.

Lori beobachtete ihn scharf. »Sie hat ja ihrem Vater innerlich nie sehr nahegestanden, aber sein jäher Tod hat sie natürlich sehr ergriffen. Ich fürchte aber, das wird nicht das schlimmste sein. Es wird ihr noch viel Schwereres bevorstehen.«

»Sie meinen in pekuniärer Beziehung?«

»Ja. Wenn wirklich alles verloren ist, wie es in der Depesche heißt, wird auch für sie nichts bleiben.«

Er sah sie fragend an. »Und das ängstigt sie nun sehr?«

Lori schüttelte das Haupt. »Nein – denken Sie, die Möglichkeit, daß sie plötzlich ganz arm geworden sein könnte, schreckt sie nicht einmal sehr. Sie sieht der Notwendigkeit, sich selbst ihr Brot verdienen zu müssen, ziemlich gefaßt entgegen und ist nur in Sorge, ob sie genug gelernt hat, um es tun zu können. Ich habe sie bewundert. Sie, die ein Leben aus dem vollen gewohnt war, hält es kaum für ein Unglück, arm geworden zu sein. Aber ich halte es für ein großes Unglück für sie. Wie schwer wird es ihr werden – meiner stolzen Nita, wie bitter wird das für sie sein! Sie hat ja auch nicht gelernt zu sparen. So ein gutes, edles Geschöpf ist sie, aber doch nicht geeignet für den Kampf ums Dasein. Wie hart wird nun das Leben sie anfassen! Ich sorge mich ungemein um sie.«

Hans Roland hatte mit brennenden Augen in Frau Loris Gesicht gesehen. Nun faßte er plötzlich ihre Hand, und auch die des Freundes ergriff er.

»Darf ich Ihnen beiden etwas anvertrauen, was mit Fräulein Friesen zusammenhängt?« fragte er erregt.

»Was hast du uns zu sagen, Hans?« – »Bitte, reden Sie, Herr Doktor!« So sagten sie fast zu gleicher Zeit.

Er atmete tief auf. »Kurz und bündig – ich liebe Anita Friesen. Kurz vor ihrer Abreise hielt ich um ihre Hand an, nachdem ich mich schon monatelang um ihre Gunst beworben hatte. Sie wies mich ab – in ziemlich verletzender

Weise, und ließ deutlich durchblicken, daß ich in ihren Augen als Mitgiftjäger gelte.

Ich konnte trotzdem nicht von ihr lassen – und überdies glaube ich fest daran, daß auch sie mich liebt. Sie kann mir nur nicht mit ihrer Liebe auch ihr Vertrauen schenken. Ich war überzeugt, daß sie vor ihrem eigenen Herzen nach Biskra floh, und beschloß, ihr zu folgen. Denn für mich gibt es ohne sie kein Glück.

Ein glücklicher Zufall hat gerade in den letzten Tagen vor meiner Abreise meine Vermögensverhältnisse völlig verändert. Ich bin nicht mehr der arme Ingenieur. Wie oft hatte ich früher gewünscht, Anita möchte arm sein, damit ich sie von meiner Liebe überzeugen könnte! Nun, da ich selbst vermögend geworden war, brauchte ich das nicht mehr zu wünschen. Ich folgte ihr, um ihr alles zu sagen, und hoffte sie dadurch von ihren Zweifeln zu befreien. Aber ich kam bisher nicht dazu, mit ihr zu reden, sie wich jedem Alleinsein aus. Und gestern, da wir stundenlang allein in der Wüste waren, wollte ich nicht von meiner Liebe sprechen. Nun höre ich von Ihnen, daß sie plötzlich arm geworden ist. Ich kann dies nicht bedauern, wenn ich es auch beklage, daß ihr Vater gestorben ist. Sie wird jetzt verstehen lernen, wie nichtig der Reichtum im Grunde ist, und daß ein Mann wie ich sich nicht um Geld verkauft.

Sie sollen sich nicht um Anitas Zukunft sorgen, deshalb sage ich Ihnen das alles. Ich hoffe sie nun endlich zu überzeugen, daß meine Werbung nicht ihrem Reichtum galt, sondern ihrer Persönlichkeit. Nun soll schnell alles zwischen uns klarwerden. Sobald sie sich über diese Schreckensbotschaft ein wenig beruhigt hat, bitte ich Sie, mir eine Stunde des Alleinseins mit ihr zu verschaffen, damit ich noch einmal um sie werben kann. Und dann hoffe ich ihr Jawort zu erhalten.«

»Wir hoffen es mit Ihnen, Herr Doktor. Und wenn ich Anitas Vertrauen nicht mißbrauchen müßte, könnte ich Ihnen vielleicht noch mehr Mut machen. Aber Sie werden

Ihre Sache schon selbst zum guten Ende führen, das scheint mir sicher. Nun bin ich über Nitas Schicksal beruhigt. Sie wird ihr Glück bei Ihnen finden, und – Sie sind einander wert«, sagte Lori warm.

Hans küßte ihr die Hand. »Ich danke Ihnen. Und da Sie fremde Geheimnisse so gut zu hüten verstehen, bitte ich Sie herzlich, Anita nichts über meine veränderten Vermögensverhältnisse zu sagen. Wenn ich jetzt Anita gestehe, daß ich reich geworden bin und sie aus aller Not erretten kann, könnte vielleicht auch für mich eine kleinmütige Stunde kommen, in der mich der Verdacht quälte, daß sie meine Hand nur angenommen hätte, um wieder in gesicherte Verhältnisse zu kommen. Ich kann Anitas Mißtrauen mit einemmal recht gut verstehen.«

»Gewiß nicht, Herr Doktor. Ich schwöre Ihnen, daß Anita kein Wort von dem erfährt, was Sie uns eben anvertraut haben.«

Fritz Gordon legte den Arm um Lori. »Auf die Versicherung meiner Frau kannst du bauen, Hans. Sie ist eine von den wenigen Frauen, die schweigen können. Na, und ich – ich beiße mir lieber die Zunge ab, ehe ich dir in deinen Kram hineinrede. Das weißt du. Aber von Herzen Glück will ich dir wünschen. Mir scheint, Fräulein Friesen ist es wert, um ihrer selbst willen geliebt zu werden – ebenso wie du. Und jetzt wollen wir mal anstoßen auf ein gutes Gelingen – auf euer künftiges Glück!«

Hans sah träumend vor sich hin. »Ich will sie lehren, daß man auch ohne Reichtum glücklich sein kann. Das sieht man ja an dir und deiner Frau, Fritz. Ich träume von einer Hütte, in der zwei glückliche Menschen wohnen.«

Fritz lachte. »Na, so sehr winzig wird ja die Hütte nicht sein, in die du eine junge Frau führst, da du ja zu Vermögen gekommen bist.«

»Ich möchte aber doch die Probe machen, ob die stolze Anita Friesen auch in einer Hütte glücklich sein kann.«

»An Ihrer Seite gewiß, Herr Doktor. Überhaupt, machen

Sie ruhig die Probe. Sie werden sehen, daß in Nita Werte schlummern, die ihr und Ihnen die Hütte zum Palast machen werden. Dessen bin ich sicher.«

Hans Rolands Augen leuchteten. Er sah im Geiste das kleine Verwalterhaus, das von der hohen Linde beschattet wurde. Dorthin sollte ihm Anita folgen – wie er es sich damals gelobt hatte.

Fritz Gordon füllte die Gläser.

»Nun sag mir nur, Hans, wie bist du denn so überraschend zu Geld gekommen?« fragte er lachend.

»Das sollst du später erfahren, Fritz, wenn wir alle wieder daheim sind – und wenn Anita meine Frau ist. Dann wirst du eine Einladung erhalten – natürlich mit deiner Frau –, der du hoffentlich Folge leisten wirst.«

»In die Hütte, Hans?« neckte Fritz.

»Ob in eine Hütte oder ein Schloß – für tadellose Aufnahme garantiere ich.«

»Abgemacht – wir kommen! Nicht wahr, Lori? Und nun laßt uns anstoßen – auf das gemeinsame Glück von Hans Roland und Anita Friesen!«

Die Gläser klangen hell aneinander.

Oben aber in ihrem Zimmer lag Anita mit schmerzendem Kopf und brennenden Augen auf ihrem Lager und ahnte nicht, was soeben zwischen ihren Freunden und dem Mann, den sie liebte, besprochen worden war.

Sie ahnte, daß Hans Roland im Hause war, und sie mußte immerfort an ihn denken. Wenn er hörte, daß sie arm geworden war – wie schnell würde er dann von seiner Liebe zu ihr geheilt sein! Sie biß im Schmerz in die Kissen und schloß die Augen vor dem, was kommen mußte.

XIV.

Mehr als eine Woche war seitdem vergangen. Hans Roland hatte Anita einige Male wiedergesehen. Er hatte ihr sein Beileid ausgesprochen, sonst nichts.

Vorläufig wollte er von seiner Werbung noch nicht wieder zu Anita sprechen.

Sie hatte ihn mit einem seltsamen Blick angesehen, und ihm war, als könnte er in ihrer Seele lesen. In ihrem Blick lag die bitter höhnische Frage: Jetzt hast du wohl den Mut verloren, um mich zu werben?

O nein, er hatte ihn nicht verloren. Aber er wollte ihr einige Tage Ruhe lassen.

Eines Tages war Anita auf der Bank gewesen, um Geld abzuheben. Sie sagte sich sorgenvoll, daß sie doch wenigstens Geld zur Rückreise haben müßte. Und sie hatte alles Bargeld ausgegeben in den letzten Tagen.

Zu ihrem Erschrecken erfuhr sie auf der Bank, daß nichts mehr für sie angewiesen worden war. Mit leeren Händen und großen erschrockenen Augen kehrte sie zurück und stand mit blassem Gesicht vor Lori.

»Ich habe kein Geld bekommen, Lori. Mein Gott – hat denn mein Vater nicht wenigstens daran gedacht, daß ich für die Heimreise Geld brauche?«

Lori suchte sie zu beruhigen. Aber Anita war fassungslos. Zum erstenmal in ihrem Leben lernte sie die Sorge kennen. Und sie sagte ganz verzweifelt:

»Ich will ja gern arbeiten um mein Brot, Lori. Irgendwie werde ich mich durchbringen. Aber ich muß doch erst wieder in Deutschland sein. So plötzlich ohne jede Existenzmittel, das ist schlimmer, als ich glaubte.«

Lori legte die Arme um sie. »Sorge dich nicht, Nita! Es wird sich schon alles klären. Vorläufig bist du bei uns in Sicherheit. Das übrige wird sich finden. Weißt du, was ich tue – ich trage den gestickten Schleierstoff und den Gürtel wieder zum Basar und lasse mir vom Händler das Geld zurückgeben. Mit einer kleinen Einbuße werden wir freilich rechnen müssen; aber du hast dann wenigstens wieder etwas Geld in den Händen.«

Anita stieg das Blut ins Gesicht. »Aber Lori – geschenkt ist geschenkt!«

Energisch schüttelte die kleine Frau das reizende Köpfchen mit dem blonden Wuschelhaar. »Du wirst doch nicht von mir verlangen, daß ich jetzt noch das kostbare Geschenk behalte? Ausgeschlossen, mein Liebling! Ich kann sehr gut auch ohne gestickten Schleierstoff und silbernen Gürtel existieren, du aber augenblicklich nicht ohne Geld.«

Anita hatte ein bedrückendes Gefühl. Zum erstenmal empfand sie, daß Armut demütigend sein kann. Sie ließ den Kopf sinken und starrte vor sich hin.

Wie gern hätte ihr Lori verraten, daß Hans Roland schnell aller Not ein Ende machen würde! Aber so schwer es ihr auch Anitas besorgtem Antlitz gegenüber wurde, hielt sie doch ihr Wort und schwieg.

Am nächsten Morgen kam endlich ein eingeschriebener Eilbrief von Frau Erika an ihre Stieftochter. Mit zitternden Händen öffnete Anita das Kuvert und las:

»Liebe Anita! Endlich komme ich dazu, Dir zu schreiben. Es waren furchtbare Tage und Stunden, die ich durchleben mußte, ganz allein dem Ansturm aller Widerwärtigkeiten gegenüber. Dein Vater hat unverantwortlich gehandelt, hat mich in einer schrecklichen Lage zurückgelassen – Dich natürlich auch. Mein Telegramm wirst Du ja erhalten haben. Also denke Dir, am Donnerstag morgen fand der Diener Hermann Deinen Vater an seinem Schreibtisch sitzend, mit durchschossener Schläfe. Auf einem Zettel, der vor ihm lag, stand nichts als: Ich kann nicht anders. Gott helfe mir, Amen!

Als ich fassungslos diesem Ereignis gegenüberstand, kamen auch schon Herren vom Gericht und verschiedene Herren von der Bank. Dort war eine Panik ausgebrochen.

Die Leute, die Angst um ihr Geld hatten, stürmten die Kasse. Es gab ein furchtbares Durcheinander, und als ich endlich wieder etwas klarsehen konnte, stand eines fest – daß wir vor dem Nichts stehen. Es ist alles, alles verloren!

Dein Vater hat schon seit Jahresfrist unglücklich spekuliert und schließlich, um seine Verluste wieder einzubringen, einen ganz großen Coup riskiert. Alles setzte er auf eine Karte – und es ist fehlgeschlagen. Nichts ist übriggeblieben von dem großen Reichtum, den er mir versprach, als er meine Jugend an sein Alter kettete. Alles ist verloren – die Villa, das Auto, Pferde und Wagen –, kurz, alles muß verkauft werden, um die Verluste zu decken. Und man muß noch froh sein, wenn es reicht für alle Forderungen, damit man nicht noch mit Schmach und Schande bedeckt wird.

Das einzige, was mir bleibt, sind meine Garderobe und mein Schmuck. Das wenigstens kann mir nicht genommen werden, es ist mein persönliches Eigentum. Ein Glück, daß ich letzte Weihnachten noch die lange Perlenschnur erhielt, die ich mir so sehnlich gewünscht hatte! Ich werde sie nun verkaufen müssen und wahrscheinlich meinen anderen Schmuck auch, um ein Kapital zu erhalten, von dessen Zinsen ich mich durchschlage. So habe ich wenigstens zu leben, wenn auch in sehr bescheidener Weise. Du bist leider so töricht gewesen, Deinem Vater immer zu verwehren, Dir Schmuck zu geben und hast statt dessen alles den Armen geschenkt. Das war sehr leichtsinnig. Was hast Du nun davon? Daß Du ganz mittellos dastehst. Das wird sehr schlimm für Dich. Denn ich kann Dir natürlich von dem wenigen, was mir bleibt, nichts abgeben, kann Dich auch nicht bei mir aufnehmen, denn ich muß mir eine kleine bescheidene Wohnung mieten – drei Zimmer und Küche höchstens. Da siehst Du doch ein, daß ich kaum für mich Platz habe.

Am besten ist es wohl für Dich, daß Du so lange wie möglich bei Deiner Freundin bleibst und Dir dann eine Stellung als Gesellschafterin oder dergleichen suchst.

Schlimmstenfalls nimmt Dich auch Frau Jungmann auf, die heute bei mir war und furchtbar um Dich jammerte. Sie will Dir schreiben und Dir anbieten, zu ihr zu kommen, und will alles mit Dir teilen. Nun ja, sie hat ja schließlich bei Deinem Vater ihr Schäfchen ins trockene gebracht und kann jetzt etwas für Dich tun.

Ich würde Dir raten: Sieh Dich nach einer guten Partie um. Hübsch genug bist Du ja – Dr. Roland fand Dich sogar schön. Das ist natürlich Geschmackssache. Übrigens war es doch klug, daß Du Dr. Roland abgewiesen hast. Er ist ja auch nur ein armer Schlucker. Das wäre jetzt eine schöne Enttäuschung gewesen, auch für ihn, wenn Du ja gesagt hättest. Nichts und nichts ergibt nichts, das ist nun einmal so.

Ich muß nun auch sehen, wie ich durchkomme. Es wird mir natürlich auch sehr bitter sein, mit jedem Pfennig rechnen zu müssen. Ach, was bin ich für ein unglückliches Geschöpf! Meine besten Jahre habe ich Deinem Vater geschenkt, und zum Dank läßt er mich in solchen Verhältnissen zurück. Du ahnst ja nicht, was ich durchgemacht habe in diesen Tagen. Die Dienstboten wurden renitent und forderten ihren Lohn, die Lieferanten stürmten mir das Haus mit Rechnungen und wurden frech, beleidigten mich in unerhörter Weise. Meine Modistin, die solche Unsummen an mir verdient hat, machte mir eine häßliche Szene und wollte den Trauerhut nicht ohne sofortige Bezahlung herausgeben – diese Person, die sonst beinahe vor mir auf den Knien rutschte! Kurzum, es war fürchterlich, und mir zittern jetzt noch die Knie. Ich verlasse morgen das Haus, es wird alles versiegelt.

Die Beerdigung Deines Vaters war trostlos. Es regnete in Strömen, meine Trauertoilette war ganz verdorben. Sehr wenige Menschen hatten ihm das letzte Geleit gegeben, und alle machten so merkwürdige Gesichter und grüßten so steif. Na, ich kann Dir sagen – Bücher könnte ich schreiben über das, was ich in diesen Tagen erleben mußte. Sei froh, daß Du nicht hier warst! Du wirst in Deinem hochmütigen Stolz noch entsetzlich leiden müssen unter den veränderten Verhältnissen. Dein Vater war wirklich gewissenlos, daß er uns so hilflos zurückgelassen hat.

Ich habe einen förmlichen Kampf kämpfen müssen, daß man mir wenigstens mein persönliches Eigentum ließ. Die Einrichtung meines Louis XVI.-Salons, die ich zum Geburtstag von Deinem Vater als Geschenk erhielt, wollten sie mir auch nicht belassen. Aber der Lieferant konnte zum Glück bezeugen, daß die Möbel mir gehören. Ich lasse sie heute noch fortschaffen und alles, was mir gehört. Ich muß doch das Notwendigste haben.

Nun sieh nur zu, wie Du Dir helfen kannst. Du kannst mir leid tun. Aber mir geht es auch sehr schlecht. Ich bin ganz trostlos. Laß etwas von Dir hören.

Deine unglückliche Stiefmutter
Erika Friesen.«

Anita warf den Brief mit einer Gebärde des Abscheus von sich. Aus jedem Wort sprach der niedrige, berechnende Charakter dieser Frau, die dem Vater Liebe geheuchelt hatte, um ihn ihren verschwenderischen Wünschen geneigt zu machen. Sie war wohl zum großen Teil mit schuld, daß Heinrich Friesen über seine Verhältnisse gelebt und seine Zuflucht bei gewagten Spekulationen gesucht hatte. Denn wenn er ihr einmal einen Wunsch nicht gleich erfüllte, machte sie ihm eine Szene. Die Perlenschnur, von der sie sprach, hatte Zehntausende gekostet. Überhaupt repräsentierte ihr Schmuck wohl einen Wert von mindestens einer halben Million. Sie konnte nicht von einer hilflosen Lage sprechen, sie gewiß nicht! Und sie durfte nicht auf den Vater schelten. Er hatte sie geliebt – aber sie hatte ihn betrogen. Und wieder stieg das Bild vor Anitas Augen auf, das sie so oft schon gequält hatte – ihre Stiefmutter in Hans Rolands Arm, Küsse tauschend. Ach, daß sie es nicht vergessen konnte! Die Scham brannte in ihrem Herzen, daß sie den Mann lieben mußte, der diese Frau geliebt hatte, und alles, was in der letzten Zeit in ihrem Herzen aufgekeimt war, wurde unter tiefer Bitterkeit erstickt.

Am Abend dieses Tages kam Hans Roland zum Abendessen zu Gordons. Fritz Gordon hatte ihn vom Hotel abgeholt und ihm erzählt, was Anitas Stiefmutter geschrieben hatte.

»Wie trägt sie das alles?« fragte Hans.

Gordon zuckte die Schultern. »Sie ist sehr niedergeschlagen, obgleich sie der Tatsache, daß sie plötzlich ganz arm geworden ist, mit Fassung gegenübersteht. Sie will arbeiten, ihr Brot verdienen, und weiß nur noch nicht, wie das geschehen soll. Das ängstigt sie mehr, als sie uns eingestehen will. Wüßte ich nicht, daß du schon bereitstehst, ihr zu helfen, dann könnte mir bange werden um sie. Du wirst ganz gut tun, Hans, wenn du sie zu ihrem eigenen Heil ein bißchen in die Schule nimmst. Man weiß ja nie, was kommt. Und es ist immer gut, wenn sich ein Mensch auch in den bescheidensten Verhältnissen zurechtfinden kann.«

»Ich will sie lehren, auch darin glücklich zu sein.«

»Damit tust du ihr einen großen Dienst. Sie ist ja gewohnt, das Geld als etwas Selbstverständliches mit vollen Händen auszugeben, wenn sie auch immer einen edlen, selbstlosen Gebrauch davon machte. Erziehe sie dir zu einer tapferen Kameradin, Hans, sie hat das Zeug dazu – und auch einen wahren Hunger nach Arbeit, nach Betätigung ihrer Kräfte. Mit Wonne hat sie meiner Frau im Haushalt geholfen, als sie noch nicht wußte, was ihr drohte. Und jetzt sucht sie für ihren Schmerz Trost in der Arbeit, sie kann nicht genug davon bekommen. Unterstütze sie in diesem Drang nach Betätigung!«

»Das will ich gewiß tun – wenn sie nur erst mein ist. Lieber Fritz, ich kann die Ungewißheit nicht länger tragen – bitte, sorge heute abend dafür, daß ich mit Anita allein bleiben kann. Gib auch deiner lieben Frau einen Wink, daß sie dazu hilft. Ihr werdet schon einen Vorwand finden, auf einige Zeit zu verschwinden.«

»Wird gemacht, mein Sohn! Du kannst dich darauf verlassen. Wir brennen ja selbst darauf, daß zwischen euch alles ins reine kommt.«

Man hatte gespeist. Anita sah in dem Trauerkleid aus leichtem, duftigem Stoff bedrückend schön aus. Der goldbraune Glanz ihres Haares war noch erhöht durch das tiefe Schwarz, zart und weiß hob sich der Hals aus dem schmalen Ausschnitt des Kleides, und die wundervollen Augen hatten einen schwermütigen Ausdruck. Sie war sehr still und in sich gekehrt, und ihre feinen Lippen preßten sich immer wieder im herben Schmerz aufeinander.

Nach Tisch hatte man im Zimmer der Hausfrau Platz genommen. Gleich darauf wurde Frau Lori von einem Diener abgerufen.

Als seine Frau verschwunden war, trat Fritz Gordon wie unabsichtlich auf die Veranda hinaus, die das ganze Haus umgab, anscheinend um eine Zigarette zu rauchen. Er ging auf der Veranda um das Haus herum und traf auf Lori.

»So, nun sind sie allein, und hoffentlich gibt es heute abend noch eine Verlobungsbowle. Ich hätte gerade einen sehr schönen Durst.«

»Den hast du doch immer, Fritz. Aber ich wünschte es auch.«

Das junge Ehepaar setzte sich still nebeneinander auf die Veranda. Sie hielten sich an den Händen und sahen zum Sternenhimmel empor.

Anita schreckte drinnen im Zimmer nach einer Weile aus trüben Sinnen auf, weil es so ruhig um sie her geworden war. Sie wurde blaß, als sie bemerkte, daß sie mit Hans Roland allein war, und sah ihn unruhig an. Aber dann lehnte sie sich wieder in ihren Sessel zurück. Sie hatte ja jetzt, wie sie meinte, nichts mehr zu fürchten. Ihm würde die Lust vergangen sein, sich noch weiter um sie zu bemühen.

Er hatte sie unverwandt angesehen und sagte nun, seine Erregung bekämpfend: »Es ist mir sehr lieb, gnädiges Fräulein, daß uns der Zufall ein kurzes Alleinsein beschert. Ich wollte Ihnen mitteilen, daß ich die Absicht habe, Biskra nun bald wieder zu verlassen.«

Sie schloß einen Moment die Augen und wurde noch bleicher. Ihre Lippen zuckten. Aber dann hob sie die Lider und sah ihn mit einem Blick schmerzlicher Verachtung an. »Das habe ich nicht anders erwartet, Herr Doktor. Der Zweck Ihres Hierseins ist ja hinfällig geworden mit dem Zusammenbruch des Bankhauses Friesen. Sie haben die weite Reise vergeblich unternommen«, sagte sie mit schneidender Bitterkeit, und in ihren Augen lag ein brennendes Weh darüber, daß sie mit ihrem Mißtrauen recht behalten hatte.

Er richtete sich mit einem jähen Ruck empor. Aber dann zwang er sich zur Ruhe und erwiderte mit einem seltsamen Ausdruck in seiner Stimme: »Ich muß eine ganz schwere Strafe ersinnen dafür, daß Sie mich fortgesetzt beleidigen. Womit habe ich nur Ihr kränkendes Mißtrauen verdient? Sie halten mich für einen ehrlosen Menschen, und es gehört meine ganze große Liebe dazu, dies zu vergessen und zu vergeben. Aber – wie groß muß auch Ihre Liebe zu mir sein, daß Sie mir trotz dieses Mißtrauens Ihr Herz geschenkt haben! Denn ich weiß, daß es mir gehört.«

Sie fuhr empor, als wollte sie diese Liebe ableugnen. Aber dann sank sie wieder in sich zusammen, und mit gebrochener Stimme, die ihn bis ins Innerste bewegte, sagte sie mit verhaltener Erregung: »Was liegt jetzt noch daran, ob Sie wissen, daß ich Sie liebe? Nun ja denn – ich liebe Sie, zu meiner eigenen Qual. Ich schäme mich dieser Liebe, weil sie an einen Unwürdigen verschwendet wird. Sie können triumphieren über das törichte Geschöpf, das Ihnen ein solches Geständnis macht. Es wäre nie geschehen, wenn ich die reiche Erbin geblieben wäre. Aber jetzt will ich es Ihnen sagen, denn nun hat es ja keine Gefahr mehr – ich bin ja arm wie eine Bettlerin, und Sie werden nun mit einem Male Ihre große Liebe überwunden haben und ohne Schmerz darauf verzichten, mich zu erringen.«

Mit einem flammenden Blick sah er in ihre Augen. Und dann nahm er plötzlich ihre Hände mit festem Druck in die seinen und zog sie, trotz ihres Widerstrebens, nahe an sich heran. »Meinen Sie, Anita? Glauben Sie, daß Sie für mich Ihren Zauber verloren haben, weil Ihnen jetzt der goldene Hintergrund fehlt? O nein – ich kann Sie mir zauberhaft schön und verlockend auch im Kleid der Armut, der Arbeit vorstellen und werde Sie darin nicht weniger lieben.«

Sie riß sich von ihm los und sagte, zitternd vor Erregung: »Lassen Sie das! Treiben Sie keinen Spott mit den Gefühlen einer Frau, die genug darunter gelitten hat. Befreien Sie mich von Ihrer Gegenwart. Sie können ja ritterlich sein, wie ich neulich in der Wüste erkannt habe. Ich appelliere an diese Ritterlichkeit – lassen Sie mich allein, ich kann Ihren Anblick nicht mehr ertragen!«

Er schüttelte den Kopf und sagte weich und begütigend: »Wüten Sie doch nicht so gegen mich – und gegen sich selbst! Es ist ja nur Angst vor Ihrer eigenen Schwachheit, die Sie so hart macht. Sehen Sie mir doch einmal ruhig und fest ins Auge, Anita – lesen Sie darin meine Treue, meine unwandelbare Liebe. Seit ich Sie kenne, das schwöre ich Ihnen, habe ich keinen anderen Gedanken, keinen heißeren Wunsch gehabt, als Sie zu erringen. Sie haben mich die Heiligkeit der Liebe gelehrt. Ehe ich Sie kannte, Anita, habe ich manchmal leichtsinnig mit Frauen getändelt, von deren Wert ich nicht überzeugt war. Das sage ich Ihnen offen – ich will nicht besser scheinen, als ich bin. Aber geliebt, ernsthaft geliebt habe ich keine. Nur Sie allein haben mein ganzes Herz, mein ganzes Sein und Wesen gefangengenommen, vom ersten Augenblick an, da ich Sie gesehen. Bitte, glauben Sie mir das. Nur nach Ihnen ging all mein Sehnen – nicht nach Ihrem Reichtum. Und nun frage ich Sie nochmals, Anita – wollen Sie meine Frau werden? Ich bin durch den Erfolg meiner Arbeit in der Lage, Ihnen ein sorgenfreies, wenn auch sehr bescheidenes Los zu bieten. Ich werde Sie freilich in ein Leben der Arbeit und Einfachheit führen müssen. Sie müßten lernen, auf vieles zu verzichten, was Ihnen bisher als unentbehrlich erschienen ist. Ich könnte Ihnen keine Dienerschar halten, Sie müßten manches selbst tun, was Sie bisher nicht getan haben. Aber ich würde Sie vor aller Unbill schützen, Sie auf Händen tragen – ich liebe Sie ja mit aller Inbrunst meines Herzens, Anita. Wollen Sie meine innigstgeliebte Frau werden?«

Sie hatte mit steigender Erregung seinen Worten gelauscht. In ihrem Antlitz wechselten Röte und Blässe. Ein Zittern flog über sie hin, und in ihren Augen lag ein ungläubiges Staunen, das sich schließlich zu einem strahlenden Leuchten vertiefte.

Sie konnte nicht sprechen, ein würgendes Gefühl stieg ihr im Halse empor. Es war, als wollte alles Leid, das ihre Seele bedrückt hatte, zum Ausbruch drängen, um einer zitternden Seligkeit Platz zu machen. Ihre Erschütterung machte sich schließlich in einem Schluchzen Luft. Sie barg das Gesicht in den Händen und wankte, als verlöre sie den Boden unter den Füßen.

Er fing sie in seinen Armen auf. »Anita, süße Nita – ist es denn so schwer, dich von deinem häßlichen Mißtrauen zu trennen?« fragte er weich und zärtlich.

Da warf sie plötzlich die Arme um seinen Hals und barg ihr Gesicht an seiner Brust. »Hans, ach, Hans – ich wäre ja gestorben an meiner Liebe, wenn du mich jetzt verlassen hättest!« sagte sie mit halberstickter Stimme.

Er streichelte sanft ihr Haar. »Also, einen ganz leisen Zweifel an meiner Schlechtigkeit hegtest du doch im Innersten deines Herzens!« spottete er gutmütig.

Sie hob den Kopf. Und nun sah er endlich in ihren Augen den weichen, hingebungsvollen Ausdruck, nach dem er sich so lange gesehnt hatte.

»Seit dem Tage, an dem wir uns in der Wüste verirrt hatten, Hans, da hatte ich Mühe, mein Mißtrauen festzuhalten. Aber ich wagte nicht daran zu glauben, daß du mich liebtest, weil – ach, laß das alles, was hinter uns liegt! Du weißt ja nicht, wie furchtbar es ist zu lieben, wo man glaubt, nicht achten zu können.«

Er nahm ihren Kopf in beide Hände und preßte seine Lippen fest auf die ihren. Und ihre Lippen erwiderten seinen Kuß mit scheuer Hingabe.

»Will meine Nita nun nie mehr an mir zweifeln?«

Sie schmiegte sich wie ein müdes Kind in seine Arme und sagte erschauernd: »Wenn ich nicht arm geworden wäre, ich hätte nie daran glauben können, daß du mich um meiner selbst willen liebst.«

Er küßte ihre Hände und ihre Augen. »Liebling, wie wirst du aber die Armut tragen? Man hat dich nicht gelehrt zu arbeiten, zu sparen. Wirst du mir auch freudig folgen in ein schlichtes, arbeitsames Leben? Willst du dich von mir führen lassen.«

Sie legte die Arme um seinen Hals und sah ihn mit strahlender Innigkeit an. »Führe mich, wie du es willst, Hans – wenn du nur bei mir bist! Als wir uns in der Wüste verirrt hatten, war ich ruhig, obwohl ich wußte, daß wir von Gefahren umringt waren. Ich fühlte mich geborgen in deiner Hut. Wie soll ich mich dir nicht völlig anvertrauen, für den neuen Weg in ein Leben, das mir neue Werte erschließt? Ich habe mir immer gewünscht, ein Leben führen zu können, in dem es für mich Pflichten und Arbeit gibt. Führe mich in dies neue Leben! Nur sage mir, werde ich dir nicht eine zu große Last sein? Ich bin ja nun bettelarm geworden. Wirst du genug verdienen können, daß es für uns beide reicht?«

Er küßte entzückt ihre sorgenvollen Augen, und ein heißes Glücksgefühl füllte sein Herz. »Meine süße Nita, darum sorge dich nicht. Vorläufig überlaß alles mir, bis ich dich in unser schlichtes Heim führe. Dann wirst du freilich fleißig schaffen und arbeiten müssen, wie ein rechtes kleines Hausmütterchen.«

Sie nickte eifrig. »Wie gern will ich alles tun, mein Hans, und dabei sehr glücklich sein. Glaube mir, es gehört nicht zu meinem Glück, eine Schar Diener, Pferde und Wagen und eine große Geselligkeit um mich zu haben. Wie oft habe ich Lori um all ihre lieben Pflichten beneidet! Ich hatte ja nie Gelegenheit, solche Pflichten zu erfüllen. Aber nun – ach, wie wird es mich beglücken, dir eine treusorgende Frau zu sein! Nur mit dir zusammenbleiben dürfen – dann wird mir alles leicht sein. Du wirst viel Geduld mit meinem Ungeschick haben müssen. Was werde ich für Lehrgeld zahlen müssen! Ich habe schon hier bei Lori gemerkt, wie sehr man im Haushalt sparen muß. Ich habe Lori oft bewundert, wie praktisch sie alles einrichtet, wie alles seine Verwendung findet. Und wieviel mehr werden wir sparen müssen! Wirst du nicht zuviel entbehren, wenn du auch noch für mich zu sorgen hast?«

Er zog sie fest an sich. War das die stolze Anita Friesen noch? Wie war sie rührend und reizend in ihren neuen Sorgen und Ängsten! Es würde ihm nicht leicht werden, seinen Plan eine Weile durchzuführen und sie im Glauben an seine Armut zu erhalten.

»Es wird schon alles gutgehen, Liebling. Ich werde nicht gleich brummen, wenn das Mittagessen einmal angebrannt oder versalzen ist.«

»Da sieht es überhaupt bös aus – mit dem Mittagessen!«

Mit scheinbarer Strenge sah er sie an. »Du kannst wohl nicht einmal kochen?«

»Ach, nicht eben viel. Solange Frau Jungmann noch Hausdame bei uns war, habe ich ihr manches abgesehen. Hier bei Lori habe ich auch schon dies und das gelernt. Aber viel ist es nicht.«

Er mußte lachen und küßte sie herzhaft. »Zur Not helfe ich dir. Ich kann Tee und Kaffee kochen, auch Eier, sogar ein Beefsteak braten – so etwas lernt man als Junggeselle.«

Sie atmete auf. »Es kann ja gar nicht so schwer sein, wenn ich es für dich tue.«

Mit jubelnder Glückseligkeit schloß er sie in seine Arme. Wie lieb sah er nun die einst so stolze Erbin vor sich! Heiß und innig brannten seine Küsse auf ihren Lippen.

Sie vergaßen alles um sich her und schraken erst auf aus ihrer seligen Versunkenheit, als Frau Lori ins Zimmer lugte und mit einem reizenden Schelmenlächeln sagte: »Dürfen wir nun wieder hereinkommen, Herr Doktor?«

Ohne Anita loszulassen, wandte er sich um. »Ich bin gerade dabei, Nita praktische Kochkenntnisse beizubringen. Ein Rezept, wie sie alle Speisen würzen muß, habe ich ihr eben gegeben. Aber natürlich dürfen Sie nun wieder hereinkommen.«

»Fritz hat nämlich so großen Durst auf eine Verlobungsbowle. Sonst hätte ich noch nicht gestört.«

»Famos – solchen Durst hab' ich auch«, sagte Hans übermütig.

Anita flog in Loris Arme. »Ach, Lori –!«

Diese küßte sie herzlich. »Ist nun das greuliche Hindernis beseitigt, das dich nicht zu deinem Glück kommen ließ?«

»Das greuliche Hindernis war mein Reichtum, Lori«, sagte Anita schelmisch. »Nun ich arm geworden bin, darf ich glücklich sein.«

Frau Lori lachte. »Jedes Ding hat zwei Seiten – also segnen wir die Armut, die dich zu deinem Glück kommen ließ!«

»Also darf man gratulieren, Herrschaften?« fragte Fritz Gordon, der eben hereinkam.

»Man darf gratulieren – und eine Bowle brauen, Fritz!« rief Hans lachend.

»Wird gemacht! Wir brauen eine Bowle, die sich gewaschen hat – aber nicht mit Wasser. Nun aber erst meinen herzlichsten Glückwunsch!«

Damit küßte Fritz Gordon Anita die Hand und schüttelte die seines Freundes.

Dann wurde die Bowle angesetzt, und alle vier verlebten

einige Feierstunden voll herzlicher Harmonie.

Im Laufe des Abends sagte Lori: »Siehst du, Nita, als der Brief deiner Stiefmutter kam, war alles schwarz und trübe um dich her, und nun scheint dir die Glückssonne doppelt hell und warm ins Herz hinein.«

Da zuckte es ganz leise in Anitas Herzen, wie eine leise Unruhe. Sie sah mit einem raschen Blick zu Hans hinüber, als Lori ihre Stiefmutter erwähnte, und meinte, die Erinnerung an Frau Erika müßte irgendein Unbehagen bei ihm auslösen. Aber er blieb völlig unbefangen. Wohl hatte er Frau Loris Worte vernommen, aber was galt ihm Frau Erika? Er hatte sie längst ausgestrichen aus der Liste der Personen, die irgendein Interesse bei ihm auslösten.

Ein leises Unbehagen war in Anitas Seele aufgekeimt, als er so ruhig blieb. Wie gut er sich beherrschen konnte! Mit keiner Miene verriet er, daß ihre Stiefmutter ihm nahegestanden hatte. Sie zweifelte nicht, daß sie ihm jetzt nichts mehr galt. Hatte er ihr doch gesagt, daß er mit leichtfertigen Frauen getändelt hatte, daß er aber keine wirklich geliebt hatte und daß nur ihr allein sein Herz gehörte.

Sie glaubte ihm das. Jetzt, da er um sie gefreit, obgleich sie arm war, hatte sie alles Mißtrauen aufgegeben. Aber mußte er ihr nicht sagen, daß auch ihre Stiefmutter zu den Frauen gehört hatte, mit denen er geflirtet hatte? Sie meinte, darüber wäre er ihr Offenheit schuldig, schon damit das Verhältnis zwischen ihnen und Frau Erika geklärt wurde. Es konnte doch nicht ausbleiben, daß sie mit dieser zusammentrafen, und dann durfte es doch nicht sein, daß zwischen Hans und Erika ein Geheimnis bestand, an dem sie nicht teilnehmen konnte. Hans mußte zu ihr darüber sprechen, das erwartete sie ganz bestimmt.

Aufatmend hob sie den Kopf und sah ihn vertrauend an. Sie wollte jetzt keine neuen Zweifel in sich aufkommen lassen, wollte nicht an das denken, was gewesen war, sondern nur an die beglückende Gegenwart. Hans liebte sie, er nahm sie an sein Herz, obwohl sie arm und heimatlos geworden war. Wie wollte sie ihm dafür danken, wie ihn lieben! Freudig und tapfer wollte sie mit ihm in das neue Leben voll Arbeit und Einfachheit gehen. Seine Liebe machte sie reich, unendlich reich. Er war nun in Zukunft ihr alles – der einzige Mensch, der zu ihr gehörte, der sie liebte. Und seine Liebe ersetzte ihr tausendfach alles, was sie verloren hatte.

Sie schob verstohlen ihre Hand in die seine, sah ihm mit ihren wundersamen Augen bis ins Herz hinein und fühlte: »Er liebt mich – er liebt mich, wie ich ihn liebe!«

Glückselig saß sie an seiner Seite und spürte den warmen Druck seiner geliebten Hand.

XV.

Ehe Hans sich an diesem Abend verabschiedete, trat er mit Anita hinaus auf die Veranda. Das Mondlicht lag wie flüssiges Silber über Biskra und über der Wüste. Drüben unter hochaufstrebenden Palmen lagen vereinzelte Zelte, auf der anderen Seite brannte vor den eleganten Hotels und vor dem Kursaal elektrisches Licht, und eine leise, lockende Musik klang herüber. Biskra lebte erst in der Nacht richtig auf, wenn die glühende Sonne untergegangen war. Und im Mondlicht wirkte es gleichsam verklärt.

Direkt an die Wüste grenzte die große Festung mit ihrem riesengroßen gemauerten Hof, der den Europäern schon oft Schutz geboten hatte, wenn ein Araberaufstand losbrach. Jetzt war alles friedlich, aber dort hinten in das Beduinenviertel durfte sich des Nachts kein Europäer wagen. Da fehlte es nicht an verwegenen Gesellen, denen ein Menschenleben nichts galt.

Das Brautpaar schaute auf das zauberhaft schöne Bild. Hans preßte Anita fest an sich.

»Aus der Wüste habe ich mir mein Glück holen müssen, Nita. Wann wirst du mir in die Heimat folgen?«

Sie schmiegte sich an ihn und sah vertrauend zu ihm auf. »Wann du willst, Hans. Du mußt jetzt über mich bestimmen. Ich habe mein Geschick in deine Hände gelegt.«

Er küßte sie innig. Ich will mir dein Vertrauen verdienen. Und wenn ich dich zuweilen einen Weg führe, der dir nicht gefällt, so sag dir, daß dein Glück auch das meine ist. Wir wollen morgen beraten, wann wir Biskra verlassen. Es ist das beste, wir heiraten in aller Stille so bald wie möglich. Die Trauerzeit um deinen Vater verbietet ohnedies eine große Feier. Sobald wir nach Deutschland zurückkommen, wirst du meine Frau, nicht wahr?«

Verzagt sah sie ihn an. »Ach Hans, wir müssen doch erst ein Heim haben.«

Er küßte lächelnd ihre Augen. »Das ist schon vorhanden, Nita. Ich besitze in Thüringen ein Häuschen, das ich geerbt habe. Es hat freilich nur drei kleine Zimmer, eine Küche und einen kleinen Flur und ist mit sehr einfachem Hausrat ausgestattet. Du wirst es selbst ein wenig verschönern müssen, denn es ist ganz schlicht und schmucklos. Aber eine große Linde steht vor der Tür, und es liegt dicht am Walde in herrlicher Umgebung und in der Nähe eines Dorfes und eines großen Herrschaftsbesitzes.«

Anitas Augen leuchteten auf. »Oh, das ist ja mehr, als ich erhofft hatte! Ein eigenes Häuschen – ach, Hans, wir wollen unser ganzes Glück hineintragen, dann wird es uns zum Palast.«

Er nickte und sagte, sie an sich pressend: »Unser Glück geht mit uns, wohin wir gehen, weil wir es im Herzen tragen. Aber wird es dir nicht zu eng und zu still und zu einsam sein in dem kleinen Haus? Es liegt auf dem Land, und da gibt es keine Theater und Konzerte, keine Geselligkeiten.«

Sie atmete tief auf. »Ich habe ja dich, Hans.« Es lag eine schlichte, überzeugende Innigkeit in ihren Worten.

Sein Herz weitete sich. Ihre Fügsamkeit rührte ihn. Aber er blieb fest bei seinem Plan, sie erst einmal in das schlichte Haus zu führen und ihr Pflichten und Arbeiten zu geben. Auch wenn er sie dann in das Lorbacher Schloß als Herrin einführte, sollte sie Pflichten haben. Sie würde dann allem gewachsen sein. Er freute sich auf die Flitterwochen in dem kleinen Verwalterhäuschen, die sie in tiefster Zurückgezogenheit verleben wollten.

»Meine Nita, wie glücklich macht mich deine Liebe!« sagte er innig.

Sie sah ihn fragend an. »Wirst du aber auch auf dem Land deinen Beruf ausüben können, Hans? Du mußt doch Geld verdienen für uns beide.«

»Ich beschäftige mich hauptsächlich mit der Konstruktion landwirtschaftlicher Maschinen. Eine habe ich bereits gefunden und muß sie ausprobieren. Das kann ich sehr gut auf dem großen Gut tun, in dessen Nähe unser Häuschen liegt. Und meine Pläne und Zeichnungen kann ich auf dem Land machen, wo ich für neue Ideen immer Anregung finde. Alles Weitere wird sich finden. Du sollst ganz unbesorgt sein. Und nun gute Nacht, mein Liebling – schlafe süß und denke an mich!«

Sie sah ihn mit großen, strahlenden Augen an und bot ihm die Lippen zum Kuß. Und sie vergaßen die Welt um sich her unter dem Zauber dieses Kusses.

Frau Lori war sehr betrübt, als sie hörte, daß Anita nicht mehr lange bei ihr bleiben würde. Aber sie war einsichtsvoll genug, sich zu fügen.

Aus ihrem opfermutigen Plan, den gestickten Schleierstoff und den Silbergürtel zurückzugeben, wurde nichts. Hans behauptete lachend, seine Braut brauche kein Geld, sie bekäme in Zukunft alles von ihm. Anita war froh, daß sie das Geschenk nicht zurücknehmen mußte, wenn sie sich auch schwere Sorge darüber machte, daß Hans nun auch noch das Reisegeld für sie bezahlen wollte.

Sie seufzte tief auf. »Ich habe dir durch meine törichte

Flucht nach Biskra so viele Unkosten gemacht, Hans: die teure Reise, dazu den Aufenthalt hier im Hotel, und nun mußt du auch noch für mich die Rückreise bezahlen – ich bin ja so bettelarm!«

Er lächelte gerührt. »Dafür haben wir aber doch ein schönes Stück Welt gesehen, Liebling. Wir wollen annehmen, daß wir unsere Hochzeitsreise vor der Hochzeit gemacht haben – den nach der Hochzeit wird es keine geben.«

»Nein, nein, dazu haben wir kein Geld. Aber ein ganz klein wenig kann ich dir deine Sorgen erleichtern, Hans. Wenn ich auch nicht viel Schmuck besitze, weil mein Herz nie daran hing, so habe ich doch diesen ziemlich wertvollen Ring, außerdem ein Armband und eine allerdings nur dünne Perlenschnur. Das können wir verkaufen, denn ich brauche solche Schmucksachen in unserem schlichten Leben nicht. Ich hoffe, fünfzehntausend Mark werden wir für diese drei Sachen erhalten.«

Er küßte sie tief bewegt. »Vorläufig ist es nicht nötig, daß du diese Schmuckstücke verkaufst. Ich habe den Ring so oft an deiner Hand bewundert. Wenn es nicht unbedingt nötig ist, verkaufen wir die Sachen nicht.«

»Aber wenn es nötig wird, mußt du es mir sagen, Hans.«

»Das verspreche ich dir.«

»Zum Glück bin ich mit Wäsche und Garderobe reichlich versehen. Davon brauche ich in unseren bescheidenen Verhältnissen auf Jahre hinaus nichts. Eine persönliche Aussteuer ist also nicht nötig. Nur wird das alles für unser Leben viel zu elegant sein, und derbe, feste Sachen für die Hausarbeit fehlen mir leider ganz.«

Es zuckte seltsam in seinen Zügen. Er drückte sie fest an sich, damit er sie nicht ansehen mußte. Am liebsten hätte er ihr nun doch die Wahrheit über seine Vermögensverhältnisse gesagt. Aber er hielt diese Worte zurück. Sie war so lieb und reizend in ihrer Sorglichkeit, und es war auf alle Fälle gut und nützlich, wenn sie erst einmal lernte, mit wenigem auszukommen.

So sagte er nur: »Es ist sehr angenehm, daß du vorläufig noch mit eleganten Sachen ausgestattet bist. Ab und zu wird es ja Feierstunden für uns geben, wir werden auch mal eine Fahrt in die Stadt machen und ein Theater besuchen. Und ich werde mich immer freuen, meine schöne junge Frau in eleganten Kleidern bewundern zu können. Und was du für die Arbeit im Haushalt brauchst – einige feste Hauskleider und Schürzen –, das wird eben billig beschafft. Hast du schon jemals eine Schürze getragen, Nita?«

Sie schüttelte den Kopf. »Nein.«

»Ich kann mir denken, daß du auch mit einer Schürze wie eine junge Königin aussehen wirst.«

Sie erglühte unter seinem bewundernden Blick und lächelte schelmisch. »Königinnen pflegen keine Schürzen zu tragen.«

»Aber meine Königin wird es tun«, sagte er und küßte sie zärtlich.

Sie hatten vereinbart, daß sie am Ende der kommenden Woche abreisen wollten. Frau Lori mußte sich seufzend darein fügen. Sie sagte tapfer: »Ich kann es gut verstehen, Nita, daß du nun nicht länger bleiben willst. Aber für mich ist es betrübend. Auch mein Fritz wird sich ungern von seinem Freund trennen. Immerhin hat mich deine Anwesenheit aufgeheitert und so froh gemacht, daß ich nun tapfer hier aushalten werde, bis Fritz mit mir nach Hause zurückkehren kann. Spätestens Ende Februar hoffen wir wieder in der Heimat zu sein. Und dann sehen wir uns wieder, Nita. Da mein Fritz eine Position in Kassel gefunden hat – und diesmal gottlob eine Lebensstellung – und ihr in der Nähe von Gotha wohnen werdet, können wir uns schnell einmal besuchen.«

»Das wollen wir reichlich ausnützen, Lori. Die Zeit, die ich bei euch verlebt habe, bindet mich noch fester an dich. In deinem Haus habe ich viele Schmerzen erduldet und dann doch mein Glück gefunden. Und du hast mir so viel liebevolles Verstehen entgegengebracht – wir dürfen uns nicht verlieren!«

Lori nickte. »Das steht fest, Nita. Wären wir nur erst wieder in der Heimat! Aber Fritz darf nicht merken, daß meine Sehnsucht so groß ist, sonst beunruhigt es ihn. Und er braucht jetzt alle Kräfte für seine Arbeit. Die wenigen Monate werden ja auch vergehen. Und jetzt habe ich dich noch eine ganze Woche hier. Die will ich auskosten. Hoffentlich lassen sich dann daheim alle eure Angelegenheiten schnell und glatt erledigen.«

»Ich hoffe es. Hans bringt mich zuerst zu Frau Jungmann. Du hast ja ihren Brief gelesen. Sie bietet mir so großmütig eine Zuflucht in ihrem kleinen traulichen Heim, sie wird mich gern bis zu unserer Hochzeit bei sich aufnehmen. Meiner Stiefmutter mag ich nicht lästig fallen – aus verschiedenen Gründen nicht. Sie würde mich auch kaum aufnehmen, nicht einmal für kurze Zeit. Gleich nach unserer Heimkehr bestellen wir das Aufgebot. Inzwischen hoffe ich dann, aus Villa Friesen meine Wäsche und Garderobe nebst meinen Büchern und ein paar liebgewordenen Kleinigkeiten ausgeliefert zu bekommen. Das ist ja jetzt wichtig für mich, damit ich nicht neue Anschaffungen zu machen brauche.«

Frau Lori vermied es, Anita anzusehen, und kam schnell auf ein anderes Thema. »Du hast ja heute wieder einen Brief von deiner Stiefmutter bekommen. Hattest du etwas bessere Nachricht?«

Anitas Stirn zog sich zusammen. »Ihr Brief enthielt nichts als Vorwürfe gegen meinen Vater und Klagen darüber, daß sie jetzt ein so eingeschränktes Leben wird führen müssen. Dabei schätze ich ihren Schmuck auf eine halbe Million. Mein Vater hat ihr ja die kostspieligsten Wünsche erfüllt. Ich meine, wenn ihr dieser wertvolle Schmuck geblieben ist, kann sie sich von dem Erlös immerhin ein behagliches Leben schaffen. Sie war ein ganz armes Mädchen, als mein

Vater sie heiratete. Freilich kann sie jetzt nicht mehr in der von ihr so sehr geliebten verschwenderischen Art leben, aber Sorgen wird sie nicht kennenlernen. Und sie dürfte meinen Vater nicht noch im Grabe schmähen. Sie hat ihn ja auf die abschüssige Bahn getrieben, denn ehe sie ins Haus kam, haben wir ein ruhig-vornehmes Leben geführt, aber es ist nicht sinnlos Geld verschwendet worden.«

»Jedenfalls hat dein Vater dich in einer weit schlimmeren Lage zurückgelassen, und wenn Doktor Roland nicht um dich geworben hätte, wäre deine Lage sehr verzweifelt gewesen; deine Stiefmutter hätte keinen Finger gerührt, um dir zu helfen.«

Anita schüttelte heftig den Kopf. »Ich hätte auch keinerlei Hilfe von ihr angenommen, das kannst du mir glauben.«

Die Freundinnen plauderten noch, bis Fritz Gordon nach Hause kam, der seinen Freund Roland mitbrachte. Hans zog Nita in seine Arme, als wären sie wochenlang getrennt gewesen. »Endlich habe ich dich wieder, meine Nita!«

Sie sah ihn mit zärlich leuchtenden Augen an. »Ist dir die Zeit auch so lang geworden, seit wir uns gestern abend trennten?«

»Endlos lang! Wie geht es dir? Bist du froh und glücklich?«

»Wie sollte ich nicht – da du bei mir bist.«

»Hast du etwas Besonderes erlebt?«

»Nichts. Nur einen Brief habe ich bekommen – von meiner Stiefmutter.« Sie reichte ihm den Brief, und er las ihn.

Anita beobachtete ihn dabei mit leiser Unruhe. Aber sein Gesicht blieb ruhig, während er las, und als er fertig war, sagte er verächtlich: »Ein wenig taktvolles Schreiben. Deine Stiefmutter sollte dir gegenüber deinen Vater nicht so anklagen.«

Anitas Lippen zuckten. Würde er ihr nicht anvertrauen, daß er Beziehungen zu ihrer Stiefmutter gehabt hatte – noch bis zu dem Tage, da er sie kennenlernte?

»Sie ist nie sehr taktvoll gewesen und hat meinen Vater nur aus Berechnung geheiratet«, sagte sie hart und laut.

Er nickte. »Das ist ganz meine Ansicht.«

Sie wollte es ihm leicht machen, das erlösende Wort zu sprechen, und sagte zaghaft: »Du kanntest meine Stiefmutter von früher, Hans? Sie sagte ja, du seiest ihr Jugendfreund.«

Nun war doch eine leichte Verlegenheit in seinem Gesicht. Sie verschwand aber schnell wieder, und er sagte leichthin: »Ja, ich kannte sie von früher, sonst wäre ich ja nicht in euer Haus gekommen. Ich traf sie eines Tages wieder, und sie forderte mich zu einem Besuch auf. Hast du ihr übrigens unsere Verlobung mitgeteilt?«

»Nein – noch nicht«, erwiderte sie mit einem kleinen quälenden Unbehagen.

Er nahm ihre Hand. »Vielleicht wartest du damit, bis wir zu Hause sind.«

Sie sah ihn forschend an. »Warum?«

»Nun – es ist nicht nötig, daß sie weiß, daß ich dir nach Biskra gefolgt bin. Ich hatte mich unter einem Vorwand von ihr verabschiedet; sie glaubte, ich reise nach Berlin. Es sollte ja niemand wissen, daß ich dir hierher folgte. Und ich möchte nicht, daß deine Stiefmutter ihre Bemerkungen darüber macht. Du weißt ja, wie taktlos sie sein kann.«

Er fürchtete tatsächlich, daß Frau Erika taktlose Scherze machen könnte, zumal wenn sie erfuhr, daß er mit Anita allein die Heimreise antrat.

Anita aber glaubte, er wäre in Unruhe, wie die ehemalige Geliebte seine Verlobung aufnehmen würde. Dieser Gedanke quälte sie mehr, als sie sich eingestehen wollte. Hätte Hans unbefangen mit ihr über diese Angelegenheit gesprochen, dann wäre alles gut gewesen. So aber blieb ein Stachel in ihrem Herzen. Sie war nicht ruhig genug, um sich zu sagen, daß ein Kavalier überhaupt nicht von seinen früheren Beziehungen sprechen darf, zumal wie hier die Verhältnisse lagen. Auch erschien Hans Roland die ganze

Angelegenheit nicht wichtig genug. Was war ihm Frau Erika? Kaum noch eine unangenehme Erinnerung an eine Jugendtorheit. Er war sich keines Unrechts in dieser Angelegenheit bewußt und glaubte, nichts zu beichten zu haben.

Nach einer kurzen Pause sagte Anita ein wenig bedrückt: »Nun gut, so werde ich ihr unsere Verlobung erst mitteilen, wenn wir heimgekehrt sind.«

Sie griff dann schnell ein anderes Thema auf. Aber der helle Glücksglanz in ihren Augen war ein wenig getrübt. Er merkte es wohl, glaubte aber, Anita wäre an die traurigen Dinge erinnert worden, die mit dem Tod ihres Vaters zusammenhingen. Er war so zärtlich und lieb zu ihr, daß sie sich selbst ausschalt ihrer törichten Gedanken wegen. Warum wartete sie nicht ruhig ab, bis er mit ihr über diese Angelegenheit offen sprach? Wenn er ihr bisher nichts darüber sagte, so geschah es gewiß nur aus Schonung für sie, um sie nicht eifersüchtig zu machen. Freilich, klären mußte sich diese Angelegenheit. Wenn er ihr nach der Hochzeit noch immer nichts sagte, dann – ja, dann konnte sie ja zur Sprache bringen, was gesagt werden mußte.

XVI.

Nach einem herzlichen Abschied von Gordons reiste Anita mit ihrem Verlobten von Biskra ab. Lori und ihr Mann waren am Bahnhof und winkten lange dem abfahrenden Zuge nach.

Dann nahm Fritz Gordon seine junge Frau am Arm. »Nun mußt du wieder mit mir allein fürliebnehmen, Lori«, sagte er, ein wenig besorgt in ihr zuckendes Gesicht sehend. Sie wischte tapfer ein paar Tränchen aus den Augen.

»Ich werde fürliebnehmen – du dummer Fritz«, sagte sie

schelmisch lächelnd und hängte sich fest in seinen Arm.

»Wirst du es denn aushalten?« fragte er.

Sie drückte ihre Wange an seine Schulter. »Ach, Fritz, so eine Frage! Die paar Monate vergehen schnell. Und jetzt habe ich ja mal wieder einige Wochen nach Herzenslust deutsch reden können.«

»Na, mit mir kannst du auch deutsch reden«, neckte er.

Inzwischen fuhr der Zug, der Anita und Hans Roland davonführte, nach Norden. Als sie den Hafen erreichten und sich auf den Dampfer begaben, war klares, sonniges Wetter. Es war eine traumhaft schöne Fahrt für die beiden Verlobten. Sie waren vom frühen Morgen bis zum späten Abend unzertrennlich. Es gab immer Neues zu sehen.

Wenn es abends zu kühl auf Deck wurde und es Zeit zur Nachtruhe war, begleitete Hans seine Braut bis an ihre Kabine. Und am Morgen holte er sie wieder dort ab.

Sie hielten sich ganz abgesondert von der übrigen Reisegesellschaft, und da Anita Trauerkleider trug, fiel ihre Zurückhaltung nicht sehr auf. Aber man verfolgte das schöne und elegante Brautpaar mit Interesse. Die Damen beneideten Anita um die zarte Fürsorge und Ritterlichkeit ihres interessanten Begleiters, und die Herren beneideten Hans Roland um das süße, hingebungsvolle Lächeln seiner Begleiterin.

Von Marseille aus benutzten sie die schnellste Verbindung. Hans wäre gern langsamer und bequemer mit Anita gereist, aber er sah ein, daß die Verhältnisse jede Verzögerung ausschlossen.

Frau Jungmann erwartete sie am Bahnhof ihrer Vaterstadt. Anita hatte ihr Kommen angemeldet und stellte der alten Dame Hans Roland als ihren Verlobten vor.

»Ich werde Sie nicht lange mit meiner Gegenwart belästigen, liebe Frau Jungmann, aber ich danke Ihnen doch aus tiefster Seele, daß Sie mich bei sich aufnehmen wollen«, sagte sie, ihr herzlich die Hand drückend. Frau Jungmann streichelte ihre Hand.

»Ich wäre ja das undankbarste Geschöpf unter der Sonne, liebe Anita, wenn ich nicht freudig alles, was ich besitze, mit Ihnen teilte. Sie müssen freilich fürliebnehmen in meiner kleinen Wohnung, aber Sie sollen mir stets ein lieber Gast sein. Ich hätte Sie gern für immer bei mir behalten, aber natürlich freue ich mich innig, daß Sie an der Seite eines lieben Mannes eine schönere Heimat finden als bei mir alten Frau. Lassen Sie mich Ihnen von Herzen Glück wünschen, Herr Doktor, Sie bekommen eine herzliebe Frau! Ich kenne sie vielleicht besser als sonst ein Mensch. Da ist alles lauteres Gold und echte Herzensgüte.«

»Das weiß ich, gnädige Frau – ich habe einen Edelstein gewonnen. Ich danke Ihnen für Ihren Glückwunsch und vor allem auch dafür, daß Sie meiner Braut Aufnahme gewähren wollen bis zu unserer Hochzeit. Sie soll möglichst bald stattfinden. Anitas schwierige Lage gestattet uns kein langes Warten. Ich werde schon morgen das Aufgebot bestellen«, erwiderte Hans.

»Oh, schon so bald? Da werde ich nicht lange die Freude haben, Sie bei mir zu sehen, liebe Anita. So leid es mir tut, Sie so bald wieder fortgehen lassen zu müssen, gönne ich Ihnen doch Ihr Glück. Sie haben verdient, glücklich zu werden, liebes Kind. Weiß Frau Erika Friesen schon von Ihrer Verlobung? Ich habe sie gestern getroffen, und sie sagte mir nichts davon.«

»Nein, sie weiß noch nichts – ich wollte es ihr persönlich mitteilen.«

Sie waren inzwischen zu einem Wagen gegangen, und Hans verabschiedete sich von Anita mit einem Handkuß. Um jedes Aufsehen zu vermeiden, ließ er die beiden Damen allein zu Frau Jungmanns Wohnung fahren.

»Morgen vormittag erlaube ich mir, meinen Besuch zu machen«, sagte er zum Abschied.

Es war bereits ziemlich spät am Abend. Zum ersten Mal seit langer Zeit mußte sich Anita von ihrem Verlobten trennen. Diese Trennung legte sich ihr seltsam beklemmend aufs Herz. Und eine unruhige Frage wurde in ihr lebendig: Würde Hans vielleicht heimlich allein zu Frau Erika gehen, um sie aufzuklären, damit sie nicht ohne Vorbereitung von ihrer Verlobung erfuhr?

Frau Jungmann umgab Anita mit liebevoller Fürsorge. Sie nahmen eine Mahlzeit ein, und dann saßen sie noch plaudernd zusammen. Frau Jungmann erzählte Anita ausführlich alles, was sie von der Katastrophe des Bankhauses Friesen wußte.

»Es wird sich anscheinend alles noch leidlich regeln lassen. Die Villa ist schon mit allem Inventar verkauft. Auch sonst ist alles zu Gelde gemacht worden, und die Verbindlichkeiten werden wohl so ziemlich gedeckt werden. Ihre Sachen, liebe Anita, sind schon alle hier bei mir. Ich habe alles hierherbringen lassen, was Ihnen persönlich gehörte. Leider waren ja keine großen Wertobjekte dabei. In dieser Beziehung hat Ihre Stiefmutter bedeutend besser abgeschnitten. Sie ist kolossal energisch vorgegangen und hat mancherlei für sich beansprucht, woran sie kein Recht hat. Zum Beispiel hat sie einen Teil des Silberzeugs, Hauswäsche, Porzellan und Kristall mit fortschaffen lassen. Sie ist jedenfalls gut ausgestattet, und ihr kostbarer Schmuck wird ihr ein sehr behagliches Leben schaffen. Trotzdem ist sie unzufrieden. Daß man ihr nicht wenigstens einen Wagen mit den nötigen Pferden gelassen hat, findet sie empörend, und sie hat den Herren, die alles zu ordnen hatten, Szenen gemacht und jedes Stück verteidigt. Und damit hat sie dann auch allerlei erreicht. Sie, liebes Kind, sind dagegen sehr im Nachteil. Aber immerhin sind Sie wenigstens mit Wäsche und Kleidern noch reichlich versehen; und all die lieben Kleinigkeiten, an denen vielleicht Ihr Herz hängt, Ihre Toilettenartikel, Ihre Bücher und Bilder und das große Ölgemälde von Ihrer verstorbenen Mutter habe ich nun vorläufig in meinem Schrankstübchen aufgestapelt. Das ist alles, mein armes Kind, was für Sie von der Herrlichkeit übriggeblieben ist. Arme Anita!«

Diese schüttelte lächelnd den Kopf. Dann sagte sie ganz ruhig: »Bedauern Sie mich nicht, liebe Frau Jungmann, ich habe bessere Werte eingetauscht. Wäre ich die reiche Erbin geblieben, hätte ich mein Herzensglück nicht gefunden.«

»Nun, dann soll in Gottes Namen der Reichtum verloren sein! Es ist bewundernswert, wie Sie Ihr schweres Schicksal tragen. Frau Erika Friesen hat sich anders benommen. Sie jammert unausgesetzt über das verlorene gute Leben, und es ist nicht schön, wie sie von Ihrem unglücklichen Vater spricht, der ihr doch so viel Liebes und Gutes getan hat und an dessen traurigem Geschick sie doch weiß Gott den größten Teil der Schuld trägt. Darüber ist man sich hier überall einig. Man bedauert Sie und Ihren Herrn Vater sehr, aber Frau Erika gilt keine Teilnahme. Allgemein ist man überzeugt, daß nur die Verschwendungssucht Ihrer Stiefmutter Ihren Herrn Vater zu so gewagten Spekulationen trieb – und schließlich in den Tod.«

Anita sah starr vor sich hin. »Es war mir sehr bitter, daß ich nicht bei ihm sein konnte, als ihn das Unglück traf. Vielleicht hätte ich ihn doch von dem schlimmsten Schritt zurückhalten können.«

Frau Jungmann schüttelte den Kopf. »Nein, liebes Kind, das hätte er nicht überlebt. Dieser stolze, aufrechte Mann, der immer gewohnt war, über Millionen zu verfügen – und dann plötzlich vor dem Nichts – – Nein, gönnen Sie ihm die Ruhe, er hätte es nicht ertragen. Für Sie freilich wäre das alles furchtbar hart und grausam gewesen, wenn Sie nicht das große Glück gehabt hätten, Ihren Verlobten zu finden.«

Anita seufzte. »Ich werde morgen früh gleich zu Vaters Grab gehen und ihm Blumen bringen.«

»Tun Sie das, liebes Kind. Und jetzt wollen wir zur Ruhe gehen, Sie werden müde sein von der langen Reise. Alles Weitere besprechen wir morgen.«

XVII.

Am nächsten Morgen fuhr Anita mit Frau Jungmann zum Kirchhof und legte Blumen auf das Grab ihres Vaters.

Als sie von diesem Wege eben nach Hause gekommen war, erschien ihr Verlobter. Anita flog ihm entgegen und umfaßte ihn innig. »Ach, Hans – wie froh bin ich, dich wiederzuhaben! Mir ist, als müßten mich hier die Mauern erdrücken. So einsam und verlassen erschien ich mir am Grab meines Vaters. Wie gut, daß ich dich habe! Was hätte nur ohne dich aus mir werden sollen?«

Er küßte sie innig. »Meine Nita! Du warst also schon auf dem Friedhof?«

»Ja, es sollte mein erster Weg sein. Und du? Was hast du getan heute morgen?«

»Das Wichtigste und Nötigste – ich habe das Aufgebot bestellt. In wenigen Wochen wirst du meine Frau, Liebste.«

Sie schmiegte sich erglühend an ihn. Frau Jungmann ging hinaus, um eine Erfrischung zu holen, und Anita sagte leise: »Dann führst du mich fort von hier. Mir ist, als könne ich nicht schnell genug diese Stadt verlassen, in der mir jeder Stein von dem Unglück meines Vaters zu reden scheint. Mir ist, als sähen mich alle Menschen hier fremd und feindlich an.«

»Aber Nita! Das bildest du dir nur ein. Doch ich verstehe schon, daß du hier unter diesen ganz veränderten Verhältnissen nicht mehr leben möchtest. Auch ich werde froh sein, wenn wir die Zeit bis zu unserer Hochzeit überstanden haben, es ist ein sehr unbehaglicher Zustand, und ich kann nicht immer bei dir sein. Was tust du heute nachmittag?«

Anita sah ihn unsicher an. »Wir müssen nun wohl zu meiner Stiefmutter gehen, Hans, und uns als Verlobte vorstellen.«

Und während sie das sagte, schämte sie sich, daß sie gestern abend geglaubt hatte, Hans könnte heimlich, ohne ihr Vorwissen, zu Frau Erika gegangen sein.

Er hatte bei ihren Worten die Stirn zusammengezogen. »Muß das sein, Nita? Müssen wir überhaupt noch in irgendwelchem Verkehr mit Frau Erika Friesen bleiben?«

Sie wußte nicht, ob sie sich über seine Haltung freuen sollte. Wollte er den Verkehr mit ihrer Stiefmutter nicht, um sich nicht der Gefahr auszusetzen, daß ihn diese verriet, oder wollte er ihn nicht, damit er nicht ein Geheimnis mit ihr hinter dem Rücken seiner Braut teilen mußte? Sie zögerte, dann sagte sie aufatmend:

»Es wäre ungezogen, wenn wir es nicht tun würden. So fremd wir uns auch innerlich gegenüberstehen, war sie doch immerhin die Frau meines Vaters. Und außerdem – sie war doch deine Jugendfreundin.«

Es lag ein leises Bangen in ihren Worten, das er aber nicht bemerkte. Würde er jetzt Vertrauen zu ihr haben und ihr sagen: »Jugendfreundin? Nun – es war ein etwas anderes Verhältnis zwischen uns als eine Jugendfreundschaft, und deshalb möchte ich den Verkehr mit ihr nicht wieder aufnehmen – schon deinetwegen.« So hätte er doch sagen können, dann wäre alles gut und klar gewesen.

Hans Roland hatte zum erstenmal ein unbehagliches Gefühl, daß er in diesem Punkte nicht ganz offen zu Anita sein konnte. Aber erstens wollte er Anita nicht unnötig beunruhigen, und zweitens durfte er Frau Erika in den Augen ihrer Stieftochter nicht bloßstellen. Im übrigen lag ja die Geschichte weit hinter ihm, und daß er mit anderen Frauen geflirtet hatte, wußte Anita ja. Wozu sollte er also diese Angelegenheit berühren? Frau Erika würde im eigenen Interesse schweigen. Und daß Anita jene ihm so peinliche Begrüßungsszene belauscht hatte, ahnte er nicht.

Also schwieg er darüber und sagte nur: »Nun gut, Nita, wie du denkst. Wir werden also heute nachmittag zu ihr gehen.«

Sie wurde ein wenig blaß. »Ist es dir unangenehm, Hans?«

Er zuckte die Schultern. »Nun, ich kann nicht sagen, daß ich mich sehr danach sehne, solche Besuche zu machen.«

Ihre Lippen zuckten. Sie wandte sich ab, um ihn nicht ansehen zu müssen. »Vielleicht ist es auch besser, ich gehe heute erst einmal allein zu ihr, um ihr unsere Verlobung mitzuteilen. Du kannst mich dann vielleicht morgen zu ihr begleiten – oder ihr allein einen Besuch machen.«

Er wehrte erschrocken ab. »Allein? Ach nein, Nita, was soll ich allein bei ihr? Aber du kannst heute allein zu ihr gehen, und morgen gehen wir dann zusammen hin. Das ist vielleicht richtiger. Was wirst du ihr sagen, wie unsere Verlobung zustande gekommen ist? Sie braucht doch nicht zu wissen, daß ich in Biskra war.«

Sie sah ihn mit großen Augen an. »Lügen mag ich nicht, Hans.«

Er küßte ihre Hände. »Du hast recht, Nita! Also sage ihr, was du für richtig hältst. Nun mach nicht ein so bedrücktes Gesicht, mein Liebling! Schließlich kann es uns gleichgültig sein, was Frau Erika Friesen von uns denkt.«

Er küßte sie so innig und zärtlich, daß sie sich ausschalt wegen ihrer Ungeduld, daß er ihr alles sagen sollte.

Frau Jungmann brachte jetzt eine Erfrischung und bat Hans, er möchte mit ihnen zu Mittag speisen. Er sagte freudig zu, weil er bei Anita bleiben konnte. Und er war so lieb und zärtlich, daß sie ihre sorgenvollen Gedanken vergaß.

Bis Anita zum Besuch bei ihrer Stiefmutter aufbrach, blieb er. Dann verabschiedete er sich, um wichtige Briefe zu schreiben. Am Abend wollte er wiederkommen.

Anita hatte nur etwa zehn Minuten zu gehen bis zur neuen Wohnung Frau Erikas.

Diese hatte sich in aller Eile ein äußerst behagliches und elegantes Heim geschaffen, das aus vier Zimmern, einer hübschen Diele, Küche und Badezimmer bestand. Sie hatte es verstanden, die Möbel, die sie dazu brauchte, aus Villa

Friesen herauszubekommen, und daß auch sonst nichts fehlte in ihrem Hausstand, dafür hatte sie ebenfalls gesorgt.

Eine zierliche Zofe öffnete die Tür der in einem vornehmen Miethaus gelegenen Wohnung und führte Anita in den ihr bekannten Louis XVI.-Salon.

Gleich darauf trat Frau Erika ein. Sie trug ein sehr elegantes Trauerkleid. Als sie Anita erblickte, schlug sie die Hände zusammen.

»Du bist es, Anita! Nun, du hättest mir wohl auch deine Ankunft mitteilen können. Wann bist du denn eingetroffen?«

»Gestern abend«, erwiderte Anita.

»Du hast bei Frau Jungmann ein Unterkommen gefunden, nicht wahr?«

»Vorläufig – ja.«

Frau Erika sah unruhig auf. »Was heißt vorläufig? Ich kann dich leider keinesfalls aufnehmen – ich bin selbst so sehr beschränkt.«

Anita sah mit einem seltsamen Blick in die offenstehenden Nebenräume. »Ich denke nicht daran, bei dir Aufnahme zu suchen.«

Die schöne Frau atmete auf. »Nun, das ist vernünftig. Lieber Gott, wir würden uns auch gegenseitig sehr genieren in so einer engen Wohnung. Aber, bitte, nimm doch Platz. Du siehst, ich habe mich notdürftig eingerichtet. Für eine arme Witwe muß es genügen.«

»Ich finde es sehr hübsch bei dir.«

»Nun ja, ich habe einiges Geschick, aus nichts etwas zu machen, und das Nötigste hat man mir doch überlassen müssen. Deine Sachen sind übrigens bei Frau Jungmann.«

»Frau Jungmann sagte es mir schon. Ich kann das natürlich jetzt alles sehr gut brauchen.«

»Kann ich mir denken. Aber was wirst du nun beginnen? Du bist ja in einer schrecklichen Lage. Dein Vater hat sehr gewissenlos an uns gehandelt.«

Anitas Stirn zog sich zusammen. »Bitte, sag nichts gegen

meinen Vater – es tut mir weh. Ich kann ihn nur tief bedauern – er muß viel gelitten haben, ehe er sich zu diesem Schritt entschloß.«

»Nun, du bist immer sehr sanftmütig gewesen. Aber es bleibt doch wahr, daß du in einer schrecklichen Lage bist.«

»Sie ist nicht so schrecklich, wie du glaubst. Ich – ich habe mich verlobt und werde in vierzehn Tagen heiraten.«

Frau Erika richtete sich überrascht auf. »Verlobt? Nun, das ist freilich für dich die beste Lösung. Da bist du ja mit einemmal aus der peinlichen Situation heraus. Hoffentlich machst du eine gute Partie?«

»Nein, mein Verlobter ist völlig vermögenslos und auf den Ertrag seiner Arbeit angewiesen.«

Fassungslos schlug die schöne Frau die Hände zusammen. »Herrgott, Anita! Hast du einen Mut! Du, die wie eine Prinzessin verwöhnt war! Und so schnell hast du dich entschlossen? Wer ist denn dein Verlobter? Kenne ich ihn?«

Anita sah sie fest an. »Ja, du kennst ihn – es ist Hans Roland.«

Mit einer jähen Bewegung fuhr Frau Erika auf und starrte sie an. »Hans Roland? Anita – du machst wohl einen Scherz?«

»Nein, mit solchen Dingen scherzt man nicht.«

»Aber das ist ja Unsinn! Wovon wollt ihr denn leben? Du hast nichts, und er hat nichts. Und ihr seid beide verwöhnt. Überhaupt – ich bin ganz fassungslos. Also warst du doch in ihn verliebt? Ich habe es ja gleich geahnt. Du warst doch entschieden eifersüchtig auf mich. Und er – ja, sag mir nur, wie ist das nur gekommen? Wo und wann habt ihr euch denn verlobt?«

»Er war mir nach Biskra gefolgt, weil ich ihn hier abgewiesen hatte. Dort wiederholte er seine Werbung.«

Frau Erika sah sie fassungslos an. Aber dann schien sie eine Erklärung des Unfaßbaren gefunden zu haben. »Ach, nun verstehe ich – er warb dort noch einmal um dich, ehe die Katastrophe hereinbrach. Ihr hattet euch schon verlobt, ehe die Nachricht vom Tode deines Vaters kam – und dann konnte er anstandshalber nicht mehr zurücktreten?«

Anita schüttelte den Kopf. »Nein, wir haben uns erst verlobt, nachdem dein Brief eingetroffen war.«

Die schöne Frau schüttelte den Kopf. »Das kann ich nicht verstehen. Für so unklug hätte ich euch beide nicht gehalten. Mein Gott – seid ihr denn wirklich so verliebt ineinander? Daß er auch so unvernünftig sein kann, hätte ich nicht geglaubt. Wovon wollt ihr denn leben? Wovon euch nur ein Heim einrichten? Das ist ja Unsinn!«

Anita blieb ganz ruhig. »Mein Verlobter besitzt ein kleines Häuschen in Thüringen, das er geerbt hat. Es besteht freilich nur aus drei kleinen Zimmern und Küche. Darin wollen wir wohnen.«

Mit einem seltsamen Blick, als zweifle sie an Anitas Zurechnungsfähigkeit, sah Frau Erika auf ihre Stieftochter. »Ich begreife das nicht. Ihr müßt sehr verliebt sein – ja, auch Roland muß sinnlos verliebt in dich sein –, sonst hätte er nicht daran gedacht, dich zu heiraten, nachdem du alles verloren hast. Das kann ja nicht gutgehen.«

Anita hatte ein Gefühl, als würde ihr immer leichter ums Herz. »Wir werden uns bescheiden einrichten, und es wird alles gutgehen. Wir haben uns lieb.«

Etwas wie Neid stieg in Frau Erika auf. Aber das gestand sie sich nicht einmal selbst ein. »Lieber Gott, zu solch einem Idealismus gehört Mut. Ich hätte diesen Mut nicht gehabt, sonst – nun ja –, sonst hätte ich ja lange Zeit bevor ich deinen Vater kennen lernte, Hans Rolands Frau werden können. Wahrhaftig, ich hätte nur ernstlich zu wollen brauchen – er war auch einmal sehr verliebt in mich. Jetzt kann ich es ja sagen, da dein eifersüchtiger Vater nicht mehr lebt – leicht habe ich ihn damals nicht aufgegeben. Dein Vater war um so viel älter als ich, und mein junges Herz hing an Hans Roland. Aber ich war vernünftig – für uns beide, und habe ihn gehen lassen. Er hat es mir sehr verargt und hat es mir wohl auch nie verziehen. Nun – er wird dir ja alles selbst gesagt haben. Nun bist du seine Braut, und man muß euch gehen lassen. Viel Glück also! Ich hätte nicht den Mut, so aufs Ungewisse hin zu heiraten. Wo Not im Hause ist, entflieht die Liebe.«

Mit einem seltsamen Empfinden hörte Anita diese Worte an, und das Herz wurde ihr wieder schwer. Was hätte sie darum gegeben, wenn sie hätte sagen können: »Ja, das hat mir Hans alles erzählt.« Sie kam sich fast gedemütigt vor, daß sie es nicht sagen konnte.

Es herrschte eine Weile tiefes Schweigen. Dann lachte Frau Erika etwas gezwungen auf. »Das wird eine komische Situation, wenn Hans Roland sozusagen mein Schwiegersohn wird! Ich habe ihn einmal damit geneckt, daß ich seine Stiefschwiegermutter werden könnte. Nun ist es wirklich dazu gekommen. Das ist wirklich drollig – zum Totlachen! Ich werde ihn damit aufziehen.«

Anita hob erschrocken abwehrend die Hand. So gern sie es auch gesehen hätte, daß diese Angelegenheit endlich zwischen ihr und ihm zur Sprache kam, wollte sie doch nicht, daß er beschämt wurde. Frau Erika konnte so unglaublich taktlos sein.

»Ich bitte dich, tu das nicht! Ich wäre dir sehr verbunden, wenn du nichts in dieser Angelegenheit erwähnen wolltest.«

Es blitzte in Frau Erikas Augen auf. »Aha – er hat also noch nicht gebeichtet! Nun, das hätte er ruhig tun können, es ist ja nichts Besonderes zwischen uns geschehen. Aber er ist sehr ritterlich, und er meint wohl, du ahnst nicht, daß wir einmal miteinander geflirtet haben. Da hat er mich in deinen Augen nicht bloßstellen wollen. Er ist ja unglaublich schwerfällig und gewissenhaft. Lieber Himmel – als Gatte wird er nicht immer sehr bequem sein; er verlangt von den Frauen kolossale Tugenden und hat immer allerlei an einem auszusetzen. Heiraten hätte ich ihn nicht mögen. Nun, du wirst ihn ja nicht enttäuschen, du hast ja das nötige kalte Blut und wirst keinen Schritt vom Pfad der Tugend abweichen. Also, ich werde meinen Mund halten und mit keinem Wort verraten, daß wir über unsere früheren Beziehungen gesprochen haben. Damals, ehe er abreiste – angeblich in Geschäften –, um dir nach Biskra zu folgen, da wollte ich ihm einen Wink geben, daß du eifersüchtig auf mich bist. Aber es kam nicht dazu. Nun ahnt er also nicht, daß du etwas von unseren Beziehungen weißt. Aber da ich dir nun das Versprechen gab, nichts zu verraten, mußt du mir auch erklären, wie du eigentlich dazu gekommen bist, eifersüchtig auf mich zu werden. Du wurdest doch an jenem letzten Ballabend in Villa Friesen ziemlich aggressiv gegen mich, als Hans Roland das Haus verlassen hatte. Wußtest du etwas aus der Zeit, ehe ich deines Vaters Frau wurde? Denn nachher habe ich doch keine Beziehungen mehr zu ihm gehabt.«

Anita war diese ganze Unterhaltung unsagbar peinlich. Aber gegen ihren Willen mußte sie diese doch fortsetzen.

»Als Hans Roland das erstemal in Villa Friesen eingeladen war, empfingst du ihn, bevor andere Gäste kamen, allein in deinem Salon. Ich näherte mich, ohne daß ihr mich auf den weichen Teppichen kommen hörtet, und sah, daß ihr euch umarmtet und küßtet und euch ›du‹ nanntet. Gleich darauf trat Vater hinter mir ins Zimmer, und ich begrüßte ihn laut, um euch zu warnen. Dann stelltest du uns Hans Roland als deinen Jugendfreund vor, und ihr nanntet euch förmlich ›Sie‹ und Herr Doktor und gnädige Frau.«

Frau Erika machte ein drollig zerknirschtes Gesicht. »Ach, du lieber Himmel, da wirst du dir einen schönen Roman zusammengereimt haben! Aber es war wirklich nicht so schlimm. Wir sahen uns damals nach langer Zeit zum erstenmal wieder, und da begrüßte ich ihn wie früher. Er stand übrigens steif wie ein Stock – das mußt du ja bemerkt haben. Und außerdem hat er mir noch an demselben Abend erklärt, daß er das Haus nicht wieder betreten würde, wenn ich nicht die veränderten Verhältnisse streng respektierte. Wahrscheinlich wäre er gar nicht wiedergekommen – wenn er dich nicht an demselben Abend kennengelernt hätte.

Du hast gleich einen großen Eindruck auf ihn gemacht, das merkte ich. Aber ich glaubte damals, es gälte deinem Reichtum. Das scheint ja nun nicht der Fall zu sein. Jedenfalls war es riesig anständig von dir, daß du mir damals aus deiner Entdeckung keinen Strick gedreht hast. Wenn du mich deinem Vater verraten hättest, wäre eine Katastrophe daraus geworden.«

»Ich hätte meinen Vater nicht betrüben mögen. Und – angeben ist so häßlich«, sagte Anita.

Frau Erika sah sie nachdenklich an. »Trotzdem – eine andere an deiner Stelle hätte nicht so anständig gehandelt. Und das will ich dir nicht vergessen. Also jedenfalls kannst du deine Eifersucht auf mich endgültig begraben. Ich habe längst gemerkt, daß er für mich nichts mehr übrig hatte. Seine Liebe zu dir scheint echt zu sein. Und daß ich dir die Wahrheit sage, kannst du mir glauben. Seit jenem Abend ist nichts, absolut nichts zwischen uns gewesen – er war eisig kalt und ablehnend, wenn ich einmal auf alte Zeiten anspielen wollte. Er wird dir ja die Wahrheit meiner Worte bestätigen, wenn er später einmal Generalbeichte ablegt. Lieber Gott, Kind, mach doch nicht so ein betrübtes Gesicht! Du denkst doch nicht, daß dein Verlobter als schneeweißes Lämmchen in die Ehe geht?«

Anita war die Beichte Frau Erikas nicht angenehm gewesen, aber sie empfand doch eine gewisse Erleichterung. Wußte sie doch nun, wie sie sich jene Szene erklären sollte, die sie belauscht hatte.

Und Frau Erikas Worte bestätigten, was Hans ihr gesagt hatte – daß er, seit er sie kannte, für keine andere Frau mehr etwas übrig gehabt hatte. Damit konnte sie zufrieden sein und nun geduldig warten, bis Hans ihr eines Tages alles sagen würde.

Fast hegte sie nun ein Gefühl der Dankbarkeit gegen ihre

Stiefmutter. Sie sagte aufatmend:

»Mein Verlobter hat mit mir über diese Angelegenheit natürlich nur deshalb noch nicht gesprochen, weil es gegen sein ritterliches Empfinden gewesen wäre. Er wollte auch nicht, daß ich dich in einem falschen Licht sehe. Und ich danke dir jedenfalls, daß du ihm nicht sagen wirst, daß wir darüber gesprochen haben. Ich möchte nicht, daß er weiß, daß ich darüber unterrichtet bin.«

Frau Erika nickte. »Gut, wie du willst. Aber ihr seid seltsame Menschen, du und auch er. Alles nehmt ihr so gründlich und so schwer. Ich an deiner Stelle würde ihn lachend beim Ohr nehmen und sagen: ›Du Don Juan, jetzt beichte mal, was hast du mit meiner Stiefmutter gehabt? Ich will klarsehen in dieser Sache!‹ Dann wäre alles erledigt.«

Anita seufzte. »Die Menschen sind eben verschieden.«

»Das stimmt. Und bei dir wird Hans Roland nicht enttäuscht werden. Leicht macht ihr euch aber das Leben damit nicht. Und ich sehe für dich in der Verbindung mit dem vermögenslosen Manne kein großes Glück. Du hättest bei deinem Aussehen eine ganz andere Partie machen können, und er hätte auch besser getan, ein reiches Mädchen zu heiraten. Aber jedenfalls wünsche ich euch trotzdem von Herzen Glück, denn ich glaube, du verdienst es. Immerhin ist es besser, als wenn du allein schutzlos dem Nichts gegenüberstündest. Im Vergleich zu dir ist meine Lage immer noch beneidenswert. Aber ich habe mich auch mit Händen und Füßen dagegen gewehrt, daß sie mir alles wegnahmen!«

Damit war Frau Erika wieder bei dem beliebten Thema angelangt, und Anita erhob sich schnell und verabschiedete sich.

»Also, ich erwarte dich mit deinem Verlobten morgen nachmittag. Ihr kommt aber zum Tee, mit einer kurzen Visite lasse ich mich nicht abspeisen!« rief Frau Erika ihrer Stieftochter beim Abschied nach.

XVIII.

Am nächsten Tage fand sich das Brautpaar wirklich bei Frau Erika zum Tee ein. Die schöne Frau hatte sichtlich sorgfältig Toilette gemacht. Das blonde Haar war sehr kleidsam frisiert und wirkte besonders licht gegen das tiefe Schwarz ihres Kleides. Sie sah glänzend aus und machte jedenfalls nicht den Eindruck einer untröstlichen Witwe.

Der Teetisch war sehr zierlich geordnet und mit allerlei kostbarem Gerät besetzt, das Anita sehr genau kannte. Frau Erika hatte es verstanden, aus den Trümmern des Hauses Friesen allerlei Gutes und Brauchbares für sich zu retten.

Sie begrüßte das Brautpaar mit einer gewissen humoristischen Überlegenheit. Anita sah verstohlen in das Gesicht ihres Verlobten, als er Frau Erika begrüßte. Er zeigte eine kühle Ruhe. Förmlich küßte er ihr die Hand und nahm ihren ein ganz klein wenig spöttischen Glückwunsch mit ruhiger Höflichkeit entgegen.

Man unterhielt sich etwas gezwungen. Frau Erika unterstrich ihre beklagenswerte Lage sehr stark. Hans sah sich mit einem sprechenden Blick in dem eleganten Heim um und ging mit Betonung auf ein anderes Thema über.

Nach einer Stunde entfernte sich das Brautpaar, nachdem es Frau Erika mitgeteilt hatte, daß die Hochzeit ganz in der Stille und ohne jede Feier stattfinden würde.

»Ich komme natürlich trotzdem – auch in die Kirche«, versicherte Frau Erika.

Als das Brautpaar sich entfernt hatte, reckte sich Frau Erika, gähnte herzhaft und betrachtete sich im Spiegel. »Um Himmels willen, eine Ehe zwischen diesen beiden vortrefflichen Menschen muß an Langweiligkeit alles übertreffen – ich danke!«

Draußen im Treppenhaus zog Hans Roland seine Braut

mit einem tiefen Atemzug an sich. »Meine Nita – wie glücklich bin ich und wie beneidenswert, daß das Schicksal dich an meine Seite geführt hat!« sagte er voll Innigkeit.

Sie sah ernst und groß zu ihm auf und wußte, daß er Vergleiche zwischen ihr und Frau Erika angestellt hatte. Wenn er es doch ausgesprochen hätte, daß der letzte leise Schatten von ihrem Glück weichen könnte!

Sie gingen schweigend weiter. Anita sah versonnen vor sich hin. Nach einer Weile fragte Hans, lächelnd in Anitas Gesicht blickend: »Woran denkst du, Nita?«

Sie zuckte leise zusammen. Wie gern hätte sie es ihm gesagt! Aber sie war sich klar darüber, daß von ihr die Angelegenheit nicht berührt werden durfte. »Ich dachte an mancherlei, Hans«, erwiderte sie ausweichend.

Er drückte ihren Arm an sich. »Ich bin sogar eifersüchtig auf deine Gedanken, Liebling, die dich von mir ablenken. Alles möchte ich wissen, was du denkst.«

Sie lächelte. »Das ist oft recht krauses Zeug, Hans. Aber ich verstehe deinen Wunsch. Auch ich möchte jeden deiner Gedanken kennen, möchte so in dich hineinsehen können wie du in mich.«

»Das kannst du doch, Liebling.«

»Noch nicht genug.«

»Du wirst es lernen – wenn du ganz mein eigen bist.«

Sie schmiegte sich an seinen Arm. »Nicht wahr, Hans, wenn ich erst deine Frau bin, darf ich alles von dir wissen, auch das, was vor mir war?«

Ernst blickte er ihr in die Augen. »Liebling, das Leben eines Mannes spielt sich nicht in so klaren, ruhigen Bahnen ab wie das einer Frau. Ich bin kein Heiliger gewesen, habe manche Torheit hinter mir und möchte manches aus meiner Vergangenheit ungeschehen machen. Aber alles, was in meinem Leben von Wichtigkeit war, wirst du mit der Zeit erfahren, soweit ich es dir sagen kann, ohne deinen reinen Sinn zu trüben. Bist du damit zufrieden?«

Sie sah gläubig zu ihm auf und war guter Vorsätze voll. Ach, hätte er schon alles gesagt!

Hans Roland begleitete seine Braut bis vor die Tür von Frau Jungmanns Wohnung. Er wollte erst am Abend zu den Damen kommen, da er noch allerlei zu erledigen hatte. – –

In seiner Wohnung fand er einen Brief von Dr. Heine vor.

An diesen hatte er gleich nach seiner Ankunft folgendes geschrieben:

»Sehr geehrter Herr Doktor! Ich bin von meiner Reise zurückgekehrt und habe die Absicht, in etwa 14 Tagen nach Lorbach zu gehen. Vorher will ich Hochzeit halten. Meine Braut ist in Trauer um ihren Vater, daher soll unsere Hochzeit in aller Stille stattfinden.

Ich habe nun heute ein besonderes Anliegen. Meine Braut weiß nicht, daß ich durch den Tod meines Onkels Herr auf Lorbach geworden bin. Sie hält mich für einen vermögenslosen Mann, und ich möchte sie vorläufig bei dieser Meinung belassen. Ich will sie erst später mit der Mitteilung überraschen. Sie weiß nur, daß ich ein Häuschen in Lorbach geerbt habe. Ich habe am Tage vor meiner Abreise unerkannt einen Besuch in Lorbach gemacht, nur auf eine Stunde. Und da sah ich dicht am Walde bei den Wirtschaftsgebäuden ein unbewohntes Häuschen stehen. Der Milchkutscher, der mich als blinden Passagier mitnahm, sagte mir, dieses Häuschen wäre früher die Wohnung der unverheirateten Verwalter gewesen. Mein Vater hat es bewohnt, ehe er mit meiner Mutter Lorbach verließ. In diesem idyllischen Häuschen will ich meine Flitterwochen verleben in tiefster Zurückgezogenheit. Erst später will ich dann mit meiner jungen Frau ins Schloß übersiedeln. Es soll mich also dort niemand jetzt als Herr empfangen und mich in Gegenwart meiner Frau als Herrn von Lorbach ansprechen. Dies schreibe ich Ihnen, falls Sie in dieser Zeit nach Lorbach kommen und mit mir Geschäfte zu besprechen haben. Wir können das dann beim Verwalter Birkner tun und meiner Frau gegenüber den Vorwand gebrauchen, daß Sie wegen meiner Maschine mit mir zu sprechen haben.

Halten Sie mich nicht für närrischer, als ich bin. Ich habe meine Gründe für mein Verhalten.

Bitte, teilen Sie mir Ihr Einverständnis mit. Dem Verwalter Birkner werde ich selbst die nötigen Mitteilungen machen. Sie versprechen mir bitte, mein Geheimnis zu wahren, bis ich Sie davon entbinde?

Mit ergebenem Gruß

Hans Roland.«

Nun hielt er das Antwortschreiben in den Händen. Es lautete:

»Sehr geehrter Herr Doktor! In meinem Beruf habe ich schon mancherlei närrische Leute kennengelernt. Ihre ›Narrheit‹ hat jedenfalls Methode, und ich möchte gern dabeisein, wenn Ihre junge Frau die Hütte mit dem Schloß vertauscht. An solch einem heiteren Betrug beteilige ich mich gern. Morgen bin ich in Lorbach und werde die Angelegenheit mit dem Verwalter besprechen, damit alles nach Ihren Wünschen geregelt wird.

Ich erlaube mir, zu Ihrer bevorstehenden Vermählung schon heute herzlich Glück zu wünschen, und begrüße Sie

hochachtungsvoll ergebenst

Ihr Dr. Heine.«

In lächelndes Nachdenken versunken sah Hans eine Weile vor sich hin. An den Verwalter hatte er schon geschrieben und ihn gebeten, das Häuschen säubern und lüften zu lassen. Der Hausrat sollte geprüft werden auf seine Verwendbarkeit, und frische Gardinen sollten angebracht werden. Sonst sollte alles so bleiben, wie es war. Nur möchte er noch dafür sorgen, daß irgendein einfaches Mädchen zur Stelle sei, das seiner Frau an die Hand gehen könnte. Er hatte genau aufgeführt, was er für Wünsche und Absichten hatte.

Am nächsten Tage traf ein Schreiben von dem Verwalter Birkner ein, daß alles nach Wunsch geregelt werden würde.

Nun war Hans Roland mit seinen Vorbereitungen zu Ende, und er sah mit lächelnder Befriedigung dem Kommenden entgegen.

XIX.

Anitas Hochzeit mit Hans Roland wurde in aller Stille gefeiert. Trotzdem hatte sich eine Menge Neugieriger in der Kirche eingefunden, denn Anita Friesen war eine bekannte Persönlichkeit, und der Selbstmord ihres Vaters und ihre gänzliche Verarmung waren lange Zeit Stadtgespräch gewesen.

Die Leute kamen aber nicht recht auf ihre Kosten. Anita trug ein schlichtes weißes Kleid mit einem ganz einfachen Tüllschleier. Sie sah allerdings sehr hold und lieblich aus, und der schlanke, hochgewachsene Mann an ihrer Seite war für die schaulustigen Frauen eine Augenweide.

Sonst aber gehörten zu der Hochzeitsgesellschaft nur Frau Jungmann, die beiden Trauzeugen und Frau Erika Friesen, die in ihrem eleganten Witwenkleid immerhin eine auffallende Erscheinung war.

Man fuhr von der Kirche aus in ein Hotel, wo ein Frühstück eingenommen wurde. Danach verabschiedete sich das Brautpaar, um zum Bahnhof zu fahren.

Als Anita mit Hans Roland allein war, atmete sie tief auf. Frau Erikas spöttische Blicke hatten sie verwirrt. Sie faßte die Hand ihres Mannes.

»Nun soll ein neues Leben für uns beginnen, Hans. Gott mag mir helfen, daß ich die echte Lebensgefährtin für dich bin!«

Er küßte sie mit leidenschaftlicher Innigkeit. »Meine Nita, ganz mein bis du nun – gehe vertrauensvoll mit mir in dies neue Leben! Es wird mehr Pflichten und Arbeit haben als das vergangene, aber es wird dich hoffentlich mehr befriedigen. Ich bin jedenfalls von dem Wunsch durchdrungen, dich so zu führen, daß du nie wieder dem Leben so hilflos gegenüberstehst wie damals bei der Kunde vom Tod deines Vaters.«

Sie barg ihr Gesicht an seiner Schulter. »Es waren schlimme, qualvolle Stunden für mich, Hans. Aber ehe ich noch recht begriffen hatte, was mir drohte, warst du schon da und nahmst mich unter deinen Schutz. Und da hatte alle Not ein Ende. Wenn du nur bei mir bist, dann bin ich stark und mutig.«

Dicht aneinandergeschmiegt und sich fest an den Händen haltend, fuhren sie ihrer neuen Heimat entgegen. Ihr Gepäck war schon vorausgeschickt worden.

Als der Zug an der kleinen Station hielt, half Hans seiner jungen Frau aus dem Abteil. Er sah sich suchend um.

Da trat der blonde Hüne mit den Sommersprossen an ihn heran, den er damals zu Pferde in dem Wirtschaftshof hatte ankommen sehen – der Verwalter Birkner. Er zog den Hut. »Habe ich die Ehre, Herrn Doktor Roland vor mir zu sehen?«

Hans reichte ihm die Hand.

»Ich bin es, Herr Verwalter. Gestatten Sie mir, daß ich Sie mit meiner Frau bekannt mache. Liebe Nita, dies ist der Herr Verwalter Birkner, den ich um die Gefälligkeit gebeten habe, uns einen Wagen zum Bahnhof zu senden. Ich habe mit dem Herrn Verwalter geschäftlich wegen meiner Maschine zu tun. Herr Verwalter, ich danke Ihnen sehr. Es ist mir sehr lieb, daß meine Frau nicht den weiten Weg zu Fuß zurücklegen muß.«

Die Herren sahen sich im lächelnden Einverständnis an.

»Es ist nichts zu danken, Herr Doktor, ich bin Ihnen gern gefällig gewesen. Meine Frau hat ein bißchen Ordnung schaffen lassen in Ihrem Häuschen, damit Ihre Frau Gemahlin in eine geordnete Häuslichkeit kommt. Und ein junges Dienstmädchen aus dem Dorfe hat sie auch engagiert. Es schläft bei seinen Eltern im Dorf, da Sie ja wenig Platz haben.«

»Vielen Dank, Herr Verwalter. Ihrer Gattin werde ich meinen Dank noch besonders abstatten.«

»Es hat ihr Freude gemacht, Ihnen gefällig sein zu dürfen. Und nun will ich die Herrschaften nicht länger aufhalten. Ich habe mein Reitpferd draußen neben dem Wagen stehen, weil ich noch in den Forst reiten muß.«

Hans drückte ihm lächelnd die Hand.

»Ich werde mir erlauben, morgen früh zu Ihnen zu kommen. Wir werden wegen der landwirtschaftlichen Maschine mancherlei miteinander zu tun haben. Es gibt allerhand zu besprechen.«

»Ganz recht, Herr Doktor, ich stehe zu Diensten. Und – was ich noch sagen wollte – meine Frau hat alles Nötige in Ihre kleine Speisekammer neben der Küche gestellt, damit Ihre Frau Gemahlin für die erste Zeit nichts einzukaufen braucht.«

»Vielen Dank. Wir rechnen dann morgen ab.«

»Schon gut, Herr Doktor. Also, auf Wiedersehen – und herzlichen Glückwunsch zum Einzug ins neue Heim!«

Sie reichten sich nochmals mit festem Druck die Hand. Auch Anita bot dem blonden Hünen mit einem dankbaren Lächeln die Hand. Er ergriff sie ganz behutsam und verneigte sich.

Das junge Paar schritt nun auf den Wagen zu. Hans hatte den Verwalter brieflich ausdrücklich gebeten, den einfachsten Wagen zu wählen, der vorhanden war. Es war denn auch durchaus kein elegantes Gefährt. Hans nickte dem Verwalter befriedigt lächelnd zu, als dieser davonritt. Dann hob er Anita in den Wagen. Es war ein ziemlich ausgedienter Landauer mit verschossenen blauen Tuchpolstern, und Anitas elegant-vornehme Erscheinung nahm sich seltsam darin aus.

Hans gab sich den Anschein, als wäre der Wagen ganz so, wie er sein sollte.

»Es ist eine große Vergünstigung, Nita, daß uns der Verwalter den Wagen geliehen hat«, sagte er.

Sie faßte seine Hand. »Ich wäre auch mit dir zu Fuß gegangen, Hans; es ist ja so schönes, klares Wetter.« Damit hatte sie recht. Die letzten Herbsttage waren noch sehr schön und sonnig.

Sie fuhren auf der Chaussee dahin und bogen dann in den Wald ein.

»Als ich das letztemal hier war, um mir mein kleines Erbe anzusehen, bin ich mit dem Lorbacher Milchwagen gefahren, Nita«, sagte Hans lächelnd.

Anita sah mit leuchtenden Augen um sich in der sinkenden Dämmerung. »Wie schön muß dieser Wald im Sommer sein, Hans!«

»Wunderschön. Jetzt sind die Zweige freilich kahl. Aber wir spinnen uns ein in unserem kleinen Nest.«

Sie atmete auf. »Es ist sehr lieb von der Frau Verwalter, daß sie sich um unser Häuschen bemüht hat, zumal sie uns doch gar nicht kennt.«

»Sie waren gut mit meinem Onkel bekannt, von dem ich das Häuschen erbte. Und außerdem werde ich mit dem Verwalter in geschäftlicher Verbindung stehen, weißt du – wegen der Maschine.«

Sie nickte arglos. »Es gefällt mir sehr gut, der Verwalter, er hat so etwas Festes, Ehrliches. Hoffentlich ist auch seine Frau so nett. Diese beiden Menschen werden ja wohl unser einziger Verkehr sein.«

»Vorläufig ja, Nita. Wenn ich an den glänzenden Kreis denke, der bei euch im Haus verkehrte, und ich stelle im Geist die schlichten Verwaltersleute daneben, da wird mir doch ein wenig angst um dich. Hast du keine Furcht vor der Einsamkeit?«

Sie schmiegte sich an ihn und sah lächelnd zu ihm auf. »Ich habe ja dich, mein Hans«, sagte sie innig, »und brauche niemand sonst. Und wenn im Frühjahr Lori mit ihrem Mann nach Kassel kommt, dann besuchen wir uns zuweilen. Mehr brauche ich wirklich nicht.«

Ein tiefes, starkes Glücksgefühl erfüllte sein Herz. Voll Rührung und Bewunderung sah er in ihre Augen. Wie klaglos sie sich in alles fügte!

Als er sein junges Weib vor dem Häuschen aus dem Wagen hob, preßte er es fest in seine Arme. »Das Glück soll mit dir über diese Schwelle treten, Nita!« flüsterte er ihr zu.

An der geöffneten Haustür stand ein dralles junges Bauernmädel und knixte. Erfreut sah das junge Paar, daß die Tür mit einer Girlande geschmückt war. Über dem Eingang prangte ein Plakat mit der Inschrift: »Gottes Segen zum Einzug.«

»Sieh doch, Hans, wie freundlich – das hat sicher auch die Frau Verwalter anbringen lassen. Wir müssen ihr herzlich danken.«

Der Kutscher und das Mädchen trugen das Handgepäck in den Flur. Hier standen schon die großen Koffer, die bereits angekommen waren. Dadurch war der Raum sehr beengt.

Hans führte Anita in das Zimmer, das neben dem Flur lag, und dann durch die anderen Räume. Nun klopfte das Herz der jungen Frau doch ein wenig bang. Die Zimmer waren so klein und niedrig, so ganz anders, als Anita es bisher gewohnt war. Selbst Frau Jungmanns kleine Wohnung war größer und eleganter. Und die Ausstattung war sehr schlicht, die Möbel derb und geradlinig.

Hans beobachtete Anita scharf. Er sah, daß sie ein wenig blaß wurde. Aber der helle Glücksschein erlosch nicht in ihren Augen. Sie nahm ihr Herz tapfer in beide Hände.

»Es ist alles sehr einfach hier, meine Nita. Wirst du dich eingewöhnen können?«

Sie sah sich lächelnd um und atmete tief auf. »Es ist alles sehr hübsch, Hans, und wir haben doch wenigstens ein eigenes Heim. Dies Zimmer hier kann uns als Eßzimmer dienen – dies andere als Wohnzimmer –, hier kannst du arbeiten, da am Fenster ist wohl der beste Platz. Und das

Schlafzimmer – es ist sehr klein und niedlich, Hans –, aber wir werden uns schon daran gewöhnen. Wenn es nur für dich nicht zu eng wird!«

Er zog sie fest in seine Arme. »Meine tapfere Nita! Sieh zum Fenster hinaus – da drüben wird uns ein herrlicher Wald entgegengrünen.«

Sie nickte lächelnd. »Und hier draußen unter der Linde, Hans, da stellen wir einen Tisch und eine Bank auf. Da können wir im Sommer unsere Mahlzeiten einnehmen und bei schönem Wetter immer draußen sitzen. Es wird schon alles gutgehen, man muß sich nur erst eingewöhnen.«

Dann trat das Dienstmädchen ein. »Wie soll das nun mit dem Abendbrot werden, Frau Doktor?« fragte es.

Anita stutze. Dann sah sie fragend ihren Mann an.

Er unterdrückte ein Lächeln. »Ja, Nita, um das Essen wirst du dich nun selbst bekümmern müssen. Und – ich gestehe, daß ich hungrig bin.«

Sie sah an sich herab. Dann trat sie, sich energisch aufraffend, in den Flur hinaus, schloß einen der Koffer auf und entnahm ihm eine große Wirtschaftsschürze. Die legte sie an, über ihr Reisekleid. Und lächelnd trat sie vor Hans.

»In einer halben Stunde wird das Souper aufgetragen, mein Herr Gemahl!« sagte sie schelmisch.

Er umarmte sie entzückt. »Ich sagte es ja im voraus, mein Liebling, du siehst auch in der Schürze wie eine junge Königin aus.«

Nita riß sich lächelnd los. »Jetzt laß mich gehen, ich bin tatendurstig.«

»Ich werde ganz andachtsvoll warten, bis du mir das erste Mahl im eigenen Heim auftragen läßt«, sagte er, seine tiefe Bewegung verbergend.

Anita eilte nun in die Küche und sah sich darin um. Es war genügend Gerät vorhanden. Die Frau Verwalter hatte sogar zwei silberne Bestecks eingeschmuggelt. Sie hatte es nicht übers Herz bringen können, der neuen Herrschaft den Gebrauch der schwarzen Holzbestecke zuzumuten, die hier vorhanden waren.

Schnell legte die junge Hausfrau ein Tischtuch, die beiden Silberbestecks und die nötigen Teller auf ein Tablett und gebot dem Mädchen, im »Eßzimmer« den Tisch zu decken.

Auf dem Herd brodelte kochendes Wasser in einem Kessel. Anita warf nun einen prüfenden Blick in die Speisekammer. Sie erschrak fast, als sie die sehr reichlichen Vorräte sah.

Schnell nahm sie dann einige Eier aus einem Korb und schlug sie in ein Töpfchen. Eine kleine Pfanne wurde auf das Herdfeuer gesetzt. Darin bereitete Anita Rührei. Tee fand sie auch vor. Davon wurde eine Kanne voll aufgebrüht.

Auf einem länglichen Teller garnierte Nita verschiedene Wurtscheiben und etwas Schinken. Neugierig sah sie sich in der Speisekammer um. Da waren anscheinend sehr delikate kleine Gurken in einer Büchse. Davon nahm sie einige heraus. Nun noch Zucker zum Tee – da war auch ein Töpfchen Sahne. Die gute Frau Verwalterin hatte an alles gedacht!

So, nun war das Abendessen fertig. Das Mädchen trug alles hinein, während Anita sich die Hände reinigte und die Schürze wieder ablegte.

Noch ein prüfender Blick auf den fertig gedeckten Tisch. Halt, da drüben stand in einer Vase ein Blumenstrauß – der mußte mitten auf den Tisch.

»Wir können zu Tisch gehen, Hans!«

Lächelnd hatte er sie in ihrem hausfraulichen Eifer beobachtet. Nun trat er mit ihr an den sauber gedeckten Tisch. »Das sieht äußerst einladend aus, Liebling«, sagte er anerkennend.

Sie nahmen einander gegenüber Platz unter der schlichten Hängelampe, und Hans langte tapfer zu.

»Du, Hans, die Frau Verwalter wird dir eine nette Rechnung aufsetzen!« sagte Nita ein wenig bänglich. »Die Speisekammer ist reich gefüllt, es fehlt an nichts.«

»Um so besser, Liebling.«

»Aber es wird teuer sein.«

Er lachte ein wenig. »Ich glaube, Lebensmittel sind hier auf dem Land sehr billig, und was schon angeschafft ist, brauchen wir nicht erst zu kaufen. Man muß auf dem Land immer Vorrat im Hause haben. Du sparst dafür am Wirtschaftsgeld. Das müssen wir morgen festsetzen.«

Sie seufzte ein wenig. »Wenn ich nur damit zurechtkomme, Hans!«

»Es wird sich schon alles einrichten. Die Frau Verwalter wird dir sicher manches billig abgeben.«

»Das wäre sehr wünschenswert. Daß wir nur ja nicht mehr ausgeben, als du verdienen kannst!«

»Sorge dich nur nicht heute schon, Liebling.«

Sie dachte, daß es ihr sehr lieb wäre, wenn sie wüßte, wieviel ihr Mann im Monat verdiente, damit sie sich selbst ein Bild machen konnte, wieviel ausgegeben werden könnte. Aber fragen wollte sie nicht danach. Er würde es ihr schon sagen.

»Wie schmeckt dir das Rührei, Hans?« fragte sie eifrig.

»Hast du es selbst bereitet? Es schmeckt vorzüglich.«

»Ja – ganz allein«, sagte sie strahlend.

Er nahm sich noch eine Portion davon, obwohl es ein wenig zu trocken und zu salzig war.

»Also, die erste Mahzeit hast du nun hinter dich gebracht, Liebling. Das Mädchen kann dir sicher auch ein wenig helfen.«

»Oh, was denkst du, ich will mich doch nicht vor dem Mädchen blamieren! Ich werde alles allein kochen. Frau Jungmann hat mir eine Menge wohlfeile ausprobierte Rezepte gegeben. Sie sagt, nach einem Kochbuch soll ich mich nur in seltenen Fällen richten, weil da immer zu viele Zutaten gerechnet sind.«

Er küßte sie entzückt und sah sie mit heißen, zärtlichen Augen an. »Wenn es dir nur nicht zu schwer wird!«

Sie schüttelte lächelnd den Kopf. »Nein, gewiß nicht. Ich freue mich darauf zu arbeiten. Du sollst schon mit deiner Hausfrau zufrieden sein. Im Anfang mußt du freilich etwas Geduld haben. Wirst du nie schelten, wenn ich einmal ungeschickt bin?«

»Meine süße Frau, ich werde bestimmt niemals schelten, wenn du so lieb und reizend bist.«

Nach dem Essen räumte das Mädchen den Tisch ab und brachte die Küche in Ordnung. Anita packte inzwischen das Handgepäck aus. Dann fragte das Mädchen, ob es nach Hause gehen könnte, oder ob Frau Doktor noch Befehle hätte.

Freundlich entließ Anita das Mädchen und verabredete mit ihm, es solle am nächsten Morgen um sieben Uhr wiederkommen. Es solle dann die Öfen heizen und Wasser auf den Herd setzen für den Morgenkaffee.

Dann war das junge Paar allein in dem kleinen, stillen Häuschen. Hans schloß wie ein guter Hausvater die Haustür ab und legte die Fensterläden vor die Fenster. Anita gab sich Mühe, ihr neues Heim sehr idyllisch zu finden, und machte Pläne, wie sie es verschönern wollte mit ihren schönen Vasen und Kunstgegenständen, mit Kissen und Decken. Sie konnte sich nicht verhehlen, daß all diese Dinge sich wie Fremdlinge zwischen dem derben Hausrat ausnehmen würden. Das sprach sie aber nicht aus, um Hans nicht zu kränken. Er hörte ihren Plänen andächtig zu. Es ging dabei nicht ohne zärtliche Neckereien ab. Und mitten in ihre eifrigen Erklärungen hinein hob er sie plötzlich empor und trug sie wie ein Kind aus einem Zimmer in das andere.

»Meine süße Frau – meine holde süße Frau!« flüsterte er ihr ins Ohr.

Sie umfaßte seinen Hals und schmiegte sich mit geschlossenen Augen fest an ihn. »Mein geliebter Mann!«

Ihre Lippen fanden sich in einem heißen, beseligenden Kuß.

Und das kleine Haus umschloß zwei wahrhaft glückliche Menschen.

XX.

Ganz ohne Enttäuschungen ging es freilich in den nächsten Wochen nicht ab. Auch der kleinste Haushalt macht Sorgen und bereitet Verdrießlichkeiten. Aber Anita ging tapfer und beherzt allen diesen kleinen Mißhelligkeiten zu Leibe, und wenn doch einmal ein paar bängliche Tränchen flossen, dann verbarg sie diese vor ihrem Mann.

Sie suchte ihr kleines Heim nach Kräften zu verschönern. Alle ihre Sachen waren nun ausgepackt. Es hatte freilich Schwierigkeiten gegeben, alles unterzubringen. Das Problem ließ sich nur lösen, indem Nita alle Sommergarderobe in den großen Schrankkoffern auf den Speicher hinaufbringen ließ. So war der Flur nun frei und wurde ein wenig verschönert.

Auch in den Zimmern brachte sie überall Verbesserungen an. Und wenn Hans nach Hause kam und alles lobte, was sie getan hatte, dann hätte sie mit keiner Königin getauscht.

Das Kochen machte ihr freilich im Anfang viel Kopfzerbrechen, und manchmal gab es Tränen, wenn es nicht gehen wollte, wie sie erwartete. Aber wenn Hans nach Hause kam, war alles wieder gut und vergessen. Dann strahlte die hellste Glückssonne über dem kleinen Heim.

Hans war viel abwesend. Er arbeitete sich heimlich in seine neuen Pflichten ein und war auch oft, ohne daß es Anita ahnte, drüben im Schloß, wo mancherlei umgestaltet werden sollte. Hauptsächlich die für die junge Schloßherrin bestimmten Zimmer sollten ganz neu hergerichtet werden, und Hans war erfinderisch in immer neuen Verschönerungen.

Einmal sah Anita ihren Gatten neben dem Verwalter zu Pferde dahinreiten, als sie einen kleinen Spaziergang machte. Als er nach Hause kam, fragte sie erstaunt: »Hans – ich habe dich ja heute zu Pferde gesehen. Ganz stolz hast du ausgesehen. Wie kamst du dazu?«

Seine Stirn rötete sich ein wenig. Aber schnell gefaßt sagte er lächelnd: »Dem Verwalter ist es lieb, wenn die Pferde bewegt werden. Sie stehen sonst so viel im Stall. Ich kann deshalb öfter mit ihm auf die Felder hinausreiten.«

»Oh, das freut mich für dich, Hans!« sagte sie arglos. Wie gern hätte auch sie, wie in früheren Zeiten, ausreiten mögen! Aber das sprach sie nicht aus. Jedenfalls war Anita oft allein, da Hans viel zu tun hatte, um sich einzuarbeiten.

In den ersten Wochen hatte auch Anita so viel zu tun, daß sie ihren Mann nicht so sehr vermißte. Aber als sie erst ihren kleinen Haushalt eingerichtet hatte, kamen doch zuweilen einsame Stunden. Und sie saß dann bang und erwartungsvoll am Fenster, bis Hans heimkam und sie in seinen Armen alles vergaß, was sie bedrückte.

Eines Tages fand Hans, als er zum Mittagessen nach Hause kam, seine junge Frau in Tränen. Erschrocken zog er sie in seine Arme.

»Was ist denn geschehen, Liebling? Warum weinst du?«

Sie warf aufschluchzend die Arme um seinen Hals. »Ach, Hans, ein Pudding ist mir mißglückt. Und er war so teuer, ich habe so viel Eier und Sahne dazu gebraucht. Nun ist alles verloren. Ich habe dir mit meinem Ungeschick unnötige Kosten verursacht.«

Er strich ihr tröstend über das Haar. »Ist er denn ganz rettungslos verloren, Nita?« fragte er, fest entschlossen, den mißglückten Pudding herrlich zu finden. Sie brachte ihn herein; er sah freilich in seiner mißglückten zusammengesunkenen Form wenig verlockend aus. Hans kostete. Er schmeckte stark angebrannt, einfach scheußlich. Aber er meinte tröstend, es wäre gar nicht so schlimm, und mit

Todesverachtung nahm er zum Nachtisch eine Portion davon. Sie sah ganz andächtig zu, wie er die Portion verzehrte, und umfaßte erschüttert seinen Hals.

»Hans du mußt mich sehr lieb haben, daß du diesen Pudding gegessen hast! Ich bringe keinen Bissen davon hinunter.«

Er küßte ihre Hände und ihre Augen. »Liebling, wenn meine Liebe nicht einmal diese Probe bestehen würde, dann sähe es schlimm damit aus.«

Heute nachmittag ließ er sie nicht mehr allein. Er machte nach Tisch einen Waldspaziergang mit ihr, und dann besuchten sie das Verwalterehepaar. Die Frau Verwalter hatte sie zum Kaffee eingeladen, was schon einige Male geschehen war. Sie war eine frische, heitere Frau, und die kleine Komödie, die der neue Gutsherr mit seiner jungen Frau aufführte, machte ihr Spaß. Sie half ihm nach Kräften, die Täuschung durchzuführen.

Sonst kam Anita mit niemand zusammen. Hans hätte sich vielleicht doch Vorwürfe gemacht, daß er Anita die Rolle so lange spielen ließ, die er ihr zugedacht hatte, wenn er sich nicht gesagt hätte, daß Anita ihrer Trauer wegen doch zurückgezogen hätte leben müssen.

Jedenfalls verlebte das junge Paar eine glückselige Zeit voll köstlichen Selbstgenügens. Anita unterdrückte tapfer jeden Wunsch nach einem bequemeren Leben, wenn es ihr, der einst verwöhnten reichen Erbin, auch oft schwerfiel, sich in den äußerst kargen Verhältnissen zurechtzufinden. Die verzagten Stunden des Alleinseins verbarg sie vor ihrem Mann. Sie wollte ihn damit nicht quälen, da er doch, wie sie meinte, ihr Leben nicht ändern konnte.

Die jungen Gatten verlebten dann ein traumhaft schönes und friedliches Weihnachtsfest, an dem Anita nicht eine Stunde allein blieb. Den Tannenbaum hatten sie sich »mit Erlaubnis des Herrn Verwalters« selbst aus dem Wald geholt, und sie waren nach Gotha gefahren, um Baumschmuck einzukaufen. Zusammen schmückten sie die Tanne. Es duftete herrlich weihnachtlich in dem kleinen Haus, denn die junge Hausfrau hatte es sich nicht nehmen lassen, allerlei Weihnachtsleckereien zu backen.

In den vielen Stunden des Alleinseins hatte sie für ihren Mann eine Diwanrückwand gestickt, die zur Verschönerung des Wohnzimmers dienen sollte. Und Hans schenkte seiner jungen Frau lauter drollige praktische Sachen, ganz wie ein sorgsamer Hausvater, der das Nützliche mit dem Angenehmen verbinden muß. Zum Beispiel bekam Anita von ihm eine Brotschneidemaschine und eine neue Hängelampe; allerdings auch eine Anzahl neu erschienener Bücher. Sie mußte an das letzte Weihnachten in ihrem Vaterhause denken. Da war die Weihnachtstafel fast zusammengebrochen unter der Last der Präsente, und auf Frau Erikas Platz hatte die kostbare Perlenschnur zwischen einem Blumenarrangement gelegen. Wie schlicht war dagegen dies Weihnachtsfest in ihrem kleinen Heim! Aber damals war sie ein einsamer, ungeliebter Mensch gewesen – und heute war sie so reich, so unsagbar reich bei aller Armut.

Dies Weihnachtsfest schien den beiden Menschen wunderschön.

Freudig trug Anita den selbstgebackenen Festkuchen auf. Sie war unbändig stolz darauf. Und am ersten Feiertag brachte sie ihren ersten Gänsebraten zu Tisch, den sie mit Hangen und Bangen in den Ofen geschoben hatte. Er war herrlich goldbraun und knusprig geraten, und Hans blickte abwechselnd in das strahlende, vor Eifer gerötete Gesicht seiner jungen Frau und auf den lecker gebratenen Vogel. Er behauptete, daß er noch nie in seinem Leben mit solchem Genuß bei Tisch gesessen hätte.

Anita war glückselig. »Ach, Hans, eigentlich ist das Leben in dieser Einfachheit viel schöner als das frühere, wo ich alles in Überfülle besaß und dabei so einsam und verlassen war. Und wie billig man hier auf dem Land wirtschaften kann! Man bekommt alles halb geschenkt. Die Frau Verwalter hat mir die schönste Gans selbst ausgesucht und mir noch Äpfel zum Füllen draufgegeben. Denkst du, ich kann mein Wirtschaftsgeld aufbrauchen? Nicht möglich. Ich habe diese Woche wieder einen Überschuß von zwanzig Mark. Sag, Hans, hast du große Sorgen, um alles schaffen zu können?«

Er küßte sie gerührt. »Sei ruhig, es reicht sehr gut aus für uns zwei – es bleibt sogar noch etwas übrig. Nächstens können wir uns in Gotha einen Theaterabend mit allem festlichen Zubehör leisten.«

Ihre Augen glänzten. Aber sie sagte tapfer: »Wollen wir das Geld nicht lieber sparen, Hans? Wenn wir später Garderobe brauchen?«

Er lächelte leise. »Wir werden schon durchkommen. Sag mir ehrlich, Nita, hast du nicht viel entbehrt in dieser Zeit?«

Sie schüttelte den Kopf. »Wirklich nicht, man gewöhnt sich auch an diese Verhältnisse. Ganz offen – im Anfang fiel mir manches schwer. Ich kam so schlecht ohne elektrisches Licht aus. Sonst ist hier überall welches, nur in unserem Häuschen nicht. Die Lampe zu putzen, wollte mir nie recht gefallen, und das Mädchen kann man das nicht tun lassen. Aber jetzt bin ich daran gewöhnt – ich ziehe immer alte Handschuhe von dir dazu an. Hier, sieh meine Hände an – sehen sie nicht aus wie zuvor, trotz Lampenputzen und Kochen?«

Er küßte voller Andacht ihre schönen Hände; an der linken saß heute der schöne Ring mit der Perle und den Brillanten. Sie hatte sich festlich gekleidet und nahm sich seltsam vornehm aus in dem kleinen, niedrigen Zimmer.

Mit heiß aufwallender Zärtlichkeit riß er sie an sich. »Meine süße Frau, mein holdes Aschenbrödel! Wenn nun jetzt ein Prinz käme und dich in sein Schloß mit elektrischem Licht führen wollte, wo du keine niedere Arbeit tun dürftest – würdest du mit ihm gehen?«

Sie lachte ihn schelmisch an. »Dann müßte der Prinz Hans Roland heißen und genauso sein und aussehen wie du, mein Herzensmann.«

»Aber dann gingst du mit ihm? In ein Schloß mit elektrischem Licht, mit kostbaren Möbeln, herrlichen Teppichen und Vorhängen, mit einem wundervollen Flügel, den du so sehr vermißt, und mit all den tausend Sachen, die du früher gewohnt warst?«

Sie sah nachdenklich vor sich hin und atmete tief auf. Es war ein seltsamer Glanz in ihren Augen. Aber dann richtete sie sich auf und strich sich das Haar aus der Stirn.

»Ja, Hans, mit dir ginge ich natürlich gern in ein solches Märchenschloß. Wenn man im Luxus aufgewachsen ist, fühlt man sich darin wohl. Aber glücklicher könnte ich im herrlichsten Schloß nicht sein als in unserem Häuschen. Und ohne dich könnte mich das schönste Schloß nicht reizen. Also lassen wir den Märchenprinzen mit seinem Schloß auf dem Mond, wo er hingehört. Hier habe ich dich, mein geliebter Mann, mein liebes kleines Heim mit all seinen Sorgen und Pflichten, die mir so sehr ans Herz gewachsen sind. Und das Gefühl, daß ich ein nützlicher Mensch geworden bin, tauschte ich nicht ein gegen ein luxuriöses Leben. Ich würde auch nie wieder ein nutzloses Drohnendasein führen wollen, selbst wenn ich jetzt plötzlich wieder reich würde. Arbeit und Pflichten muß ich haben, wenn ich wahrhaft glücklich und zufrieden sein soll.«

Er zog sie fest in seine Arme. »Meine tapfere, süße Frau! Ich habe oft gemerkt, wie du mit Schwierigkeiten gekämpft hast. Absichtlich habe ich dir nicht geholfen. Du solltest lernen, allein damit fertig zu werden.«

Sie reckte sich stolz und streckte die Arme aus. »Ich will auch weiter damit fertig werden. Was jetzt auch kommen mag, ich fühle mich auch schwierigen Verhältnissen gewachsen. Und das ist ein köstliches Gefühl, das ich nicht missen möchte. Wie arm war ich als reiche Erbin, und wie reich bin ich, seit ich arm geworden bin!«

Er strich ihr zärtlich über das Haar, und seine Augen

leuchteten in die ihren.

Am Nachmittag des ersten Festtages waren sie wieder zu Birkners eingeladen. Es war wundervolles Weihnachtswetter: leichter Frost lag über einer weißen Schneedecke, und in der Mittagszeit schien die Sonne.

»Wir machen erst einen Spaziergang, Nita, ehe wir zu Birkners gehen. Ist es dir recht?«

Sie nickte strahlend. »Ich wollte denselben Vorschlag machen, Hans.«

Sie verließen gleich nach Tisch das kleine Haus. Sorgsam schloß es Hans hinter sich ab. Das kleine Dienstmädchen war zu seinen Eltern beurlaubt worden.

Anita trug ein vornehmes dunkelblaues Kostüm mit Pelzbesatz und dazu ein reizendes Pelzkäppchen. Sie sah sehr reizend und vornehm darin aus, und Hans ließ seinen Blick immer wieder bewundernd auf ihr ruhen.

Er führte seine Frau zum erstenmal in der Richtung nach dem Schloß durch den Wald.

Mit einem übermütigen Funkeln seiner Augen sagte er: »Wenn man uns so sieht, Nita, könnte man uns sehr wohl für die Herrschaft von Lorbach halten.«

Sie lachte und sah ihn schelmisch prüfend an. »Ja, Hans, wir sehen wirklich viel mehr nach Herrschaftssitz als nach Bauernhaus aus. Aber das wird aufhören, wenn wir unseren Vorrat an eleganter Garderobe aufgebraucht haben.«

Er preßte ihren Arm an sich. »Wer weiß – vielleicht, wenn wir Glück haben, residieren wir auch eines Tages auf solch einem stolzen Herrensitz!«

Ein kleiner Seufzer entfloh ihren Lippen. Aber dann sagte sie lachend: »Hans, du machst schon wieder einen Ausflug auf den Mond. Wir wollen lieber hübsch auf der Erde bleiben.«

»Ach, laß mir doch das Vergnügen! Sieh, da liegt Schloß Lorbach. Wie gefällt es dir?«

Sie waren am Parktor angelangt, und Nita konnte nun das reizende Barockschloß sehen. Sie stieß einen leisen Ruf der Bewunderung aus. »Ach, wie entzückend! Sieh doch, Hans – das reinste, schönste Barock, das du dir denken kannst! Und der wundervolle Park! Welch ein herrlicher Besitz!« Ihre Augen leuchteten, sie blieb stehen und schaute unverwandt hinüber.

»Nicht wahr, Nita, das ist doch etwas anderes als unser kleines Bauernhaus! Es war vielleicht unklug von mir dich hierher zu führen. Nun wird es dir gar nicht mehr in unserem kleinen Heim gefallen.«

Sie schämte sich, daß etwas wie Sehnsucht in ihr aufgestiegen war, in diesem herrlichen Schloß wohnen zu dürfen. Und sich hastig von dem verführerischen Bild abwendend, nahm sie seinen Arm.

»Du brauchst keine Angst zu haben, mein Hans. Ich habe keine vermessenen Wünsche und bin glücklich und zufrieden, daß ich mit dir in unserem kleinen Häuschen wohne. Deshalb kann man aber doch dieses Schloß schön finden«, sagte sie fest und ruhig. Langsam ging er mit ihr weiter.

»Gelegentlich bitte ich den Verwalter, daß er uns erlaubt, das Schloß und den Park zu besichtigen«, sagte er lächelnd.

»Ist es nicht bewohnt, Hans?«

»Nein – der Besitzer ist ein närrischer Kauz.«

»Warum?«

»Weil er sein schönes Schloß nicht bewohnt. Findest du nicht, daß dies sehr töricht ist?«

»Wenn er nicht zwingende Gründe hat. Jedenfalls ist es schade, daß das Schloß leer steht.«

»Wie mir der Verwalter sagt, will der Schloßherr nächstens seinen Einzug halten. Also müssen wir uns beeilen, wenn wir es vorher besichtigen wollen.«

»Wird uns das gestattet werden?«

»Ich hoffe es. Wir können ja gleich heute den Herrn Verwalter fragen.«

»Ja, das wollen wir tun. Ich würde es mir gern ansehen. Ob es schön ausgestattet ist?«

»Soviel ich vom Verwalter gehört habe, soll die Ausstattung sehr schön sein.«

Sie gingen langsam weiter.

Anita mußte immer wieder an das schöne Schloß denken. Wie schade, daß es so lange leer gestanden hat! dachte sie.

XXI.

Die Festwoche war vorüber, und Hans war jetzt mehr als sonst abwesend. Er hatte drüben im Schloß viel zu tun, um alles zu Anitas Empfang vorzubereiten. Denn sie sollte nun nicht lange mehr in dem kleinen Häuschen bleiben. Sobald die letzten Handwerker hinaus waren, sollte Anita ihren Einzug halten. So kam es, daß die junge Frau sehr viel allein war. Da saß sie denn mit einer Handarbeit am Fenster und blickte auf den schneebedeckten Wald, und ihre Gedanken konnten dabei ungehindert ins Weite fliegen. Es kam dann wohl, daß sie an vergangene Zeiten dachte, an die glänzenden Gesellschaften, deren gefeierter Mittelpunkt sie gewesen war. Wie nutzlos hatte sie damals Summen ausgegeben, die jetzt ausgereicht hätten, ihr und Hans alle Sorgen fernzuhalten!

Sie war im Grunde eine ernsthafte und grüblerische Natur, und sie fragte sich oft voll heimlicher Sorge, ob Hans auch dann noch genug Geld für den Unterhalt verdienen würde, wenn sie erst beide ihren Vorrat an Garderobe erschöpft haben würden. Und es quälte sie ein wenig, daß er sie über seine pekuniären Verhältnisse im unklaren ließ. Wenn sie ihn darüber zum Sprechen bringen wollte, fertigte er sie mit einem ausweichenden Scherz ab. So sorglos und unbekümmert um Geld und Geldeswert sie im Hause ihres Vaters dahingelebt hatte – jetzt konnte sie das nicht mehr. Ihre schlimmen Erfahrungen hatten sie ängstlich gemacht. Wie, wenn die Einnahmen ihres Mannes hinter den Ausgaben zurückblieben? Warum klärte er sie nicht über seine finanzielle Lage auf – er mußte ihr doch anmerken, wie sehr sie darüber in Sorge war!

Sie grübelte sich in solch einsamen Stunden mehr und mehr in ein schlimmes Unbehagen hinein. Hans sollte offen zu ihr sein, auch in diesen Dingen, sollte sie teilnehmen lassen an seinen Sorgen, sollte ihr alles sagen, was ihn bewegte, Gutes und Schlimmes. War es nicht ein Ausschließen ihrer Person von seinen internsten Lebensfragen? Überhaupt – etwas gab es in seinem Wesen, wohin sie den Weg nicht finden konnte, das fühlte sie, zumal wenn sie so allein saß und ins Grübeln kam. Irgend etwas Ungreifbares lag zwischen ihnen, etwas, das zum vollen harmonischen Aufgehen ineinander fehlte.

Zum Beispiel auch, daß er ihr noch immer nicht von seinen früheren Beziehungen zu ihrer Stiefmutter gesprochen hatte. Warum tat er das nicht? Das war doch mangelndes Vertrauen.

Ja, diese einsamen Stunden waren sehr gefährlich für Anitas Seelenruhe. Kam Hans dann nach Hause, so verflogen freilich diese quälenden Gedanken vor seiner sieghaften Zärtlichkeit. Aber wenn Anita allein war, kamen sie wieder.

So saß sie auch wieder eines Tages in Grübeleien versunken am Wohnzimmerfenster, als der Postbote auf das Häuschen zukam.

Anita freute sich immer, wenn Post kam. Es war doch eine Abwechslung in ihrem stillen Leben. Schnell öffnete sie das Fenster und sah dem alten Briefträger erwartungsvoll entgegen.

»Zwei Briefe außer den Zeitungen, Frau Doktor – und einer mit ausländischen Marken, der kommt von weit her«, sagte er.

Sie nahm dankend das Päckchen entgegen, das er ihr reichte. »Lassen Sie sich von Berta ein Schnäpschen als Botenlohn geben, Mertens«, sagte sie, und der Briefträger stapfte durch den Schnee zur Haustür.

Anita ließ sich wieder in ihrem Stuhl nieder. Zuerst griff sie nach dem Brief mit den »ausländischen Marken.« Er kam von Lori Gordon. Mit lebhaftem Interesse begann sie zu lesen.

Lori teilte ihr mit, daß der Bahnbau nach Touggourt vollendet sei, und daß zur Feier der Eröffnung das geplante große Fest stattgefunden habe. Die Beschreibung dieses Festes war sehr ausführlich. Unter anderem hieß es:

»Das Fest wurde eingeleitet durch eine Nachtfahrt nach Touggourt, an der auch die obersten Behörden teilnahmen. Danach folgte die eigentliche Feier in dem hübschen Verwaltungsgebäude von Biskra, das Du ja kennengelernt hast, liebe Nita. Die Säulenhalle war mit kostbaren Teppichen ausgelegt und die Säulen von unten bis oben mit buntem Fahnentuch umwunden und mit Palmen geschmückt. Auch die Wände waren mit herrlichen Teppichen behängt. Über dem allem funkelten aus bunten Lampen Tausende von Lichtern.

Du wirst Dir ja nach Deinen hiesigen Erfahrungen vorstellen können, mit welchem Lärm und mit welchem bunten Durcheinander dieses Fest gefeiert wurde. Der Orient und der Okzident prallten wieder einmal fröhlich aufeinander.

Die Estrade des Gebäudes war von den eleganten, in großer Toilette erschienenen Europäern besetzt. Zu ihren Füßen hockten die Ouled Nails und musizierten – ohrenbetäubend. Hinter ihnen in buntem Gewoge Derwische, Kinder, Araber, Menschen der verschiedensten Hautfarben in der buntesten Kleidung.

Aus dem Kasino kamen nach dem Bankett die Minister mit ihrem Gefolge – Herren im Frack, mit Orden geschmückt, dazwischen Spahis in ihren bunten Prachtgewändern und Offiziere in schneeweißen Uniformen. Du würdest gestaunt haben, hättest Du die Tänze ansehen können, die nun begannen. Vor allem die seltsamen Bauchtänze, solo, zu zweien und vieren, und dann in großen Gruppen, wobei sich die Hände an den ausgestreckten Armen wie Schlangenköpfe bewegten. Auch Kinder nahmen an diesen Tänzen teil, und ein etwa zehnjähriges Mädchen übertraf alle anderen Tänzer in dieser eigenartigen Kunst. Denke Dir das in einem deutschen Ballsaal, Nita!

Mich überfiel inmitten dieser seltsamen Festlichkeit solches Heimweh, daß mir die Tränen in die Augen traten. Mein Fritz sah es und faßte meine Hand. »Lori, in zehn Tagen reisen wir ab, hab noch so lange Geduld!« flüsterte er mir zu.

Ich ging dann mit ihm hinaus in die mondhelle Nacht. Draußen unter den Palmen lagerten die Eingeborenen, die nicht mit am Fest teilnehmen konnten, um wenigstens einen Abglanz zu erhaschen. Von fern klang das Gelächter der Hyänen dazwischen und das Bellen der Wölfe und Schakale. Ich dachte an die furchtbare Nacht, da Ihr beide, Du und Hans Roland, Euch in der Wüste verirrt hattet und wir in Angst und Unruhe diesen unheimlichen Tierstimmen lauschten. Ach, meine Nita, wie habe ich damals um Dich gebangt und gezittert! Und wie glücklich war ich, als ich Euch wieder auftauchen sah. Und glaube mir, meine Nita, wie von einem Alp befreit werde ich aufatmen, wenn wir Biskra hinter uns haben. Mir ist, als strecke die Wüste ihre gelben Sandarme nach mir aus, um mich festzuhalten und zu ersticken. Ich glaube, es ist die höchste Zeit für mich, von hier fortzukommen. So glücklich ich mit meinem Fritz war im Verlauf unserer jungen Ehe, auf die Dauer kann man doch nicht zufrieden sein in einer Umgebung, die unseren bisherigen Lebensgewohnheiten so gänzlich fremd ist. Selbst der geliebteste Mann kann uns darüber nicht hinweghelfen. Gottlob – bald geht es heim.

Wenn Du diesen Brief erhältst, rüsten wir zur Reise oder haben sie gar schon angetreten. Wir geben Euch von Kassel aus sofort Nachricht, und dann verabreden wir ein baldiges

Wiedersehen. Wir freuen uns beide so herzlich darauf.

Leb wohl für heute! Bald bin ich bei Dir, und wir können miteinander plaudern von allem, was uns am Herzen liegt. Grüß Deinen lieben Mann von uns beiden. Mein Fritz läßt Dir die Hand küssen, und ich schließe Dich im Geist in die Arme. Auf frohes Wiedersehen in der Heimat!

Deine Lori.«

Sinnend sah Anita ins Weite, als sie diesen Brief gelesen hatte. Vor ihren inneren Augen tauchte Biskra auf. Sie dachte an jenen Tag, als sie sich mit Hans in der Wüste verirrt hatte. Das Herz ging ihr auf. Wie lieb war er zu ihr gewesen – wie opferfreudig!

Sie sah noch einmal auf den Brief hinab. Und da blieb ihr Blick auf einigen Worten haften:

»Auf die Dauer kann man doch nicht zufrieden sein in einer Umgebung, die unseren bisherigen Lebensgewohnheiten so gänzlich fremd ist. Selbst der geliebteste Mann kann uns darüber nicht hinweghelfen.«

Eine unklare Angst stieg plötzlich in Anitas Herzen auf. Würde sie das eines Tages auch an sich erfahren? Würde auch sie eines Tages fühlen, daß ihre neuen Lebensgewohnheiten den alten so fremd waren?

Sie wehrte diesen Gedanken von sich ab wie einen Feind.

Wo nur Hans bleibt? Man kommt auf so törichte Gedanken, wenn man allein ist, dachte sie seufzend.

Hastig, um sich abzulenken, griff sie nach dem anderen Brief. Sie sah, daß er Frau Erikas Schriftzüge trug, und öffnete das Schreiben mit einem unbehaglichen Gefühl. Was konnte ihr von Frau Erika Gutes kommen?

Der Brief hatte folgenden Inhalt:

»Liebe Anita! Ihr laßt ja gar nichts von Euch hören. Ganz eingesponnen in Flitterwochenseligkeit? Wie geht es Euch? Ich führe ein sehr einsames, zurückgezogenes Leben, sehe nur einige alte, bewährte Freunde bei mir und habe immer noch allerlei Schererei mit der Nachlaßordnung gehabt. Du kannst froh sein, daß Du davon nichts zu sehen und zu hören bekommst! Tatsache ist, daß für uns nicht ein roter Heller herausspringt, alles ist von der Masse der Verpflichtungen verschlungen worden, und man wollte mir sogar das Wenige, was ich für mich gerettet habe, noch einmal streitig machen. Da habe ich aber den Herren meine Meinung gesagt! Wovon soll ich denn leben? Sie sind auch unverrichteterdinge wieder abgezogen. Endlich läßt man mich ungeschoren. Nun kann ich wieder aufatmen.

Wie lebt Ihr denn in Eurer Weltabgeschiedenheit? Hältst Du denn das auf die Dauer aus? Und Dein Mann? Wenn ich mir Euch zwei elegante Menschen in diesem Bauernidyll vorstelle, muß ich den Kopf schütteln. Und wie ist es denn – hat Dein Gatte nun endlich Generalbeichte abgelegt? Erzähl mir doch mal ein wenig aus Eurem Leben. Es interessiert mich doch sehr, wie sich Hans Roland als Ehemann aufführt. Du kannst ihn von mir grüßen. Oder erlaubt das Deine Eifersucht nicht? Ach, Anita, ich sehe im Geist Dein stolz abweisendes Gesicht – aber eifersüchtig warst Du doch mal auf mich – sehr! Brauchst es aber nicht mehr zu sein.«

Anita sah von dem Briefe auf; dann las sie weiter:

»Seit ich weiß, daß Du ihn und mich damals bei seinem ersten Besuch in Villa Friesen belauschtest und mich doch nicht an Deinen Vater verraten hast, seit der Zeit habe ich wirklich etwas für dich übrig und wünsche Dir ein echtes, volles Glück. Du brauchst also nie mehr eifersüchtig zu sein; wir zwei, Dein Mann und ich, küssen uns gewiß niemals wieder, wie an jenem Tage. Er hat es sich, glaube ich, auch nur ungern gefallen lassen. Nun ja, das ist vorbei. Sie vielmals gegrüßt von

Deiner Erika Friesen.«

Mit zuckenden Lippen faltete Anita den Brief zusammen und steckte ihn in die Tasche ihres Kleides. Hans durfte diesen Brief nicht lesen. Ach, daß er doch endlich den Druck von ihrer Seele nehmen möchte! Warum erlöste er sie nicht von diesem demütigenden Gefühl? War es nicht seine Pflicht, jetzt, da sie seine Frau war, offen darüber zu reden, wie er mit ihrer Stiefmutter gestanden hatte? Durch sein Schweigen zwang er auch sie zu Heimlichkeiten. Das konnte er freilich nicht wissen – aber wenn alles zwischen ihnen klar sein sollte, mußte er doch endlich sprechen. Er mußte sie doch genügend kennen, um zu wissen, daß alles, was er ihr anvertraute, bei ihr gut aufgehoben war.

Es stieg heiß in ihren Augen auf. Nein, sie besaß nicht das volle Vertrauen ihres Mannes! Sowenig er ihr seine pekuniären Verhältnisse offenbarte, sowenig enthüllte er ihr das, was er ihr doch anvertrauen mußte.

Sie sprang auf und ging erregt in dem kleinen Wohnzimmer hin und her. Wie demütigend war es, der Stiefmutter gestehen zu müssen, daß Hans ihr noch immer nicht gebeichtet hatte! Ihre Augen ruhten mit einem unglücklichen Ausdruck auf ihrer Umgebung. Die Stelle aus Loris Brief fiel ihr wieder ein: »Auf die Dauer kann man nicht zufrieden sein in einer Umgebung, die unseren bisherigen Lebensgewohnheiten so gänzlich fremd ist.«

Ja, heute zum erstenmal fühlte sie, daß sie in einer Umgebung lebte, die ihr fremd bleiben würde – fremd bleiben mußte. Aus Liebe zu ihrem Mann und der Not gehorchend hatte sie sich eingeredet, daß sie sich hier zufrieden fühlte. War sie es wirklich? Schlummerte nicht in ihrem innersten Herzen eine leise Sehnsucht nach einer harmonischeren Umgebung?

Sie wehrte diese Gedanken von sich. Das war ja Unsinn! Sie war doch zufrieden und glücklich gewesen all die Zeit, und sie würde es bleiben – wenn Hans ihr nur endlich sein volles Vertrauen bewies.

Unruhig blickte sie hinaus. Kam Hans immer noch nicht heim? Sie steigerte sich in ein unbehagliches Empfinden hinein und brach schließlich in Tränen aus – sie wußte selbst nicht, warum.

Als bald darauf ihr Mann heimkehrte, hatte sie hastig

ihre Tränen getrocknet und einen ruhigen Ausdruck in ihr Gesicht gezwungen. Aber Hans merkte sofort die Tränenspuren und ihr bedrücktes Wesen.

»Liebling, du siehst aus, als hättest du geweint. Was ist dir? Rede doch, Kind!«

Sie mied seinen Blick und machte sich los.

»Es ist nichts, Hans, bitte, achte nicht darauf. Es war eine dumme Stimmung – ich glaube, ich fühlte mich ein wenig einsam, weil du nicht bei mir warst.«

Er nahm sie in seine Arme und sah ihr liebevoll in die Augen. »Habe ich dich zuviel allein gelassen, Liebste? Verzeih mir und glaube mir, daß ich es nur tat, weil ich dir eine Überraschung bereiten will.«

Sie sah ihn unruhig fragend an. »Eine Überraschung?«

Er nickte. »Ja, meine Nita bekommt in den nächsten Tagen eine Nachbescherung. Übermorgen wirst du es erfahren.«

Sie faßte seine Schultern und sah ihn mit großen Augen an. »Hans, Überraschungen sind eine Folge von Heimlichkeiten. Ich muß gestehen, daß ich mich nicht gern überraschen lasse. Es wäre mir viel lieber, wenn du mir immer alles sagtest – ich meine auch alles, was du denkst und fühlst. Ich möchte all deine Gedanken mit dir teilen.«

Forschend ruhte sein Blick auf ihrem Antlitz. Sie kam ihm verändert vor in ihrem ganzen Wesen. Ihre Augen blickten trübe, und er fühlte, daß etwas sie quälte.

»Tust du das nicht, Liebling? Weißt du nicht, daß wir eins sind im Denken und Fühlen?« fragte er ernst.

Sie riß sich los. Es stieg heiß in ihr auf wie Zorn. »Ich will den Tee bereiten«, sagte sie hastig abwehrend und ging schnell hinaus.

Dabei entfiel ihr, ohne daß sie es merkte, der Brief, den sie in die Tasche gesteckt hatte.

Hans sah ihr betroffen nach und bückte sich dann, um den Brief aufzuheben. Er erkannte sofort Frau Erikas Handschrift und stutzte. Hing dieser Brief mit Nitas verweinten

Augen und seltsamem Wesen zusammen? Hatte da etwa Frau Erika eine Teufelei ausgeheckt? Zuzutrauen war es ihr.

Und als er so auf den Brief niederstarrte, las er die Stelle: »Du brauchst nun nie mehr eifersüchtig zu sein –«

Er zuckte zusammen. Mit einem Ruck richtete er sich plötzlich empor, als sähe er einen Feind. Was war das? Was bedrohte sein Glück?

So stand er noch, als Anita mit dem Teegeschirr wieder eintrat. Sie sah den Brief in seiner Hand und erschrak. Und da sagte er:

»Du hast diesen Brief verloren, Nita. Ich sehe, er ist von deiner Stiefmutter. Wider Willen habe ich einige Worte gelesen. Und ich muß dich bitten, mich diesen Brief lesen zu lassen.«

Sie trat hastig auf ihn zu und wollte ihm den Brief entreißen. »Nein – er ist nur für mich bestimmt.«

»Das scheint mir so. Aber gerade darum möchte ich ihn lesen. Ich habe das Empfinden, daß deine seltsame Verstimmung damit zusammenhängt.«

Sie war sehr blaß geworden. »Bitte, gib mir den Brief zurück, Hans, ich will nicht, daß du ihn liest!«

»Nita, du sagtest mir vorhin, daß du alles wissen möchtest, was ich denke und fühle. Du hast schon wiederholt solche Äußerungen getan, und ich habe zuweilen eine leise Unruhe an dir bemerkt. Nun gut – jetzt sage auch ich, daß ich alles wissen möchte, was in dir vorgeht. Deine Verstimmung scheint mit diesem Brief in engster Verbindung zu stehen. Ich muß wissen, was dich quält. Besitze ich dein Vertrauen nicht?«

»Du besitzt mein Vertrauen, Hans, und wenn ich dennoch etwas Heimliches mit mir herumtrug, war es deine Schuld und nicht die meine. Du willst den Brief lesen – nun wohl, du sollst ihn lesen. Dann wirst du wissen, was mich gequält hat, seit ich dich kenne – wirst wissen, weshalb ich nicht daran glauben konnte, daß du aus Liebe um mich warbst, daß ich annehmen mußte, dein Bemühen gelte meinem Reichtum. Also, lies den Brief – aber bitte, vergiß nicht, daß du es von mir gefordert hast. Freiwillig hätte ich ihn dir nicht zu lesen gegeben.«

Mit einem leisen Kopfschütteln sah er sie an. Sie konnte nicht die leiseste Spur von Verlegenheit in seinem Gesicht entdecken. Er war nur erstaunt, daß sie etwas mit sich herumgetragen hatte, wovon er nichts ahnte.

Langsam entfaltete er nun den Brief und las. Erst sah er gleichgültig auf Frau Erikas Worte, aber dann stutzte er, als er zu dem Ende des Briefes kam.

Anita beobachtete ihn mit einer wilden Angst im Herzen – mit einer unsinnigen Furcht, daß jetzt ihr Glück in Scherben gehen könnte. Sie sah, wie er stutzte und wie sich sein Gesicht leicht verfärbte. Ihre Hände krampften sich zusammen. So stand sie in atemloser Erregung.

Nun hatte er zu Ende gelesen. Er legte den Brief auf den Tisch. Und dann trat er mit einem weichen, guten Lächeln auf sie zu und faßte ihre Hände.

»Meine arme kleine Frau! Das also hat dich gequält? Aber Kind – fühlst du denn nicht, daß alles, was mit dieser Frau zusammenhängt, weit, weit hinter mir liegt und für mich ganz wesenlos geworden ist? Das also wolltest du wissen, wenn du mit zaghaften Fragen an meiner Vergangenheit rührtest? Nun verstehe ich dich. Komm, mein liebes Herz, setz dich zu mir. Nun muß ich dir natürlich alles sagen, damit in keinem Winkelchen deines Herzens eine Unruhe zurückbleibt.«

Er zog sie neben sich auf den Diwan und streichelte ihre Hand. Sie atmete hastig.

»Du mußt nicht denken, Hans, daß ich noch eifersüchtig bin. Das war vorbei, als du mir sagtest, du habest mit mancher Frau getändelt, geliebt aber nur mich. Aber gequält hat es mich, daß du mir nicht alles sagtest – weil auch ich dadurch gezwungen war, ein Geheimnis vor dir zu haben.«

»Liebling, wie leid tut mir das! Aus Rücksicht für Frau

Erika schwieg ich – die mir ja längst, ehe ich dich kennen lernte, ganz gleichgültig geworden war. Nun muß ich dir alles sagen. Deine Ruhe steht mir höher als die Rücksicht auf Frau Erika. Sie weiß also, daß du um jene Beziehungen wußtest, und wie ich sie kenne und wie aus diesem Brief hervorgeht, wird sie in ihrer taktlosen und unzarten Weise darüber gespottet haben, daß ich dir noch nichts erzählt habe.«

»Es hat mich gedemütigt, Hans.«

Er streichelte ihre Hände. »Ich kann mir sehr gut denken, was du dabei empfunden hast. Arme kleine Frau! Aber eine Frau Erika kann dich nicht demütigen, Nita. Nun höre mich an.

Also, vor Jahren lernte ich Erika Braun auf einem Künstlerball kennen. Wir waren in übermütiger Karnevalsstimmung, und ich war so recht aufgelegt, tausend Torheiten zu begehen. Ich beging aber nur eine – ich verliebte mich in die schöne Erika, die damals übrigens viel schöner war als jetzt. Sie ging sofort auf meinen Flirt ein, und ich sah sie bald wieder. Dann fiel mir aber auf, daß sie, obwohl sie vorgab, mich zu lieben, mit anderen Männern kokettierte. Das kühlte mich sehr ab. Und als sie mir dann eines Tages rundweg erklärte, ich wäre ihr zu arm, sie wollte eine gute Partie machen, traf es mich nicht sehr hart. Sie meinte, wir könnten ja trotzdem vergnügt miteinander sein; sie würde doch nur einen Mann heiraten, dem ihr Herz nicht gehörte. Das stieß mich ab und tötete den letzten Rest von Liebe in meinem Herzen. Ich zog mich von ihr zurück, und wenige Wochen später sagte sie mir, sie hätte sich mit dem Bankier Friesen verlobt. Wir kamen uns einige Jahre ganz aus den Augen. Ich hörte nur zuweilen von dem glänzenden Haus, das sie führte, seit sie die Gattin des Bankiers Friesen war.

Nach Jahren traf ich sie zufällig auf der Promenade. Sie sprach mich lachend an und forderte mich auf, sie zu besuchen. Ich lehnte erst ab. Da schalt sie mich einen langweiligen Pedanten, und schließlich sagte sie kokett:

›Du fürchtest also doch noch, meinem Zauber zu verfallen, Hans?‹

Ich zuckte die Schultern und sagte: ›Ich werde kommen.‹

Erstens wollte ich ihr beweisen, daß Frauen wie sie keinen Zauber auf mich ausüben können, und zweitens war ich neugierig, wie sie sich in dem glänzenden Rahmen ausnahm, in den ihr Gatte sie gestellt hatte.

Ich erhielt bald darauf eine Einladung. Auf dieser Einladung hatte Frau Erika die Zeit eine halbe Stunde früher angegeben als für die übrigen Gäste. Ich wurde in den Salon der Hausfrau geführt, und kaum hatte ich ihn betreten, als Frau Erika mich lachend umarmte und küßte. ›Wie glücklich bin ich, lieber Hans, daß du gekommen bist, wie habe ich mich nach dir gesehnt!‹ sagte sie.

Ich war vor Schrecken fassungslos und suchte ihre Arme von meinem Hals zu lösen. ›Ich bitte dich, sei vorsichtig! Wenn man uns überrascht!‹ stieß ich hervor.

Es war mir überaus peinlich. Ich hatte nicht die mindeste Lust, neue Beziehungen zu ihr anzuknüpfen, und ärgerte mich, daß ich ihrer Einladung gefolgt war.

Ehe ich noch etwas sagen konnte, hörten wir Stimmen im Nebenzimmer – und gleich darauf tratest du mit deinem Vater ein.

Als mich Frau Erika umarmte und küßte, stand es bei mir fest, daß ich ihr Haus nicht wieder betreten würde.

Aber dann sah ich dich, Nita – und von diesem ersten Sehen an gehörte dir mein Herz. Ich konnte nicht fernbleiben, es zog mich unwiderstehlich in deine Nähe. Und ich litt unsagbar unter deinem stolzen, abweisenden Wesen, unter deinem offen zur Schau getragenen Mißtrauen.«

Mit steigender Erregung hatte Anita seinen Worten gelauscht. Nun warf sie sich an seine Brust.

»Ach Hans – ich hatte ja, ohne es zu wollen, gesehen, wie meine Stiefmutter dich umarmte und küßte, und konnte nicht wissen, daß du dich ablehnend verhieltest. Ich glaubte damals, daß du meine Stiefmutter liebtest und nur um mich warbst, weil ich die Tochter eines reichen Mannes war. Wie hat mich das gequält – denn ich mußte dich trotzdem lieben, zu meiner eigenen Qual. Und weil ich fürchtete, schwach zu werden deinen Bewerbungen gegenüber, deshalb floh ich vor dir und meinem Herzen nach Biskra.«

Er zog sie fest an sich. »Und warum sagtest du mir damals in Biskra nicht, daß du Zeuge dieser Szene gewesen warst – damit ich mich hätte verteidigen können?«

»Oh, ich hätte es nicht über meine Lippen gebracht. Und ich wartete auf dein Vertrauen – einmal mußtest du mir ja alles sagen, damit ich von dieser häßlichen Heimlichkeit erlöst wurde. Aber bis heute hatte ich vergeblich gewartet.«

»Auf mein Vertrauen gewiß nicht, Liebste. Sieh, Frau Erika war mir so gleichgültig geworden, war so ganz aus meinem Herzen, aus meinem Leben verschwunden, daß ich es für überflüssig hielt, dein Gemüt damit zu beschweren. Ich hätte dir ja dann auch von meinen übrigen Jugendtorheiten sprechen müssen, womit ich dein reines Herz nicht trüben wollte. Siehst du nun ein, daß dies mit meinem Vertrauen gar nichts zu tun hat?«

Sie lehnte ihre Wange an die seine. »Ach, Hans, eingesehen habe ich das alles. Ich litt auch mehr darunter, daß ich diese häßliche Heimlichkeit nicht loswerden konnte, als daß du nicht darüber sprachst. Gottlob, daß nun dieser Schatten aus meinem Leben geschwunden ist!«

Er küßte sie zärtlich und sah sie forschend an. »Du sagst: dieser Schatten. Hast du vielleicht noch mehr Schatten zu bannen? Liegt dir sonst noch etwas auf dem Herzen? Was es auch sei, Nita, sage es mir! Laß nun wirklich keine Heimlichkeiten mehr zwischen uns sein!«

Sie sah ihn unsicher an. »Ich weiß nicht, ob ich dir sagen darf, daß es mich beunruhigt, daß du mir nicht über deine pekuniären Verhältnisse volle Klarheit gibst. Mir ist, als tappte ich da im dunkeln. Ich werde die Angst nicht los, daß du Sorgen hast, die du mir verheimlichst. Sei mir nicht böse, aber ich wittere auch hier eine Heimlichkeit. Vielleicht willst du mich schonen. Aber ich bitte dich, laß mich alles wissen, alles mit dir tragen! Ich will ganz stark und tapfer sein, nur Klarheit muß ich um mich haben. Mir ist oft so bange um unser Glück, weil ich fürchte, du verbirgst mir deine Sorgen.«

Tief bewegt sah er in ihre flehenden Augen und küßte ihr die Hände. »Du hast recht, mein Liebling – ich bin dir diese Offenheit schuldig. Daß ich bisher nicht offen meine Verhältnisse mit dir besprach, hatte einen besonderen Grund. Habe nur noch bis übermorgen Geduld. Ich sprach von einer Überraschung. Die darfst du mir nicht verderben. Übermorgen nachmittag sollst du alles wissen – heute nur so viel, daß du dich nicht zu sorgen brauchst, daß unsere Verhältnisse sich sogar bessern werden. Willst du noch solange Geduld haben?«

Sie umfaßte ihn mit leidenschaftlicher Innigkeit. »Wie will ich dir danken, wenn alles hell um mich ist! Dann will ich ganz zufrieden sein.«

Lächelnd sah er sie an. »Also, ganz zufrieden und glücklich bist du doch nicht?«

Sie errötete jäh. »Wie undankbar würde ich sein, wenn ich es nicht wäre!«

»Nun gestehe es nur ein, es ist doch ein wenig eng und klein, unser Häuschen. Nein, schüttle nicht den Kopf, sag es nur ehrlich! Es ist ja ein Wunder, daß du dich so unverzagt in alles hier gefügt hast. Ich habe dich im stillen bewundert, Liebste. Wenn ich bedenke, in welchen Verhältnissen du aufgewachsen bist, dann überkommt mich eine tiefe Rührung. Ich habe ja nie so aus dem vollen leben können wie du, aber selbst mich hat es manche Überwindung gekostet, mich in das engbegrenzte, schlichte Leben zu fügen.«

Sie richtete sich erschrocken auf. »Ach, siehst du, Hans, du fühlst dich nicht wohl in unserem kleinen Heim! Ich habe es im stillen gefürchtet. Und ich bin schuld daran, daß du so einfach leben mußt. Ohne mich könntest du dir mancherlei Abwechslung gönnen. Nun mußt du dein kleines Einkommen mit mir teilen. Bin ich dir nicht eine große Last?«

Gerührt zog er sie in seine Arme.

Fast machte er sich Vorwürfe, daß er die kleine Komödie mit ihr aufgeführt hatte. Es war gut, daß drüben im Schloß alles fertig war. Morgen verließen die letzten Dekorateure das Schloß. Und übermorgen würde er sie in ihr neues Reich einführen.

»Oh, du große süße Last! Wie arm wäre mein Leben ohne dich – wie inhaltlos! Sei ruhig, mein liebes Herz, ich habe noch nichts entbehrt und werde nichts entbehren. Deine Liebe entschädigt mich tausendfach für alles.«

Sie schmiegte sich an ihn. »Wie glücklich machen mich deine Worte, mein Hans!«

Sie saßen traulich nebeneinander und tranken Tee. Draußen wirbelten leichte Schneeflocken durch die Luft, und in der Küche summte Berta ein Volkslied.

Anita lauschte lächelnd. Dann holte sie Lori Gordons Brief herbei. Gemeinsam lasen sie ihn durch. Und als sie zu Ende waren, sagte Hans:

»Das trifft sich gut, Nita, daß Gordons jetzt heimkehren. Sobald sie uns ihre Ankunft in Kassel melden, laden wir sie einige Wochen ein. Wir müssen uns doch für die empfangene Gastfreundschaft revanchieren.«

Anita richtete sich in seinen Armen auf. »Ach, Hans – wie denkst du dir das? Wir können Gordons doch nicht in unserem kleinen Häuschen unterbringen.«

Er lachte und streichelte ihr Haar. »Meinst du, es geht nicht?

Sie sah sich um und schüttelte bekümmert den Kopf. »Nein, das geht wirklich nicht. Es ist wohl besser, wir treffen in Kassel mit ihnen zusammen, vorausgesetzt, daß du das Geld dafür erübrigen kannst.«

»Nun, wir werden sehen. Es hat ja noch einige Tage Zeit.

Schließlich lassen wir Frau Lori entscheiden, unter Darlegung unserer Verhältnisse. Vielleicht schafft auch die Frau Verwalterin Rat. Im Verwalterhaus ist noch viel Platz«, sagte er übermütig.

Sein Übermut steckte sie an. »Warum nicht gar im Schloß? Da ist noch mehr Platz«, sagte sie lachend.

»Wie ich gehört habe, wird demnächst der Schloßherr seinen Einzug halten. Wir müßten ihn erst um Erlaubnis fragen.«

»Der würde uns sehr erstaunt ansehen!« lächelte sie. »Du – ehe er eintrifft, wollen wir uns aber noch das Schloß ansehen. Der Verwalter hat es ja erlaubt.«

Er nickte. »Das wollen wir tun. Aber nun gib mir noch eine Tasse Tee, du machst ihn vorzüglich.«

Sie lächelte wehmütig. »Das hat Papa auch immer gesagt. Er ließ den Tee am liebsten von mir bereiten. Es war das einzige, was ich gelernt hatte.«

»Du hast in der kurzen Zeit unserer Ehe sehr viel gelernt und kochst jetzt sehr gut.«

»Wirklich, bist du mit mir zufrieden?«

Er küßte sie. »Mehr als das. Von deinem weihnachtlichen Gänsebraten träume ich noch«, neckte er.

Sie lachte. »Du Schlemmer!« Aber ihre Augen glänzten. Sie fühlte sich nun restlos glücklich und verstand nicht mehr, daß sie vorhin in so bedrückter Stimmung hatte sein können.

XXII.

Am übernächsten Morgen wollte Anita nach dem Frühstück, wie jeden Tag, in die Küche gehen, um mit Berta zu beraten, was heute gekocht werden sollte.

Hans saß hinter der Zeitung und rauchte eine Zigarette.

Er hielt Anita an der Hand fest. »Wo willst du hin, Nita?«

»In die Küche, Hans.«

Er zog sie dicht an sich heran. »Heute brauchst du nicht zu kochen.«

Sie lachte. »Aber Hans, willst du nicht zu Mittag essen?«

Aufspringend schlang er beide Arme um ihre schlanke Gestalt. Er war erregt. »Das hab' ich ja ganz vergessen, Nita – wir speisen doch heute im Schloß.«

Sie sah ihn ganz entgeistert an. »Im Schloß? Du träumst wohl, Hans?«

»Durchaus nicht. Wir wollen heute Schloß und Park besichtigen. Und die Frau Verwalter hat uns zum Diner eingeladen. Es wird heute im Schloß serviert.«

Ihr Gesicht strahlte. »Ah, das also ist deine Überraschung?«

»Ein Teil davon wenigstens.«

»Das ist reizend von Verwalters. Sie sind immer so nett zu uns. Weißt du, ich werde der Frau Verwalter die Stickerei schenken, die ich jetzt in Arbeit habe. Irgendwie müssen wir uns doch erkenntlich zeigen.«

»Tu das, sie wird sich freuen. Es sind wirklich famose Menschen, die beiden. Nun schnell, kleide dich an, ich tu es auch. Aber recht festlich, bitte! Heute sollst du einmal wieder ganz als große Dame leben.«

»Was soll ich denn anziehen?«

»Vor allen Dingen kein dunkles Kleid, Nita. Heute will ich dich in lichten Farben sehen.«

»So komm, such selber das Kleid aus, das ich tragen soll.«

Sie führte ihn vor ihren Kleiderschrank im Schlafzimmer. Hans wählte mit Bedacht in dem ziemlich großen Kleidervorrat und entschied sich schließlich für ein Kleid aus perlfarbiger, weicher Seide, über die ein zartblauer Schleierstoff herabfiel. In diesem Kleid mochte er Anita am liebsten sehen. Es hob ihre eigenartige Schönheit besonders hervor.

Zögernd nahm sie das Kleid aus dem Schrank. »Das ist

aber doch viel zu prächtig, Hans. Es ist eine Robe für ganz große offizielle Gelegenheiten.«

»Nun, bitte – ist es nicht eine ganz große Gelegenheit, wenn wir im Schloß Lorbach speisen?« neckte er.

»Was sollen denn Verwalters sagen, wenn ich in diesem Prachtgewand erscheine?«

»Sie werden sagen, daß du darin wie eine Märchenprinzessin aussiehst. Aschenbrödel im Schloß, Liebling! Übrigens tust du der Frau Verwalter einen Gefallen. Sie freut sich, wie du weißt, immer an deinen schönen Kleidern. Und der Verwalter wird sich noch mehr in dich verlieben wie bisher.«

»Nun – auf dein Haupt die Folgen!«

Sie zogen sich nun um. Auch Hans trug den offiziellen Gesellschaftsanzug.

Als sie fertig waren, sahen sie einander lachend an. Bewundernd schloß Hans seine schöne Frau in die Arme.

»Aschenbrödel ist wieder Prinzessin geworden. Nun komm zum Schloß, meine Prinzessin!«

»Deinen Arm, Märchenprinz!« ging sie übermütig auf seinen Ton ein.

Er legte ihr noch einen kostbaren schwarzen Samtmantel, der mit Pelz verbrämt war, um die Schultern, und auch er zog seinen Pelzmantel an.

»Es fehlt nur noch, daß wir feierlich im güldenen Wagen zum Schloß fahren«, sagte Anita lachend, als sie nebeneinander auf dem Wege dahinschritten. Erstaunt sah Anita, daß das Parktor weit geöffnet stand. Und als sie es durchschritten hatten und auf das Schloß zugingen, sah sie eine Anzahl Diener am Portal stehen. Oben an der Freitreppe standen der Verwalter Birkner und seine Frau, beide in sonntäglichem Gewand, und hinter ihnen der Notar Dr. Heine, den Anita gelegentlich kennengelernt hatte. Die Frau Verwalterin hielt einen großen Blumenstrauß in den Händen.

Anita hielt ihren Gatten am Arm zurück.

»Hans, sieh doch – da kommen wir wohl ungelegen. Das sieht ja aus, als würde der Herr des Schlosses erwartet. Auch der Herr Doktor Heine ist da. Der ist doch sicher aus einem bestimmten Grunde hier.«

Hans zog sie aber mit sich fort. »Komm nur, Nita – diese förmlichen Umstände sind unseretwegen gemacht worden.«

»Um unseretwillen? Das kann nur ein Scherz sein.«

Er drückte erregt ihre Hand. »Du wirst sehen, daß alles seine Richtigkeit hat. Jetzt kommt die versprochene Überraschung, Nita. Ich bitte dich, mein süßes Herz – sei mir nicht böse, daß ich dich ein wenig beschwindelt habe! Ich habe dich mit Bedacht in unser liebes kleines Haus geführt, weil du lernen solltest, dich auch in einem bescheidenen Leben zurechtzufinden. Nun sollst du wieder ein Leben führen, wie du es früher gewohnt warst – als Herrin dieses Schlosses. Ich habe von meinem Onkel, dem Freiherrn von Lorbach, nicht nur das kleine Haus geerbt, sondern den ganzen großen Herrschaftssitz. Nun zeig, meine tapfere Frau, daß dich auch ein unvorhergesehener Glücksfall nicht aus der Fassung zu bringen vermag!«

Wie im Traum hatte Anita zugehört. Sie wußte nicht, ob das Wirklichkeit war, was sie jetzt erlebte, konnte auch vorläufig nichts auf die Worte ihres Mannes erwidern. Denn der Verwalter und seine Frau traten auf sie zu. Frau Birkner übergab ihr lächelnd den Blumenstrauß, und der Verwalter sprach einige herzliche Begrüßungsworte. Auch Dr. Heine trat nun heran und sagte lächelnd:

»Auf diesen Augenblick habe ich mich schon lange gefreut, gnädige Frau. Gott schenke Ihnen in Ihrem neuen prächtigen Heim ein Glück, das jenes im kleinen Haus gefundene so weit überstrahlt, wie das Schloß das kleine Häuschen!«

Anita verlor diesem Ereignis gegenüber nicht die Haltung der großen Dame. Ihr Dank war freilich ein wenig erregt hervorgestammelt, aber in aufrechter Haltung schritt sie nun am Arm ihres Mannes an der Dienerschaft vorüber in die Schloßhalle.

Nur ihre Hand zitterte leise, und sie flüsterte ihm zu:

»Mir ist das alles wie ein Traum – ich weiß nicht, wie ich das ertragen soll!«

Hans Roland drückte ihren Arm fest an sich und führte sie in ein schön und kostbar ausgestattetes Zimmer.

»Wir sehen uns nachher bei Tisch«, sagte er verabschiedend zu Dr. Heine und dem Verwalterpaar.

Dann waren die beiden Gatten allein.

»Zürnst du mir wegen dieser Täuschung, meine süße Frau?« fragte Hans Roland.

Sie schüttelte hilflos den Kopf und tastete nach seinem Arm. »Hans – bin ich wach? Ist das wirklich alles wahr? Du – du bist der Herr dieses Schlosses? Hier soll ich in Zukunft wohnen? Ich kann das alles nicht fassen – es ist so unwirklich, so traumhaft.«

Er küßte sie fest auf den Mund. »Fühlst du nun, daß du wach bist, Liebste? Nun sollst du wieder in einer Umgebung leben, wie sie zu dir gehört. Wie glücklich bin ich, daß ich dir ein so schönes stolzes Heim bieten kann! Verzeih die kleine Komödie. Du solltest auch mich ganz um meiner selbst willen lieben.«

Sie blickte sich aufatmend um und sah ihn dann fragend an. »Erzähl mir doch – wie kam das alles?«

Sie neben sich auf einen Diwan ziehend, begann er zu sprechen. Von dem glücklichen Erfolg seiner Arbeit und der großen Erbschaft, von seiner Absicht, ihr seine veränderten Verhältnisse in Biskra zu offenbaren und sie dadurch von ihrem Mißtrauen zu kurieren. Und wie er dann anderen Sinnes geworden war, als sie plötzlich verarmte, weil er auch nur um seiner selbst willen von ihr geliebt sein wollte. Sie erfuhr auch von der Beteiligung Gordons, Dr. Heines und des Verwalterpaares an dem heiteren Betrug.

Und dann zog er sie an sich und küßte sie wieder und

wieder und sagte ihr, wie stolz er auf sie war, weil sie sich so ohne Murren in alle Entbehrungen gefügt hatte.

»Du wirst nun auch in Zukunft deinen Pflichtenkreis haben, meine Nita. Ich weiß, daß du in Schloß Lorbach als tüchtige Hausfrau schalten und walten wirst. Arbeit genug wirst du finden. Das Wohl und Wehe vieler Menschen ist von uns abhängig; wir wollen immer daran denken, nicht wahr?«

Sie sah ihm ernst in die Augen. »Ja, Hans, das wollen wir nie vergessen! Ich will alles tun, um dich auch in den neuen Verhältnissen ganz zufriedenzustellen. Ohne Pflichten und Arbeit möchte ich nicht wieder leben. Ich danke dir, daß du mich gelehrt hast, zu arbeiten und zu entbehren.«

Sie sprachen noch mancherlei, wie sie sich in Zukunft ihr Leben einrichten wollten. Er erzählte ihr, daß er sie in den vergangenen Monaten so viel allein gelassen hatte, weil er sich in seinen neuen Pflichtenkreis einarbeiten mußte, und weil er hier im Schloß alles zu ihrem Empfang vorbereiten wollte.

Dann führte er sie im ganzen Schloß herum, zuletzt in die für sie bestimmten Zimmer. Sie waren entzückend ausgestattet, der passende Rahmen für ihre vornehme Erscheinung. Sie fiel ihm um den Hals. Alles redete ihr hier von seiner Liebe.

»Nun, kleine Frau – hier wirst du dich doch wohl ein wenig behaglicher fühlen als in unserem ärmlichen Häuschen!« neckte er.

Sie sah ihn unsicher an. »Wenn ich nein sagen wollte, müßte ich lügen, Hans. Es ist ja alles so wunderschön hier. Und gerade nach dem Leben in unserem kleinen Heim wirkt diese Umgebung so viel vornehmer und schöner. Aber ich sage dir ganz ehrlich – wenn nicht auch unser reiches, schönes Glück aus dem kleinen Häuschen mit uns in das Schloß übersiedelte, dann würde ich doch lieber dort bleiben.«

»Liebling, unser Glück tragen wir im eigenen Herzen mit

uns. Es wird uns auch hier treu bleiben, denn wir lieben uns.«

Sie gingen Arm in Arm geschmiegt weiter, und als sie dabei an einem hohen Spiegel vorüberkamen, blieb Anita stehen.

»Hans, hier passen unsere prächtigen Kleider wirklich besser hinein als in unser kleines Haus«, sagte sie schelmisch.

Er nickte ihr im Spiegel zu. »Meine stolze Königin – wirst du nun nie wieder eine Schürze tragen?« neckte er.

Sie lachte. »Doch, Hans, die Schürze soll auch in Zukunft mein Arbeitskleid sein. Ich will auch weiterhin selbst viele Dinge tun, die ich jetzt gelernt habe.«

»Auch Lampen putzen?« fragte er neckend.

Sie atmete tief auf und sah zu den elektrischen Beleuchtungskörpern empor. »Nein, das habe ich jetzt gottlob nicht mehr nötig. Es war, offen gesagt, eine scheußliche Arbeit«, sagte sie erlöst lachend.

Er küßte ihre Hände, wieder und wieder. »Bist du mir gar nicht böse, daß ich dich zu solch niedrigen Arbeiten zwang?«

»Nein, mein Herzensmann, ganz gewiß nicht. Es gibt überhaupt keine niedrige Arbeit. Die Arbeit ist immer etwas Großes und Schönes – nur gibt es angenehme und unangenehme Arbeiten. Aber vielleicht sind die unangenehmsten Arbeiten gerade die erhebenden, weil sie uns lehren, uns selbst zu bezwingen.«

»Meine kleine Philosophin!«

»Ach, Hans, eins weiß ich gewiß – ohne Komfort kann man leben, auch wenn man daran gewöhnt war – aber nicht ohne das Glück, das die Liebe gibt, und nicht ohne Pflichten und Arbeit.«

Er küßte sie heiß und innig. »Ich bin stolz auf meine Frau!«

»Und ich auf meinen Mann.«

Hans führte seine Frau nun in den Speisesaal. Dort

wurden sie von dem Verwalterehepaar und Dr. Heine erwartet. Man setzte sich zu Tisch, und Anita erfüllte mit vollendeter Grazie zum erstenmal die Pflichten der Hausfrau.

Es herrschte eine fröhliche Stimmung bei der Tafel. Lachend sagte Anita zu Frau Birkner:

»Jetzt weiß ich auch, Frau Verwalter, warum ich bei Ihnen immer so unerhört preiswert gekauft habe! Mir scheint doch, daß das Leben auf dem Land nicht ganz so billig ist, wie es den Anschein hatte.«

Die Verwalterfrau nickte. »Der Herr Doktor war ja immer in Sorge, daß das Wirtschaftsgeld nicht reichen würde, und daß Sie sich darüber beunruhigen könnten, Frau Doktor.«

Anitas Hand stahl sich in die ihres Gatten.

Schnell hatte sich Anita als Schloßherrin eingewöhnt. Und zwei Wochen später gab es liebe Gäste in Schloß Lorbach. Fritz Gordon war mit seiner Frau eingetroffen, und sie waren erstaunt und entzückt, daß sie Hans Roland und seine Frau in einer so glänzenden Umgebung fanden.

»Weißt du, Nita, ich habe ja gewußt, daß du eine bessere Partie machtest, als du dachtest. Aber daß du eine so großartige Partie machtest, ahnte ich nicht«, sagte Frau Lori.

In Zukunft kamen Gordons so oft wie möglich nach Schloß Lorbach, wo sich nach und nach ein behaglich-geselliger Kreis bildete. Auch Frau Jungmann wurde von Anita jeden Sommer einige Wochen eingeladen.

Nur Frau Erika betrat niemals die Schwelle von Schloß Lorbach. Als sie von Hans Rolands Erbschaft hörte, hatte sie zwar sofort einen Versuch gemacht, ihren Vorteil daraus zu ziehen und sich auf Schloß Lorbach dauernd einzunisten; aber da hatte ihr Hans Roland ruhig und bestimmt erklärt, er könnte seiner Frau nach allem, was geschehen wäre, nicht zumuten, sie bei sich aufzunehmen. Sowenig, wie sie bereit gewesen wäre, Anita bei sich aufzunehmen, als diese schutzlos und allein stand, sowenig könnte er sich jetzt dazu entschließen, Frau Erika in seinem Haus ein Asyl zu bieten.

Darüber war Frau Erika sehr zornig. Sie tröstete sich aber, als sie nach Jahresfrist in einem Seebad eine neue Eroberung machte und bald danach die Gattin eines reichen Fabrikanten wurde, der allerdings wieder fast zwanzig Jahre älter war als sie.

Sie sandte eine pomphafte Vermählungsanzeige nach Schloß Lorbach.

Danach hörte das junge Paar nichts mehr von ihr.

Das Glück blieb Hans und Anita auch in dem stolzen Schloß treu. Sie lebten ein tief befriedigendes Leben, in dem es Pflichten und Arbeit gab und daneben harmonische Feierstunden im Kreise lieber Freunde.